我与书的自传

■ 张泽贤 著

上海遠東出版社

图书在版编目(CIP)数据

我与书的自传/张泽贤著. —上海：上海远东出版社，2013
ISBN 978-7-5476-0749-7

Ⅰ. ①我… Ⅱ. ①张… Ⅲ. ①随笔—作品集—中国—当代
Ⅳ. ①I267.1

中国版本图书馆 CIP 数据核字(2013)第 108432 号

策　　划　黄政一
责任编辑　徐婧华
封面设计　李　廉

我与书的自传
张泽贤 著

出　　版　上海遠東出版社
　　　　　（200235　中国上海市钦州南路 81 号）
发　　行　上海人民出版社发行中心
印　　刷　上海信老印刷厂
开　　本　710×1000　1/16
印　　张　15
插　　页　1
字　　数　277,000
版　　次　2013 年 7 月第 1 版
印　　次　2020 年 1 月第 2 次印刷
ISBN 978-7-5476-0749-7/G・546
定　　价　49.00 元

目录

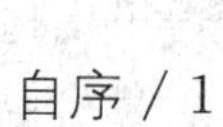

自序

我写的这本书，原名《与书有缘》，“我与书的自传”只是个副题。如今把副题变为主题，舍去了原来的书名，其中的原由倒是可以叙述一番的。

记得最早引起我对“书缘”关注的是唐弢先生的一篇文字，可惜如今实在记不清是在哪一本著作的序跋中看到的，是对“书”的最终感叹，让我刻骨铭心。唐先生说：“我已经开始厌倦书……”当然他说这话是有前提的：年事已高，力不从心，当拿起一本书时，已无愉悦与快乐，而只感觉它的沉重会让人压抑与窒息。如果说，人与书是有缘的话，那么这种感觉已经是到了“缘分完结”的尽头——看来，与书有缘的人，最终的结果应该大同小异。因此，只要一看到“书缘”两字，便会想到一生爱书、一生读书、一生写书的唐弢先生的最后时刻，会感觉到我与他一起站在了镜子里的痛心疾首。因此，我不想用“书缘”作题，也怕用“书缘”来描述我与书的所有一切……当然，唐先生的这句“惊世骇俗”的话，也曾激励过我，曾暗下决心：我必须在厌倦书之前努力做一些与书有关的事情，比如搜书、读书、写书，要把其中的愉悦传给后世，决不能使自己一丝一毫开始厌倦书的情绪去影响后辈的读书人。

这是其一。其二，据我不完全统计，带有“书缘”，或者与此书名相似的图书，大概不下五六十种，如章品镇的《书缘未了》、唐德刚的《书缘与人缘》、古剑的《书缘人间》和欧阳文彬的《书缘》等。虽然这一切都是在并未到“开始厌倦书”之前所写的，还充满着激情与兴奋，人的精神年龄是年轻的，书的外表、内在都是美妙的，人与书都还未到垂暮年的皱纹形象。不过，即便是这样，我仍不愿戴着别人的面具，跟在别人后面去炫耀自己与书的缘分。

其三，我也曾“研究”过“缘分”的出典。比如缘分（亦作缘份），是中国文化和佛教的一个抽象概念，是人之间一种无形连结，又是某种必然存在的相遇机会与可能。“缘分”即因缘、机缘，“缘”为梵语，经典解释是“原因”，往往合称为“因缘”。另外还有一则更其玄乎的有趣故事：有人问隐士什么是缘分？隐士说：“缘是命，命是缘”。此人不解，去问高僧。高僧说：“缘是前生的修炼”。此人更不解，就去问佛祖。佛祖不语，用手指着天边的云。只见云起云落，随风东西，此人终于茅塞顿开：缘如风，风不定。云聚是缘，云散也是缘，缘分就是可遇不可求的风……说实话，我到现在还无法完全顿悟其中高深玄妙的哲理，但我总算领悟到了一点：聚散皆是缘。如果说，人与书有缘的话，一开始的聚书、藏书是缘，到最终失书、散书同样是缘，虽然我已经更多地悟到了“散缘”的存在，在不少场合“推销”我的“人到七十要散书”，还在“孔网”上注册了一家“南浔子书屋”，不时地散出我的一些盖有藏书印或贴有藏书票的旧版本，但我仍感到还未到真正“散缘”来临的时候，因此不用“与书有缘”作书名也就顺理成章。

顺理成章的结果便是把书名改为《我与书的自传》。这里所说的“自传”，并非一个人的自传，如《毛泽东自传》、《多列士自传》和《托尔斯泰自传》等等，而是“我与书”的自传，是一本不可分割的人与书的“结合体”的自传。我从一开始认字就与书“结缘”，然而当年并不知道这就是所谓的“缘”，更不知这就是“可遇不可求的风”。直到很久之后，我才感悟到是有这么一股“风”，这“风”大概就是人的家学渊源、人的顺逆境遇、人的苦乐环境、人的不懈追求，等等……那是与人的一生有着直接与间接关系的所有“元素”，而这些“元素”又可以说是始终变幻不定的，这便构成了“我”这么一个人。而“书”却相对稳定，但它又往往处在一种极其“被动”的地位，时而受人“呵护”，时而又任人“宰割”，命运的大起大落，往往又与那股“风”的渊源、境遇、环境、追求密切相连。“我与书”彼此糅合，甚至粘合在了一起，你中有我，我中有你，这就是“我与书”的结合体。

在《我与书的自传》中的搜书、藏书、读书、写书各篇，都渗透着“结合体”的血肉影子，有喜悦、兴奋、懊恼，也有痛苦、幸福、升华！

愿我的所有情感，哪怕散尽了我的所有藏书，书的影子仍将伴随着我。

并能从书的影子里，能够永远看到我。

书中影，影中我，这大概就是“我与书的自传”。

是为自序。

张泽贤

2012 年 8 月 8 日于上海浦东犬圈斋

外公书房的线装书

从我记事开始，最早认识的“书”是线装书，以及与“书”相连的外公。

外公王汝爵

外公王汝爵，据母亲说他是位开明绅士，祖上曾是光禄卿，掌管过皇室的膳食，到他这一代，还留有一些地产和房产，房产有两处，一处是四进深园，每进两边是厢房和花圃，第四进墙后有个精致的小花园，再后是个足有四个篮球场大小的后花园，如今我还记得那里树木疯长、杂草丛生、已经破落的景象。最后一进是大堂，名“清源堂”，堂中摆放着厚实的清式红木家具，桌椅背底都刻有

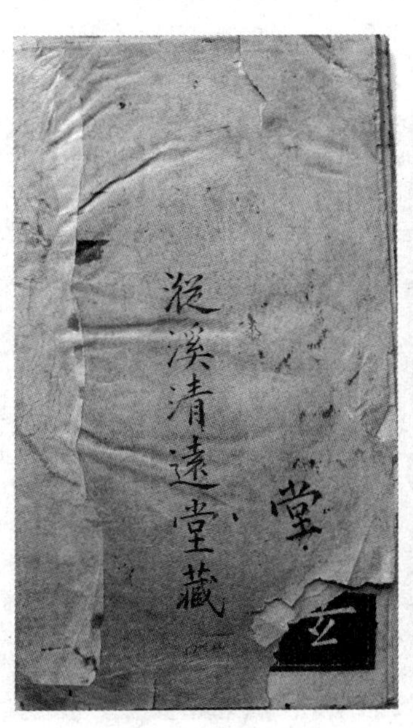

我幼时临的《欧阳询九成宫碑帖》封面和封底

"清源堂"堂名，坐在椅上就能感觉出有着一种硬邦邦的威严，但此时的"威严"早已烟消云散，已经感受不到那种曾经有过的气派……

这时 53 岁的外公与 5 岁的我，就是在这种已经感受不到的气派中生活着……外公的小书房，就在四进厅堂边门的第一间，仅 10 平方米左右，一式红木家具，记得是高贵脱俗的明式家具，简洁而清雅。早上，我先敲房门再进入，扶着书桌，脚踏搁脚，坐上太师椅，摊开《欧阳询九成宫》碑帖，手握毛笔，开始习字——这是外公每天为我布置的功课。在握笔写字前，我一眼便看见在左侧放着镶有上下两夹板的线装书，有一册放在旁边翻开着，一眼就瞥见了夹板上写的当时还不认识的字。直到这些线装本"传"到了我的手中，这才知道这几个字是《大学衍义》，一函，全 10 册，43 卷，同治十一年(1872)浙江书局校刻。

那天，外公特地为我指定了《欧阳询九成宫》中的一个"金"字，嘱咐我今天只写一个字，要写两张，写好后要评奖……说完后便走出房门。我在椅子上端端正正地坐了大约一个小时，其中大概有 10 分钟，是好奇地拿起旁边的线装书一页页翻看，只是好奇，除"大"、"人"、"天"等几个字认识外，其他都是"陌生人"。我这天一共写了三张"金"，算是超额完成了任务。外公看后高兴地摸着我的头说："好，这样很好！"随后便拿起一张仔细地看着，还不时地用笔在"金"字旁打小圈，被打圈的算作"优秀"。最后数下来，一张纸有 16 个字，三张纸 48 个字，被打圈的共有 28 个字。"好，写得好，比以前有进步……"外公边说，边选中了其中一个"金"字，用剪刀方方正正地剪了下来，在背面涂上浆糊，随后搬了个方凳到门边，站到凳上，把这个"金"字端正地贴在了门沿上，下来后还站在那里欣赏，嘴里不

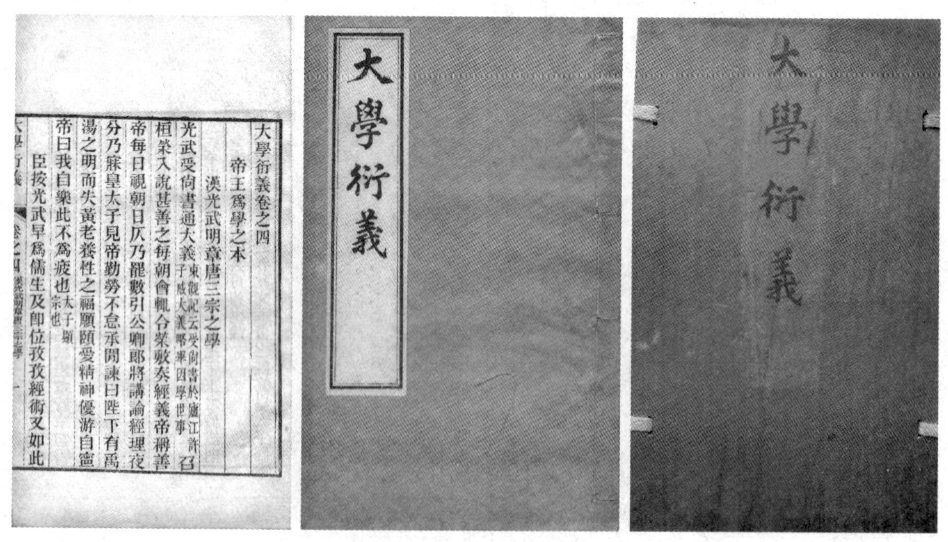

《大学衍义》的夹板、封面和内页

时地说："这个金字写得最好，我要给你一个奖，果酱黄油面包！"

外公真的拿来了面包，并亲自为我把果酱和黄油涂在面包上，"吃吧，以后只要写得好，就有果酱黄油面包……"外公说完就高兴地笑了起来——说实话，在我的记忆中，外公是一个不苟言笑的人，他能这样高兴地笑起来，说明我的字确实写得很好……这"果酱黄油面包"，几乎便成了我这辈子早餐的固定餐谱，直到如今还是我的早点，烙印之深，因为来自童年……

其实，这种经历还形成一种感觉。这种感觉一直延续至今，只要有人说我的字写得好或者不好，都会想起那个"金"字，以及那个写得很好的"金"字而得到的果酱黄油面包……曾记得有好几次与原上海电视台台长、复旦大学学长盛重庆吃饭，他不时地夸我的字写得漂亮，并说正是看到这手漂亮的字，才写了推荐信给浦东新区的组织部长，把我从江苏南通调到了上海……这虽是戏话，但使我大大地自我满足了一下，眼前冒出的尽是"金"字，以及带有笑脸的外公和那本摊在桌上的线装书——三者就这么有机地联系在了一起，让我感到那是一种机缘的必然，似乎就该这么联系在一起，直至永远。

现在回忆起来，摊在书桌上的线装书，还只是外公藏书的一小部分，在书桌前的开架红木书柜上还整齐地放着三层版本大小不一的线装书，有的用夹板夹着，有的有函套，用象牙签系扣着；在书桌背后的双门书柜中，还藏有不少线装书，这些书我从来没有看见外公拿出来看，在我的心目中是一种神秘，之后这些书也不知流散到了什么地方。除线装书，还有名家字画和成扇。在外公逝世10多年后，我考进复旦大学中文系，才发现了那些曾经摆放在开架书柜上的部分线装书，它们都成了我的藏书。而那些字画和成扇，早已不知消失在何处了。记得外婆曾经对我说过，这些线装书是她偷偷地留下的，并说这是外公说过要给我的……其中还留有那本幼年时临的字帖，如今还留存在我的书库中，封面封底皆破损，但上面却留有外公和我的手印，肉眼虽看不见，但我相信它会永远留存。在封面与封底均有毛笔写的："湴溪清远堂藏"，我认得出这是外公的手迹。"湴溪"是法华镇的古名。

我调回上海后与盛重庆的合影

有一次，我专门抽空整理这批线装书，挑了一些自己认为值得收藏的版本，其他的都委托南通书友沈文冲在他开的旧书铺里寄售，放了一年多，无人问津，只好又从南通带回上海，重归寒舍——与书的缘分，并不是想立马割舍就能割舍的，千丝万缕、断断续续，真是说不清道不明啊！

这些线装书并非宋椠明刻，但也是历经百年的“老祖宗”了，至今仍躺在我的书柜里，无声无息、默默无闻。每当我静对它们时，脑海中只有四个字：书缘之源。

我最初认识的是线装书，然而随后与之结缘的却是民国平装书，始终未涉足或是未敢涉足于线装书，缘分的“阴差阳错”，便这么决定了我的版本收藏与研究走向。还是应了一句老话，不过是它的反面：有缘也难成眷属……

小阁楼看书、听书

小阁楼，是我小学至初中的“伙伴”，与我相伴将近10年。

那时，我与外婆一起生活，住在四进大院最后一进右侧的厢房里。厢房一大间，足有二三十平方米，木地板，屋中间用木板分隔，成里外两间，外间吃饭、会客、梳妆，里间休息、睡觉、拉屎（用马桶）。厢房屋高，从地板到屋梁大约有5米，小阁楼就搭在里间，最高处人可直立，最低处要弯腰，因此床是地铺，书桌做成矮桌，放在床旁边，桌上放置台灯、书籍等物，看书、写字时席地而坐，柔和的灯光有一种惬意感，更有着一种“金窝银窝不如自家草窝”的自慰感。

记得在床铺右侧靠墙的地方，放置着一只旧皮箱，里面有外婆帮我留下的外公的一些书，线装书占到一大半，有些书名到如今还能记起，如《周散氏盘铭集联拓本》、《碑联集拓》等，那是因为它们的形状与其他书不同，感觉特别好玩；还有一些是有图或有照片的书，绝大部分已经记不起书名，而只记住其中之一二，如

民国时期三种不同版本的《三国演义》封面

有一种就是《爱俪园全景之写真》。在本书中有篇《搜寻〈爱俪园全景之写真〉》就是讲这本书的，可以参见。因为我一有空便去翻看，所以印象特别深，而且还经常会把书中的风景与我家后面大花园的景色来比较，虽然无法与爱俪园相比，但总有一种“对比”的快感。另外还有一些是母亲放在这里的书，记得有被称为中国四大名著的《水浒》、《西游记》、《三国演义》和《红楼梦》。可能还有一些其他文学译著，已经完全记不起书名。

其实，我在阁楼上主要是做学校布置的功课，感觉好像那时的功课特别少，或者是自己完成作业的能力特别强，用不了多少时间便完成，在做功课到吃晚饭之间的时间便用来看书，但记得好像从未认真地看过，而只是随便乱翻，翻到吸引人的地方，就多看几眼；如果书页是一片文字，就马上翻过，那时好像对文字有一种“恐惧感”，恐惧来自于绝大多数不识的字。因此，从一般标准讲，少年时的我并不是个爱看书的人，更谈不上是个爱书的人。现在回想起来，并不是所有的书都不看，只要有图有照片的书就特别爱看，喜欢的是形象而非文字，这大概就是以后为何我会全身心喜欢绘画的真正原因。

当看书看累时，便会平躺在床上，两眼直盯着一根粗梁，以及与之平行排列的檩木，甚至还会一一地数着与之垂直的椽子，椽子的数量多达二三十根，可见此屋之大。这时，往往会想起外婆曾跟我说过的，此房在未住人之前还盘垣着一条蟒蛇，大约有小碗那么粗，后来房屋翻修，它也便离屋而去不知去向……之后就是老鼠的天地，闹得吱吱喳喳，直到我们住进此屋才稍为安静些，但也能偶尔看见长尾巴的老鼠一溜烟从椽子上飞奔而过……

春明书店版《红楼梦》封面

在阁楼上，最令人难忘的是听书，所谓“听书”，就是每个星期天由母亲在阁楼上专讲《水浒》或《三国演义》，每次讲一小时。听众是我们三兄妹，有时还有邻家的小朋友。在讲《三国演义》时，母亲手中拿着的是启智书局 1935 年 3 月的版本，是“新式圈点”本。我们面前也摊着一本，那是建国后的版本了，记不得是什么时候出版的。母亲边看边讲，用上海话，有时还夹杂着一些俗语，一开始就告诉我们：《三国演义》、《三国志演义》、《三国志通俗演义》都是根据《二十四史》里面的《三国志》演绎出来的，它是小说而非历史——这些话在当时并没有听懂，只知道一个劲地点头……"话说天下大势，分久必合，合久必分。"母亲煞有介事地用一小块木头当"惊堂木"，"啪"的一声开讲了。有时讲的虽与书上不一样，但边听边看确实印象特别深。甚至以后在读《三国演义》时还时常会想起当年母亲在阁楼上绘声绘色"说书"的情境。

书在"看"时，和书在"听"时，两者的感觉完全不一样。当时就意识到："听"比"看"有趣。之后渐渐悟到了：平面无声的书，可以变成立体有声的书。而电影和电视剧就是图像与声音完美结合的"书"。至于电脑与互联网出现时，书又成了另外一种虚拟形态，可以无限延伸和扩展……从此，书会不会就此消亡，成了当今人们的"书苦恼"。不过，我仍确信：不管如何变，书在各时期的固有形态，都将会以一种相对固定的载体形式永远保存下来，版本实物形态是一种，相信还会有其他如今还不清楚的"书形态"。因此，在某一时段，版本收藏可以说是一种追求"书形态"最本质的方式。

由阁楼看书、听书，想到版本的收藏，进而想到：看书、听书者未必收藏，收藏者也未必看书、听书……看来，真有点是阴差阳错！

读书后花园

我的幼年，是生活在法华镇的老宅里，也就是现今的法华镇路725号。这个门牌号，就像是块“烙印”，烙在心中，任我走到哪里，它似乎都会随我而行；而那些在后花园读书的片断，又让我经久不忘……

这老宅，是外公祖上留下的。宅大门朝南三大间，宅第三进，每进都有雕花的门楼，门楼墙壁和屋檐都已破败，但依然能感受到昔日辉煌。大厅长方形木梁横跨四五米，粗大扎实，让人感到高旷幽秘。两边厢房前有小天井，靠墙处有小花圃，厢房有落地窗，古色古香。第三进的厅堂特大，是主厅堂。红木家具有贡桌、八仙桌、太师椅、茶几等，八仙桌台面和太师椅靠背还嵌有山水花纹的大理石。厅堂两侧墙壁上挂有红木镜框的国画和对联，像是清人手笔。这里，是我最初读书、做功课的地方，因此印象特深。厅堂后的小花园，记得那时已荒芜，堆满石板和被锯下的碗口粗的树干，到处是杂草乱石。小花园内有棵高大的榆树，树龄近百年，不见老态，枝叶茂盛。北面一垛高墙后才是老宅的后花园，可从边门进去。

母亲在90岁时凭回忆画出老宅及清远堂全景图

后花园近似正方形，右靠李家花园，左是密密的竹篱笆，可看到隔壁小学操场。北面是小河，记得那时还清澈，河里有蝌蚪和小鱼。靠河是一排高高密密的冬青树，如花园的天然屏障。冬青树旁有个涵洞，老宅的污水由此排出。涵洞壁的缝隙里长有一棵带有怪味的小树，树上停满金龟子，有时我坐在涵洞的水泥地上读书，顺手会去抓几只金龟子，用细线系住任其飞翔，在阳光下一闪闪，煞是好看，也便忘记了读书。直到现今已是花甲之人，仍未忘记这种天然意境，以及在此意境中读书的快意。

当年经常翻阅的《三毛流浪记选集》封面

据说，之前的后花园景色还要优美，树木花草修剪得很好，家里专门雇了个花匠来侍候花草树木。记得在后花园读书时，我还见到过这位花匠，佝偻的老者。他见我在读书，便笑眯眯地说："好好读书，以后有出息！"读书与有出息能连在一起，在当时我确实还不能理解。花匠不知是何时离去的，可他那副笑眯眯的模样和轻声细语的告诫，至今还能感受得到。

后花园有棵高大的白玉兰树，一到春天满树是硕大的玉兰花。这棵树是我在后花园的一个无声伙伴，每天在厅堂做完功课后就会拿着一本书爬到树上。站在树干上，向四处张望，天好时还能望见西面铁路上隆隆而过的火车。看书是坐在一根粗壮的树干上，看累了会毫无边际地遐想，会想到在茶馆听《西厢记》中的张生和莺莺，幽会后花园私订终生，直想到自己傻笑……

后花园还给我留下过一个无法磨灭的印记。那时的花园中央都种了蔬菜，有一片种的是"甜芦黍"，成熟时呈浅黄色，剥去外面的硬壳，里面是黑色发亮的果实。可以吃的是一节节笔直的黍杆，用刀砍断，撕去坚硬外皮，就是又甜又脆的果杆。一到收获时节，家人围坐，边砍边吃，直吃到嘴酸唇裂。用柴刀砍下"甜芦黍"，剩下的黍根呈斜角形，像把锋利的尖刀。有一次，我看完书和小伙伴在"甜芦黍"地里捉迷藏，在奔跑时一不小心被黍根绊倒，黍根刺破右脚背，鲜血直冒，染红了白袜子，也染红了掉在旁边的一本书。外婆用云南白药敷在我的脚背上才把血止住，这让我足足痛了好几天也无法上学。如今只要一看到右脚背的伤疤，便会想起鲜血直冒和被染红的书页。

幼时，在后花园读书，如今能记起的只是后花园的景色和读书时的愉悦，忘却了到底读过些什么书，如要推想的话，大概是些建国初期的出版物。唯一还能隐约记起的是张乐平画的《三毛流浪记》，此书一直藏到“文革”才失去，就像一片从树上掉下的叶子，是从不会让人牵肠挂肚的。

抄家与书

“文化大革命”开始后，我同所有的人一样，精神与思想一片混沌，根本不知眼前发生了什么，更不知“革命”会朝什么方向行进。当自己还未定下神来，眼前又掀起了波澜：“文革”之初最为凶猛的一股浪潮汹涌而来，扫“四旧”与抄家之风席卷整个上海……社会生活顿时变得腥风血雨、人人自危。街上的狂飙，很快波及、冲击到被称为“牛鬼蛇神”的家庭，“红卫兵”蜂拥而至，把属于“四旧”的东西一抄而光。特别是那些无援无助的书籍、古董和玩物更是难逃厄运，书籍被扔在街上，一把火烧个精光，古董、玩物则被拖走，从此音信渺然。在抄家时，“牛鬼蛇神”和其家属在旁陪斗，战战兢兢地目睹这一切的消失……

外婆沈慕瑾

外公虽然已经离去，但他留下了“历史”，由此历史而牵涉到舅舅，由舅舅连带到外婆……那天，我正好在复旦大学，家中发生的事情，我一点也不知道。当我听到家中被抄时，一切早已经发生。当我一跨进厢房，只见外婆似乎变了一个人，外婆原本就是一个平和而敦厚的人，一直过着极为平静的生活，从未受到过任何惊吓。但此时，她的神情让我吓了一跳：表情呆滞，嘴中还在不断地嘟哝着什么，也听不清楚。一看便知是受到了前所未有的惊吓，精神也有点失常。她抬头看见了我，便抽泣起来，还不断地叫喊着：“他们把书也烧了，是你的书……”我把她扶在椅子上，用手抚摸她的肩胛，不停地安慰着，这才使她暂时平静了下来。之后，我从邻居那里了解到，有七八个“红卫兵”，年纪很轻，是从舅舅家抄家后过来的，他们对着外婆大喊：“打倒地主婆！”随后就到处乱翻，把皮箱里的线装书全部扔了出来，外婆抱住两本线装书不肯放，被“红卫兵”推倒后抢走，一把

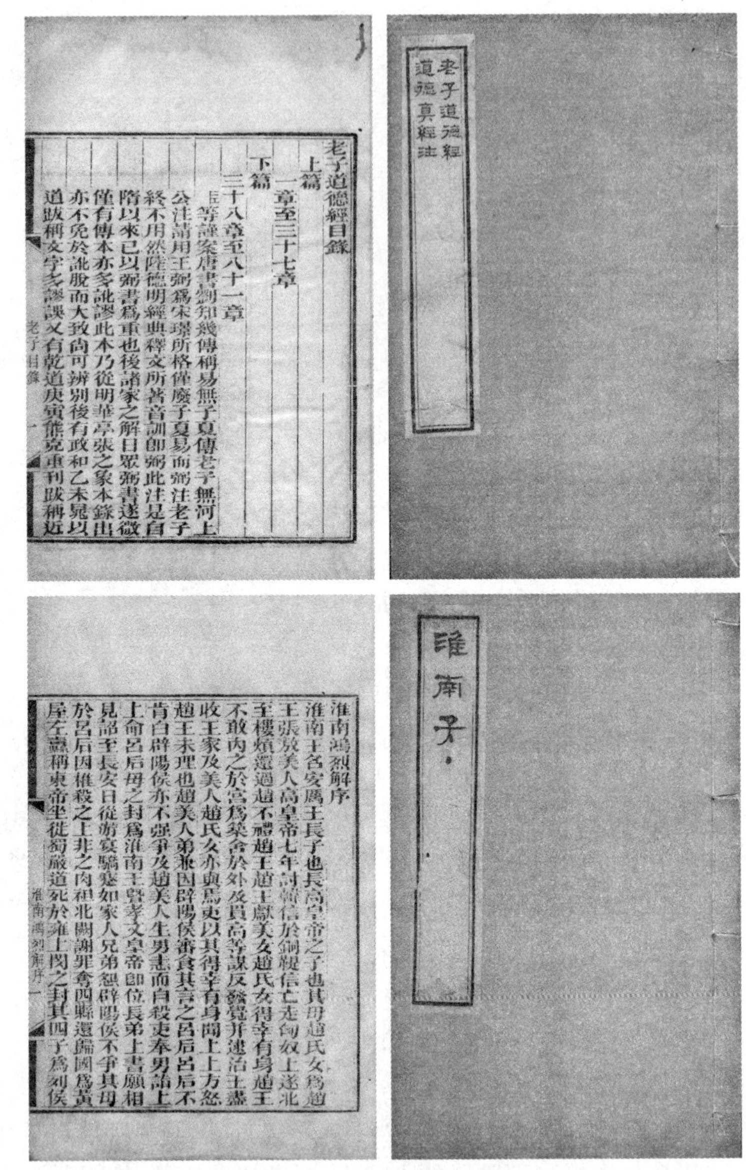

线装书《老子道德经　道德真经注》和《淮南子》封面和内页

火在夹弄里烧了，等到烟消灰尽时扬长而去。外婆吓得瘫在了地上，还是邻居把她扶到椅子上，并给母亲打了电话……

这是我和外婆住的厢房唯一一次遭到抄家，以后便再也没有人来惊扰外婆。从被抄的物件看，仅 10 余册线装书，在阁楼上堆放的平装书一本也没有缺，而是被“红卫兵”用两张长纸条贴十字封起，记得上面好像还用铅笔写了三个大字：“不许动”。一开始，我们谁也不敢动，过了一个多月，见无动静，也便撕去了封

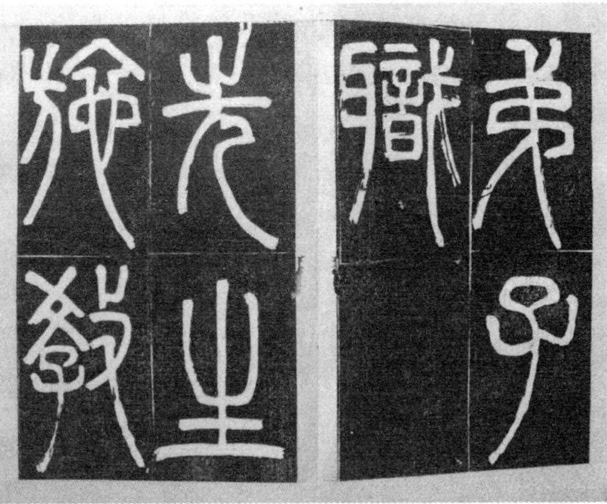

线装书《李杲庵临周散氏盘铭真迹》封面和内页

条，取出了所有的书。记得当时还记过一份书单，曾夹在一本精装书中，之后随着这些书的逐渐消失，这份书单也不知去向。当我看着这些留存的书和外婆脸上的忧愁，心中涌出一阵“惊讶”：就是为了这些身外之物，竟把慈祥的外婆弄成失常，这值得吗？书虽珍贵，岂能与人相比！

当时我只有 21 岁，面对人生的第一次打击，居然会把所有的“仇恨”倾注到了书的身上，用“仇恨”可能过了，但却有着一种无法排遣的厌恶感，记得就在那一瞬间，我发誓从今以后不再藏书……然而，厌恶会在时间的消磨之下淡化，在寂寞与无聊的时日，“厌恶”的书又成了我唯一的精神寄托——书在人的精神层面，永远是一种矛盾物！

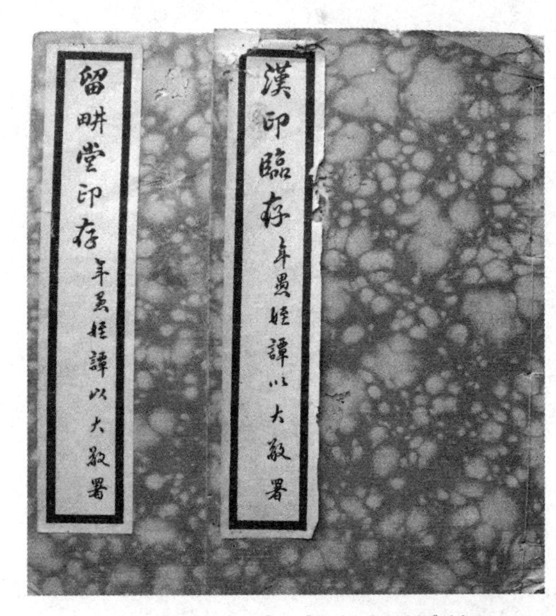

线装书《汉印临存》和《留耕堂印存》封面

被抄的线装书毁于一旦，从此消失。如今留存并一直随我奔波于贵州、南通之后再返回上海的十几册线装书，据母亲后来说都是外婆藏在厢房里间马桶后面的布包里，才得以幸免，其中有《老子道德经　道德真经注》、《博物志》、《淮南子》、《汉印临存》和《留耕堂印存》等。如今，这批幸免于难的线装书以及我写的与我藏的书都珍藏在了一个红木大柜里，大柜平躺时可作床铺，外婆临终时就是躺在这上面的，我就在她的身边，为她擦身，为她送终……因此，这只随我奔波多地的大柜，我一直把它看作是外婆的灵魂，如今仍放在我的书房里，和书做伴！

我每出一本新书，都会选一本放置在这只红木大柜中，眼中含着泪，心中喃喃而语："外婆，这是我写的书，是专门献给您的……"

第一种真正的藏书

所谓“真正的藏书”，是我对“藏书”的一种自我界定。

“真正的藏书”，即由自己亲手搜得并阅读与收藏的各种形态的旧版本，关键词是“亲手”：亲手搜寻的，或用钱购得，或以书易书，或以物易书等都属此类；而其他类似祖辈留下的、别人赠与的都不能算作此类。“藏”是一种动作，必须“亲为”。

如以上述界定来衡量我的藏书，第一种便是翻译著作，书名《泰顿波尔巴》，尼古拉·华赛里维奇·戈果里（今译“果戈理”）原著，顾民元、杨汁翻译，南京书店 1933 年 5 月初版。当时，我对“藏书”的概念极为模糊，只是把它当作一种好玩，更注重于外观，看中的是封面设计和书中的插图。我后来在《中国现代文学

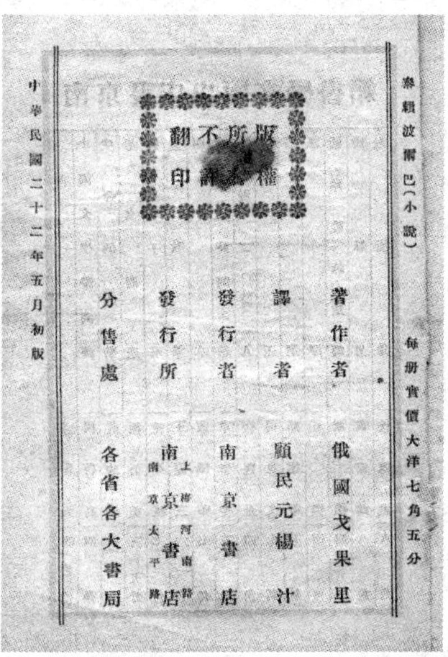
泰頓波爾巴（小說）

每冊實價大洋七角五分

著作者 俄國 戈果里

譯者 顧民元 楊汁

發行者 南京書店

發行所 南京書店（南京太平路 上海河南路）

分售處 各省各大書局

版權所有 不許翻印

中華民國二十二年五月初版

《泰顿波尔巴》的封面和版权页

翻译版本闻见录》的自序中说过一段话："版本的直观形象就这样牵着笔者的手，走进了版本收藏这片蔚蓝色的深深的海洋……"

1962年，我已读高一，手上也有了一些零花钱，有一次在静安寺的一家旧书店，原本是想找一些水彩画的临本，那时正痴迷于水彩画家李咏森的静物。当我站在一堆旧书前，第一眼看见的就是这本《泰顿波尔巴》，拿在手上沉甸甸的，只觉得自己一下子被"抓住"了……之后懂得了一些"版本"知识，这才开始关注起自己的第一种藏书：此书道林纸印刷，封面设计像是木刻画，粗犷有力，图案人物与书名布满封面页，人物形象与书中所描写的哥萨克人的灵魂非常吻合，但直到如今我还不知封面设计到底出自何人之手，估计只是一种对原著封面的"移植"。在封面右上角印有一个"雷"字，猜想这可能是设计者的代号或缩写，无法断定。此书无序文，虽有《译后记》，但其中并未谈及封面设计者的情况。这种现象，在民国版本中是常有的事情，根本不把它当作一回事……以上这段话，在当时是根本不晓得的，也无法用比较准确的术语来加以表达。

较为遗憾的是，封面书名"泰顿波尔巴"，在"泰顿"与"波尔巴"间少了一个姓名分隔符号，而书名在部分内页处却又变成"赖顿波尔巴"，完全是排版的手植之误。

此书当时花了多少钱购进的，已经完全记不起来了，估计只有几角钱。此书虽非果戈理名著，但它却一直伴随我走南闯北，从上海到贵州，从贵州到南通，从南通到上海，在这远程的迁徙过程中，不少相伴多年的好书不打个招呼就远离我而去，而此书居然不声不响地紧跟着我，像牵着我的手而从未丢失过。现在想想实在是件奇事：书与人之间，确实有着一种说不出所以然的关系，是书缘，还是人缘，还是人与书的共同缘分？

现在，此书已成为我书库中的珍品，不以作者、译者与出版时间为名，而以藏书第一种被视为宝贝。而且每过一段时间，都会拿出来摩挲一遍，像是在抚摸着自己的子女……由缘分而产生情感，由情感而生出爱恋。此时的《泰顿波尔巴》已经有了生命，与我同呼吸共命运。

镇上茶馆听书

当年，上海西法华镇上有一家茶馆，名字叫什么，已经记不起，在茶馆门口好像也未挂过什么招牌，比如煮雨轩、静雅斋、绿草堂等，估计即便有也不会这么高雅，大概直截了当就叫“法华茶馆”吧！

这茶馆是开在小街弹格路的南面，北面是茶馆开水店，就在我家弄堂口。茶馆搭建在法华浜上，一边靠着街，一边则用几十根圆木桩插入水中托住茶馆，茶馆下就是一条尚未完全发臭的河浜。从茶馆木地板的缝隙中，还能清晰地看到潺潺而流的河水，随着时间的推移，河水开始发臭，河上的飘浮物也多了起来，有纸屑、树枝，甚至还有死鸡死鸭……

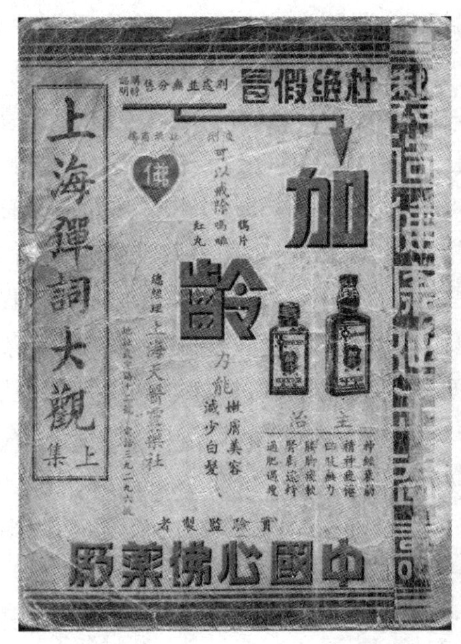

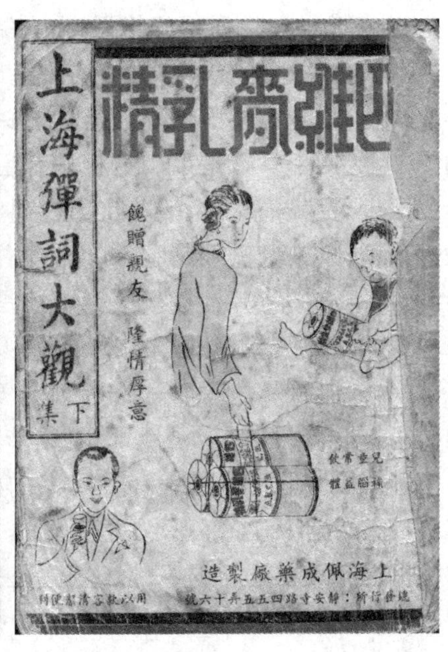

《上海弹词大观》上下集封面

《联合开篇全集》封面

每天一大早，这里已是人声鼎沸，赶早市的男人，拎着菜篮子，一脚跨进茶馆，在长板凳上坐定，朝门口喊道："老板娘，来壶绿茶！"一边又和茶馆里的熟人打招呼："阿五啊，侬来得比我还早啊！"阿五高嗓门："今朝侬买了啥好吃厄？是否要做丈人老头啦，请毛脚吃饭？"在场的都笑了。"开啥玩笑，囡还呒没，有啥女婿！"茶馆就是从早上这样的热闹开始了一天。中午时分是比较清静的，直到下午2点，茶馆又一次热闹了起来。每天一档评弹说书，把镇上的老听客又聚拢了来。在书场门口竖起一块牌子，上面写着当天的书目，记得有评书《三国演义》、《七侠五义》、《杨家将》、《说岳全传》等，也有评弹"折子书"，如《西厢记》、《珍珠塔》、《啼笑因缘》等，一般一部书起码要说一至两个月。每天放学回来，经过茶馆就能听到叮叮咚咚的三弦与琵琶的弹拨声，悦耳的声响顿时把我给吸引住了，就趴在窗沿上听"白戏"。这是我有生以来第一次听到用苏州话说白的评弹，那种嗲声和柔气，让我听得发呆。只见说书人边唱边弹，边说边做，活脱脱地把书中的人物演活了。时而还穿插几个小噱头，引得听客发出阵阵笑声。有一次，我正听得发呆，一只大手在我肩膀上拍了一下，回头一看是茶馆老板娘，她厉声道："小赤佬，不出钞票想听白书，快给我滚……"我怕吃"生活"，扭头就跑。之后隔了好长时间不敢去听书。有一天经过茶馆，只见老板娘满脸堆笑地拉住我说："侬是王家弟弟？侬不来听书，是怕我？……讲老实话，我跟倷王家还是蛮熟的，以后侬来听好了，免费！"我当时就在想，"王家倒蛮灵格，像张门票。"从此之后，下课后只要有空我便趴在茶馆窗口听书，一连听了一两个月的整本《珍珠塔》，小姐下楼，楼梯总共十几级，从楼上到楼下，却要说两个多星期，书的情节在说书人说念唱做之间妙趣横生，在我的心中"生"出的是对说的书和读的书的好感……之后，我在茶馆总共听了多少回书，自己也记不起了，但只要是听过的书，总要想方设法把它找来读，从此培养的由听书而到读书的习惯，可以说这是法华茶馆赐于我的，终生受用哪！

听评弹，成了我某一时期的最爱，曾想买把三弦来学唱评弹，甚至在进复旦大学之后还差点报名参加校曲艺团唱评弹呢……以致到后来，在搜寻旧版本时，

各种弹词开篇的图书封面

还专注于搜集有关评弹的版本，前后曾收有建国前出版的不下 10 多种版本，如《上海弹词大观》、《播音潮：弹词开篇集》、《弹词片锦》、《说书名家弹词开篇选粹》、《啼笑因缘弹词》和《联合开篇全集》等。后来虽然其中大部分散失，但仍有几种却一直留在身边，成了时常翻读的伙伴。

爱好，是在不经意中培养，之后便像血液流淌充满全身，只要一说话一抬足，便又会在不经意中显露出来。

母亲的手抄本

母亲抱着我(时年6个月25天)

母亲王骊眉，是上海圣约翰大学外语系英国文学专业的毕业生。但她在毕业后从事的职业并非外国文学翻译，先是当了幼儿教师，因师从张充仁学过画，还在中学教过美术，最后是从上海第六女中英语教师任上退了休……母亲这辈人的职业取向，已经与个人意愿和曾经所学专业相去甚远，但总算还都与外语"搭界"。

在我幼小的心灵中，对母亲的认识只有两个，一是会画，临摹的是外国油画风景；二是会说外国话，既在嘴上说，还不时地把看过的英文版图书翻译成中文，并用一手漂亮的钢笔字，把所译文字工整地抄录在小小的练习本上，自己做个封面，写上书名，便成了一本自制的书，记得其中有一本的名字叫《一个人要多少土地》……对于这些自制书的印象，记得先后大概有八九本，虽然也曾翻看过，但因为认字的能力还无法赶上译文中字词的数量，也便从来没有认真读过，印象淡薄，瞬间即逝，已经完全记不住到底是些什么书名的译作。这些自制的译作手抄本虽也留存过一段时间，但很快便消失在了我的生活中。

直到我从南通调回上海后，在整理一大堆旧书时，终于发现了一本留存至今的手抄译作自制本，那是母亲1977年翻译的，封面题有书名：托尔斯泰　短篇小说　"人需多少地"，道格拉斯　短篇小说　"坦格凯和尸体"。一本书中收有两个短篇译作，自制书未标明页数，薄薄的一本，只有52页，后面还留出不少空白页，在每篇译作前都抄录有作者的简介，前者译于"1977年7月"，后者译于

“1977年8月”。其实这一手抄本就是幼时见到的《一个人要多少土地》的重译。1977年,母亲56岁,虽已到了退休年龄,记得好像还续聘在中学教书。如果再把时间推前10年,那正是母亲这一辈人受难之时,在这段时间里,自身难保,估计也没有什么心思去翻译文学作品,但隐约记得母亲还偷偷地与一个医生在合作翻译一部医学词典,这词典足足有10厘米厚,翻译成的草稿就有几抽屉。最后,在“横扫一切牛鬼蛇神”的狂飙中,全部书稿以及那本厚厚的词典乃至人的精力与期望都化为了灰烬,烟消云散……“文革”后,母亲又重操“自娱自乐”的文学翻译,虽只是细微末节的小事,但足可看出当时知识分子内心喜悦的心态。

母亲为我(时年5岁)画的速写

两篇小说所隐含的哲理,也折射出母亲当时的心态,特别是托尔斯泰的《人需多少地》,更揭示了大难不死后的人们普遍知足长乐的“通达”。在此不妨抄录母亲译的《人需多少地》的最后一段:“潘霍姆的仆人拾起铁铲,掘了一个大小能容潘霍姆的墓穴,把他葬下。从头到脚只需六呎。”

这本手抄译作自制本,我一直带在身边,从贵州到南通,从南通到上海,一有空便翻看,那种感觉与看铅字印成的书完全不同,虽简陋,但有着“生”与“死”之别,能真切感受到在“生”中的“活”所透露出来的手抄者情感的温度……

之后,我又从旧书堆里找到了一本母亲自制的剪贴本,无书名,内收从早期《新民晚报》中剪贴的“成语探源”,至今估计起码有四五十年。此书虽非手抄,但与手抄本有着一个共同特点:自制。

记得在家门口的墙壁上,一直挂有一块小黑板,每天写有一个成语,早晨出门背,晚上回来背,一天记住一个成语,日积月累,可谓多矣!这些成语大多是从这本“成语探源”中抄录的。我的语文成绩一直很好,与幼时背成语有关。

直到母亲将近90岁时,她还认真地自制一本回忆法华老宅的手抄本,还下决心一式自制三份,分赠我和弟妹三人:从此,这一版本存世仅三本,再过100年,我们都将不在,而三本中能活到那时的,仍会诉说曾经有过的一段历史,以及历史中的人和事。

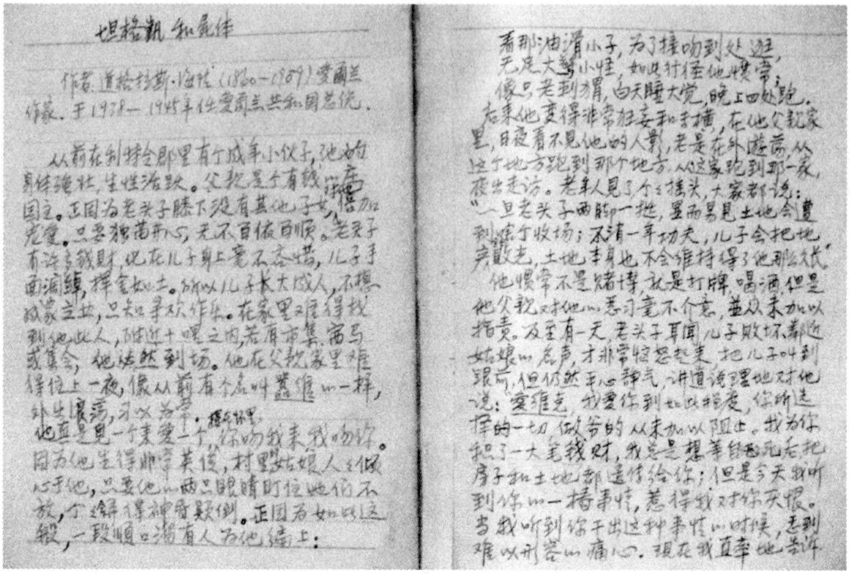

母亲手抄誊清的译作：道格拉斯著短篇小说《坦格凯和尸体》

在版本研究中，有着“稿本”之说，又有“手稿本”、“清稿本”和“修改稿本”之分，其学问之深邃，非常人能涉足的。我对此也惧而畏之，然而一看到母亲的手抄本，而且是翻译后的誊清本，那就有了一种亲切感，虽然它没有成为一般意义上的书籍，但已经有了它的雏形，而且起码能给我两点启示：书籍并非只有一个形态，手抄的同样可以成书！

“皖南事变”中的父亲

我对“皖南事变”特别敏感，那是因为与父亲张乃鸩(笔名“铁婴”)有关。

正因为与父亲有关，在我的书库中也便多了一些有关“皖南事变”和上饶集中营的图书版本，比如陈谷一的《皖南事变》、陈纵一的《皖南事变前后》、邵宇的《上饶集中营》(连环画)等10多种。经多年流散，如今仅存一种：新华书店1949年11月出版的增补本《上饶集中营》。对这本书，我一直“呵护”着，像是在保护着一块一触即痛的伤疤……

父亲1939年参加新四军，在皖南云岭新四军军部加入中国共产党，1941年在华中鲁迅艺术学院任美术教员，教授木刻版画，曾与沈柔坚、吕蒙、涂克、莫朴等同事，还与贺绿汀、孟波等建立起亲密友谊。在“皖南事变”中，父亲被国民党军队俘虏，关进了上饶集中营。据父亲自己说，他与另一位难友，利用他的伯父张静江的关系，用肥皂私刻张的印章，摹仿张的笔迹伪造了一封信，并经一番曲

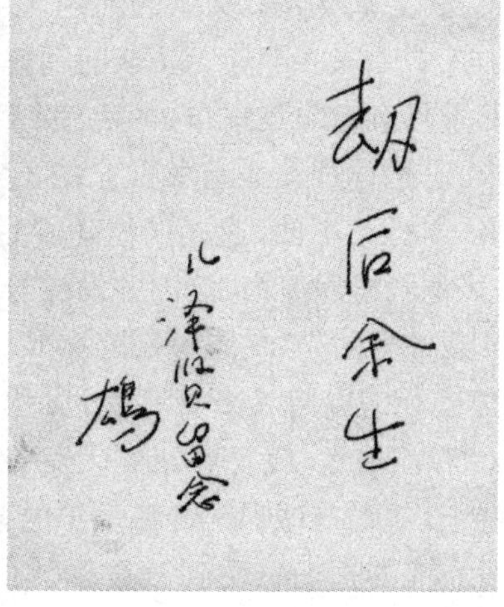

父亲和我的合影及题字

《上饶集中营》和《皖南突围记》封面

折坎坷从集中营逃回上海……至于其中的细节，父亲是否说过，我已完全记不起来了。张静江当时虽已失势，但仍是国民党的监察委员，借此关系逃脱顺理成章。但是，在“文革”中，父亲却被打成“叛徒”，蒙受了不白之冤，也累及到我们兄妹三人，从原先的“革命青年”，顿时沦为“黑帮子女”，几年之后才被归入“可教育好子女”行列，大学毕业后我被“发配”到贵州，也算是“罪有应得”。当我每次翻阅这本久藏的《上饶集中营》时，耳边就会听到父亲在说：“我的经历也给你们带来了痛苦，这在我的心中是十分明白和内疚的……”

直到“文革”结束，父亲的问题才得到解决，才使我逾越了政治上的屏障，顺利地加入了中国共产党。父亲问题解决时，我已经在南通日报社工作，搞政工的同志郑重其事地向我宣布：“我们收到了公函，你父亲的问题已经彻底解决，根据要求，已把你档案中有关父亲的不实之材料全部销毁了。”此时的父亲已经半身瘫痪，因行动不便，迷迷糊糊睡着后，香烟燃着腈纶毯，烧伤脸部和胸部，生命垂危，经抢救捡回一命，后因并发症导致心脏衰竭，离开人世。

让我惊异的是，父亲虽历经磨难，特别是在被“造反派”批斗和毒打之后，血压升高至180，以后又半身瘫痪，居然从未对党失去信心，挂在嘴边的一直是那句话：“我相信党，我要看到时代发展的真面目！”父亲看到了，“四人帮”粉碎的那天晚上，他兴奋地喝了珍藏多年的茅台酒，虽则半杯，却已经足够了……然而，他并没有能够真正感受到改革开放的春风，在68岁就告别了人世。父亲瘫痪后，仍在侍奉着他的那些心爱的多肉类植物，最后留给我的是几十盆品种各异的植物，以及手录或印刷的关于多肉类植物的书籍。这让我感到，这是父亲最后的精神寄托，虽与他的艺术相去甚远，但萌芽的生命永远是他的追求。因此，每次在处理旧书时，我总是把它们保留着，为的是保留父亲的“精神生命”。

父亲虽然没有留存真正意义上的“精神生命”——自己的著作，但他的名字却散落在各种图书版本之中。为了把它们“收拢”来，我在一段时期里专门关注这方面的版本，先后搜寻到或读到过《新四军的艺术摇篮——华中鲁艺生活纪实》、《新四军美术工作回忆录》、《新四军事件真相》、《烽火江南话奇冤：新四军与皖南事变》、《上海人民与新四军》、《新四军发展史》、《新四军史迹图册》、《新四军印刷史集》和《新四军中上海兵》等。

陈毅题字、父亲木刻的新四军刊物《先锋杂志》封面

父亲去世之后，我曾想收集父亲在各个时期创作的美术作品，其中有水彩、油画、雕塑、版画等，但因为无任何文字记录，根本无从查找。在我手上，仅存父亲年轻时在复兴公园亭子中画的油画静物写生，年龄比我还大，但色彩依然鲜艳；另有两块建国后刻的版画原板，以及一批零星的信札和艺术书籍……

父亲早年的油画作品《复兴公园草亭中的瓶花》

要复原父亲完整的“艺术生命”已经很困难，即便有些留存，也只不过是他生命的“影子”，而他生命的“碎片”却散落各处，已经无法聚拢，那就让它们静静地躺着，陪伴着父亲的灵魂，一起安息吧……

绘画、雕塑、拉琴与书

我的“学艺”过程是三部曲：绘画、雕塑、拉琴。每一过程的“结晶”便是艺术图书，最终导致我的版本收藏中艺术类图书占有相当比例。

我的绘画才能，在小学时就已经显露，曾参加过区少年宫美术组，一幅水彩画《炼钢工人》在区里获过奖，在被推荐到全国少年美展时，因有临摹痕迹而被刷了下来。我能在小学里当上少先队的大队宣传委员，负责出黑板报，可能也是因为有着美术才能的缘故。到了初中，又迷上了漫画，曾因漫画而有过一番折腾（见本书《因书得“祸”》篇），之后是与绘画爱好者邻居一起画连环画，两人还合作写脚本，竟然还画出了一本大约有三四十页的连环画，题材好像是抗日儿童，可惜书名早已忘得一干二净。后来还投寄到少年儿童出版社，两个月后被退回，附上一信，赞扬感谢，说明退稿理由是题材重复。到了高中时，我开始按照正规的绘画课程学习，从画素描开始，再画色彩，父亲还介绍我每周一次到他朋友孟光的画室画石膏像，前后共学了一年半，绘画水平大有提高。高三毕业时，还一门心思地想考中央美术学院或浙江美术学院，可惜那年两校未招油画系，浙美只招陶瓷系；有人劝我考上海戏剧学院的舞台美术系，而我都无兴趣，记得那时还有点看不起非正统的绘画，脑子里装满的是列宾和列维坦。也就在一闪念，第一志愿报考了复旦大学中文系，居然一

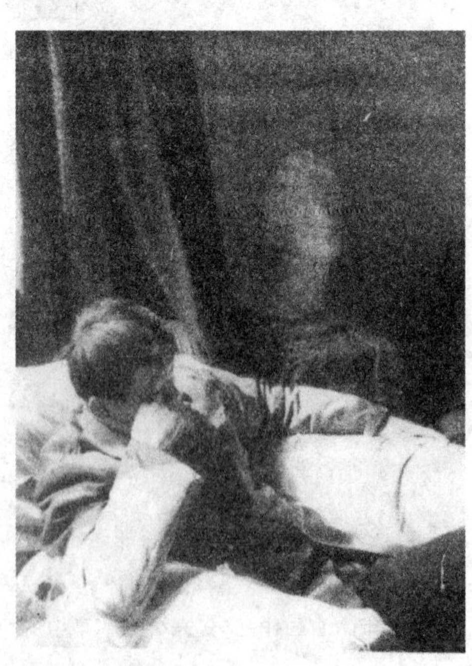

我坐在石膏雕像前遐思

考定终生，从此走上了与中文、中文书和中文版本深深结缘的道路……

我的自塑像《沉思》（俗称《焦头烂额》）

父亲年轻时师从雕塑家张充仁，之后在新四军时期以版画创作与教学为主，但雕塑仍是他的强项，据父亲生前说，他的雕塑《胜利》被中国人民革命军事博物馆收藏。在父亲的影响下，我在有了一定的素描基础后就以父亲为师学习雕塑。在一段时间里，我被一本本雕塑画集所包围，被外国雕塑家的作品所吸引：安东尼奥的《抹大拉的马利亚》、《忒修斯杀死米诺陶》，米开朗基罗的《大卫像》、《圣母恸子像》，以及罗丹的《青铜时代》、《加莱义民》、《吻》和《沉思者》等。当时在我的脑子里，中国的雕塑家只有张充仁，在欣赏他的雕塑作品外，我还在临摹他的水彩静物。在父亲的帮助与指导下，从雕塑到翻模，从出像到上色，学会了雕塑的所有流程，完成的作品主要是人物头像，如《一条裤子的朋友翁昌瑞》、《抽烟斗的岳父》以及为自己塑的像《沉思》，也自嘲为《焦头烂额》。

绘画是线条与色彩的艺术，雕塑是以各种可塑材料雕、刻、塑，是具有可视可触的造型艺术，而音乐则是以声波的振动来唤起人的情感艺术。我的学艺之路，便是沿着这条轨迹运行的，在学雕塑的后期，我一步跨进了学小提琴的氛围。父亲为我请了一位提琴老师，姓俞，年龄比我大，是父亲好朋友的儿子，右腿有点残疾，小提琴却拉得极好，时常会让人想起以色列小提琴家帕尔曼。与我见面的第一次，他拉了一段贝多芬D大调小提琴协奏曲，当最后一个音符慢慢消失时，我被感动了……之后，我跟着他学了大概一年左右，只掌握了些基本指法和演奏法，后来俞老师生病也便停止了。如今对他的印象几乎为零，而他送我的那本《霍曼小提琴基础教程》却一直陪伴着我，从上海到贵州，从贵州到南通，在南通到上海的搬家中丢失，心里难过，有种负疚感，也很牵挂陪我将近20年的这本教程……前几年在上海文庙旧书市场中见到过建国后出版的《霍曼小提琴基础教程》，崭新，新得让人有点“厌恶”，翻过也便扔下了；而我原来的那本已经很破旧，却破旧得让人相思，是一种情感的怀念。

从开始学画到如今，屈指可数已有50多年，前后累计收藏过绘画、雕塑和音乐方面的图书版本大约在400种左右，随着岁月的流逝，绝大部分图书丢失，之后虽也陆续补充了一些，但到目前为止连50种还不到，流失率惊人，但在流失的

我收藏的艺术类图书封面

过程中，自己好像并不感到有什么痛楚的惋惜。有时，人与书的缘分很浅，沾点儿边也便分手了……

手电筒与连环画

在小学毕业刚考进初中时，我有一只手电筒，手枪形，英国货，不用电池，是靠摩擦生电点亮小灯泡的。这是母亲送的生日礼物，是在南京东路中央商场的地摊上买来的。因为从未见过而好奇，也因为是生日礼物而珍贵，所以特别偏爱。平时，很少机会拿出示众，而只在晚上偷偷欣赏，握住筒柄，摩擦生电，只见小灯泡由红变白，在被窝里感觉特别亮。

有一次，几个邻家小朋友来玩，我为了“卖样”(上海话“炫耀”意)，把手电筒拿了出来，小朋友拿在手上，东看看西看看，爱不释手……其中有个小朋友说：“我拿 10 本连环画跟你换，那是你喜欢的《三国演义》，怎么样?”这些连环画确实是我所喜欢的，但一想到这只别致的手电筒，也便毫不犹豫地说：“不换!”……之后，这个小朋友拿着 10 本连环画，多次到家要换，还声称这是买重的，可是在我的拒绝下都未成功，他只好悻悻然而去。如今想起来，这套《三国演义》连环画，是上海人民美术出版社 1957 年的第一版，之后虽出版过多版，但第一版最珍贵，60 册全套，均为名家所绘。

这只手电筒的命运，一开始便与 10 本《三国演义》连环画联系了起来，然而手电筒的命运却多舛……

那时，我最钟情的是玩蟋蟀。蟋蟀，在吴方言里读作“赚绩”，“斗赚绩”也便成了男孩子的一项显示自己勇气与本领的游戏。我最早得到的一只蟋蟀，连同一只蟋蟀盆都是邻居送的，这只蟋蟀大名“金顶黄”，额头一点金黄，头大嘴阔，相当凶猛，得胜时的鸣叫声特别明亮，有一派武士风度……之后便自己去抓蟋蟀，而且还备齐了抓蟋蟀的工具，但由于初期的水平有限，抓来的蟋蟀不是断须，就是断腿。随着水平的提高，抓获的蟋蟀须尾完整，头大嘴阔，在方圆十里之内，我可以称得上是“捉赚绩”的高手。回想起来，自己曾先后饲养过不少蟋蟀好品种，如紫壳白牙、红牙青、正青、蟹青等。那时，“斗赚绩”还时兴有输赢，含点“赌”的味道。记得我还赢过邻家小朋友《三国演义》连环画中的第一种《桃园结义》。

1984 年 4 月版《三国演义》连环画的四种封面

听一些玩蟋蟀的高手说，上海蟋蟀的好品种在虹桥，也就是现今虹桥开发区世贸商城及周边地区，记得那时那里河网交叉，杂草丛生，还有大片稻田和瓜田，传说西瓜下面的蟋蟀特别好斗……为了去那里抓蟋蟀，我和一些朋友准备了好几天，趁一天月色朦胧的夜晚结伴而行，直达虹桥的瓜田。我们躲开了巡夜的农民，一起拥进了瓜田，西瓜很大，要把它们翻个个还要费不少力气，只见躲在瓜下的蟋蟀四处逃窜，我打开手电筒到处寻找，经过一番折腾，总算抓到了一只身长头大的蟋蟀。其他朋友兴奋得大呼大叫，最终惊动了附近农民。只见他们手提锄头追将过来，我们见状收起竹筒、手电筒等，四处逃散……突然，我被瓜藤绊着，扑通一下倒在瓜田里，正想爬起逃走，被一双大手抓住领子，回头一看是个黝黑面孔的大汉，我只得老老实实地交出所有抓蟋蟀的工具以及那只心爱的手电筒……为了这只手电筒，我还独自苦恼了好些天。有一天早晨，我在镇上的一家饭店看到了那个收了我手电筒的黝黑农民，我真想扔块石头，以消解失去手电筒的怨恨，然而不敢……记得从那时起，自己对抓蟋蟀的兴趣大减，因为一看到蟋蟀，便会想起那个黝黑农民，那只手电筒，那 10 本原本属于自己的《三国演义》连环画……

如今，那只手电筒的模样已经模糊不清，虽然也想方设法去搜寻初版的《三国演义》连环画，但一直未得，最终只求得 1984 年 4 月版，珍贵程度虽无法与初版相比，但确实填补了自己曾经失去手电筒的“心理空缺”。

后来，我也着意搜寻过民国时期出版的有关蟋蟀的版本，可惜从未见。而上海人美初版的《三国演义》连环画，拍卖成交价与日俱增。1999 年武汉拍卖会达 1700 元，2001 年北京中国书店拍卖会达到 1.2 万元。据说，目前初版《三国演义》连环画，已是有价无市了。

拷浜头湿书

站在现今虹桥开发区世贸商城前，总有着一种恍如隔世的感觉，此时往往会自问：在这地下，是否还留存着那份天然质朴的自然景观？杂草丛生的意趣、河沟交错的清凉、蝉声飞扬的喧嚣……这一切已成回忆，且将永远只是回忆。

初中一二年级的男孩，是处在最调皮捣蛋讨人嫌的年龄段。记得那时我家是顽童的“集聚地”，名义上是“家庭学习小组”，实质是玩耍捣蛋的“俱乐部”，一做好功课或者连功课都未完成便玩耍起来，玩的花样特多，如打弹子、刮香烟牌子、滚铁环、踢足球、捉迷藏等等。后来不知是谁提议到郊区去“拷浜头”。所谓“拷浜头”，就是截一段小河，两边用泥巴堵住，瓢干河中的水随后抓鱼虾。

那年暑假还未放，天气已经燥热，下午只上一节课，于是便约了三四同好，顺路在同学家拿了破脸盆、网兜、军用水壶，还去买了些糕点糖果，一路背着书包、提着工具，像吼似地唱歌，吓得路人瞪目、林鸟飞散，自己的感觉却特别爽！那时，只要一过凯旋路，跨过铁路便到了“拷浜头”的地方。在几个同好中，有一位是“拷浜头”的老手，选择河道的工作就由他来决定，因为这是很有讲究的：要选择背阴处，河边最好有树，河道不宜太宽，河面要透绿，水面还时有水泡泛起……河道选好后，大家脱衣解裤，只穿一条裤衩，鱼贯入水，用岸边泥石和河底污泥把河道两端垒起，堵住河道两端，只在一端开个小口，布上网兜，可抓获“自投罗网”的鱼虾。“工程”完成后，便是顽童的天下了，先在河里胡乱翻腾，弄到河中泛泥，泥浆四溅，让鱼“晕”过去，这时每个人也是浑身泥水。随后两人一组，手捧破脸盆，用力把河水瓢出河道，这时彼此还会相互逗乐，瓢起一盆泥水，朝伙伴的头上身上泼去，一场混战便又开始，弄得头发全湿，甚至还把放在岸边的书包和衣裤也弄得全湿……

“拷浜头”的兴奋，使我早已忘记弄湿的书包中还有一本买来没多久的曲波著的《林海雪原》，直到把河道中的水全部捞光时，才记起这部长篇小说，翻开书包一看，封面已湿，书页面全湿，书脊倒是干的，连忙把书拿出，放在草地上，想借

各种版本的《林海雪原》封面

一抹太阳余晖晾晒……

在见底的河道里，满是翻腾的鱼虾，溅起的泥水，飞溅到晒得红扑扑的脸上，折腾累了的鱼虾已无力动弹，只好躺着让我们去收拾。浜头里最多的是河鲫鱼，足足有二三十斤，最大的一条居然有一斤多，还有不少黑鱼、河虾、黄鳝和一只小鳖……大家正尽兴时，突然一个小伙伴叫了起来："啊呀，啥么事咬牢我了！"一抬脚，只见一只大螃蟹用大钳子死死咬住了大脚趾，痛得他哇哇直叫。为了奖励他的"负伤"，大家一致同意把这只大螃蟹奖给他。

大家没有忘记"拷浜头"的最后一道"工程"：把河道两边堵住的泥石扒开，让水流入，恢复原样，不留痕迹，否则下次就别想再来，这似乎成了一条不成文的"拷浜头规矩"。

只见河水从两端滚滚流下，片刻又填满了整条小河，大家各自拎着分得的

“劳动成果”，背着晚霞踏上返家之路，而我肩背书包，右手拎着鱼虾，左手捧着那本还未干透的《林海雪原》，在高兴之中带点遗憾，并在记忆中刻下了一道深深的印痕。

这本《林海雪原》一直保存着，直到从贵州调回南通搬家时才失去，现在已经记不起此书版本是作家出版社1957年版，还是人民文学出版社1959年版。奇怪的是一开始在上海文庙旧书市场中一直未见这两种版本，见到的只是北京出版社1961年出版的电影文学剧本《林海雪原：智取威虎山》（刘沛然、马吉星著）。这版本是否就是以后成为八个“样板戏”之一的《智取威虎山》底本，不得而知。之后在不同场合下几乎见到了《林海雪原》的各种版本，并在儿子张浔的帮助下整理了一份有关《林海雪原》的文字资料，不妨在此奉献：

长篇小说《林海雪原》1957年9月由作家出版社正式出版，大32开本，初版5万册很快销空。1958年3月重印10万册。4月再重印15万册，半年多累计印30万册。这三次印刷的版本，封面均由古一舟所作。1958年6月，《林海雪原》第四次重印10万册，改用沈荣祥（柳成荫）设计的封面。7月，作家出版社又出了“一版一印”32开本的《林海雪原》，印15万册，这版本还发行过精装本。到1961年7月，作家版《林海雪原》累计印数超百万册。1962年9月发行第二版，1964年1月发行第三版，第三版采用的封面是吴作人所设计，直至“文革”结束后还在重印。据说《林海雪原》还有插图本（英文版），沙博理翻译，孙滋溪插图，外文出版社1962年6月印行；香港三联书店也出过一版，这两种版本从未见到过。至于《林海雪原》的总印数，各地租型印刷的数量也相当庞大，版别繁杂，著作者生前曾经想了解自己写的《林海雪原》到底发行过多少册，却始终未能如愿，因为弄清的实际难度极大，如果再加上连环画和《智取威虎山》的版本，那就更是一笔“糊涂账”了。

正因为这本刻有“深深印痕”的《林海雪原》让人难忘，所以就一直想追本穷源地弄清楚，这才有了上面这些文字。不过，如今只要一见到“林海雪原”这四个字，想到的并不是这些版本概貌和书中的主人翁，而是清晰记起那本弄湿了的《林海雪原》和“拷浜头”的一幕幕……

想起陈瑞龙

陈瑞龙，是我小学三年级时的班主任。在我的印象中，他是个壮实、有风度且脑子灵活、很有创意的男教师。

我之所以感到他“壮实”，那是因为有一次我在上课时腹痛，到学校卫生室检查后说是痉挛，只要卧床休息就没问题，陈瑞龙二话未说，背起我就往我家跑，到家后把我放在床上，居然未喘一口大气……

说他有风度，那是因为他的穿着很得体，经常穿一件夹克，裤子笔挺，用现在的话说就是“时尚”。我们经常看见一些漂亮的女教师喜欢与他搭讪，谈笑风生，嘻嘻哈哈，让人感觉生活的美好。同学们背后都称他“有卖相”。

让我印象最深的是他的灵活与有创意。小学高年级时，性别意识开始萌生，男女同学间相互回避，陈瑞龙便想出了一种“牵手活动”，旨在融合男女生的关系。全班 50 个同学，数量大致男女对等，他便安排男女生从矮到高排列，牵手从讲台前走过，随后坐到重新安排的座位上。记得当时与我牵手的是位姓秦的女生，高中毕业后她也考进了复旦大学数学系，我俩曾在校园中碰到过，好像还笑谈过陈瑞龙的“牵手活动”……至于他的“有创意”，可能要追溯到初小，那时正与苏联处在“蜜月期”，他便想出了一个“假想旅行”的朗诵会，找来 10 篇有关苏联的革命圣地和风景名胜的文章，如莫斯科红场、克

张春桥著《访苏见闻杂记》封面

里姆林宫、列宁山、无名烈士墓等，组织了10个男女生，每人背诵一篇，用朗诵的口吻到大礼堂表演，被选中者属佼佼者，记得我那时是大队长，也在被选之列。我背诵的是一篇"克里姆林宫"，有文字也有图片，相当形象。那些文章像是从一本书中拿来的，那时还没有复印机，于是把一本书拆分成10篇，待活动结束后重新再把它装订起来，又成了一本完好的书。可惜至今记不起这是一本什么书名的书，虽然书名不记，但有了书是"装订而成"的概念。

拿着这本"拆开的书"，我背诵了大约一天半时间，便背得滚瓜烂熟，至今还记得第一句是："莫斯科蔚蓝的天空上飘着白云"。朗诵会的那天，我穿着白衬衫、蓝裤子，戴着红领巾，脸上还涂脂抹粉，化妆了一番，那天我的表演如何，是否一路顺风而无格楞，已经完全记不起了，但至今还记得赢得的一片掌声……

这件事，后来也便淡忘了，然而在我心目中却产生了一个强烈印象：书是被看的，但一旦把看的书以有情感的语调朗诵出来时，书便不只是平面的，而有着一种立体感。不过，书还是应该"被看"的，有声音与有图像的"书"，那实际是对书的"异化"，已经并非真正意义上的书。即忽"电子书"，虽冠之以"书"，但也已非准确意义上的"纸质书"。这一切感悟，已经是在对版本有了一个比较完整的看法之后产生的，这种看法带来的结果，是对冠之以"莫斯科"之名的旧版本的搜寻。

在某一时期，我像着了魔似的搜寻这类图书，民国时期曾出版过一些，我曾留存过一份书目：《出使莫斯科》（戴维斯著，梁纯夫译，五十年代出版社1943年5月版，"世界大战插曲丛刊"3）、《从莫斯科归来》（胡铭著，群众图书公司1933年1月版，"涛声丛书"第一种）、《伦敦华盛顿莫斯科》（拉斯基著，大公报馆1945年1月版，"大公报小丛书"第一辑）、《莫斯科：现状·历史·工业·文化》（时代书报社著，罗果夫1949年1月版）、《莫斯科·柏林·罗马》（鹤见（示右）著，徒然译，长城书局1935年3月版）、《莫斯科观感录》（陆宁甫著，生活书店1936年7月版）、《莫斯科和我》（陈澄之译，1948年1月版）、《莫斯科记》（傅克脱惠格著，吴大琨译，生活书店1938年11月版）、《莫斯科就在我们背后》（彼得罗夫著，外国文书籍出版局1943年版）、《莫斯科前卫战》（彼特罗夫著，亮之译，光华出版社发行所1946年5月版）、《莫斯科日记》（卡德发尔著，邓莲溪译，时与潮社1943年10月版，"时与潮译丛"第十一种）、《莫斯科十年记》（威克斯铁著，杨懿熙译，商务印书馆1934年11月版，"史地小丛书"）、《莫斯科印象记》（胡愈之著，新生命书局1931年8月版，"社会教育社丛书"一）、《忆莫斯科》（福克脱凡格著，黄立译，前卫书店1938年9月版）。更多的是建国初期的版本，如《到莫斯科去》（鲁比娜著，柳衷译，少年儿童出版社1954版）、《莫斯科访问记》（刘白羽著，海燕书店1951年版）。我猜想，当年朗诵的母本大概就是建国之后的版本。记得后来

书名中有“莫斯科”字样的版本封面

晨光出版公司还出过一套“苏联画库”，约有三四十种，只见到过第四种《新莫斯科》(余增桦著，新知识出版社 1954 年版)。

如今这类版本，在自己的书库中几乎无存，但只要看到这些带有浓厚时代特征的版本，就会自然而然想起“假想旅行”朗诵会，想起陈瑞龙。我曾多方打听他的下落，最后传来消息说他在 83 岁时已经离开人世，这虽可用“书比人长寿”来比喻，但与书曾经有过一段因缘的人也许会以另外一种形式永远活下去。

因书得“祸”

因书得“祸”，发生在初中二年级下学期，虽称不上“大祸临头”，但在我的读书生涯中却像被刻上了一道深深的印痕，难以忘怀。

从小学到初中一年级，我基本上都是成绩“优秀”的学生，自我感觉良好，深得老师“宠爱”，写的作文经常在课堂中宣读，答题整洁而准确的考试卷，也常被贴在走廊内供大家“学习”，然而到了初中二年级下学期，我不知是着了什么魔，被神差鬼使似地拖上了一条相反方向的路：居然与班中两个成绩最差最调皮的同学结成了好伙伴，致使成绩骤降，其中的“媒介”居然是漫画书。

这两个好伙伴，一个姓黄，一个姓李，大名皆忘。他俩是“调皮死党”，但又很讲义气，这在初中三个年级中是出了名的。黄虽调皮，但能画一手好漫画，上课从不认真听讲，喜欢埋头画画，从校长到一般的任课老师都曾被他画过漫画像，

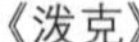
《泼克》

《漫画界》

《电影·漫画》

《时代漫画》

画得惟妙惟肖，看过的人甚至被画的人看了都会捧腹大笑……这样一个人，在那个年龄段是很有“磁性”的，而被吸得最“牢”的不是别人，恰恰就是喜欢画画的我。从此，在上课时，就以画传话，或叙事，或骂架，乐此不疲，乐在其中。

黄同学还经常从家里带些解放前的漫画杂志和书籍，比如今代出版社版的《今代漫画选》、叶浅予的《旅行漫画》等，还有《中国时事漫画》、《漫画生活》杂志等，在那时这类书刊是较为少见的。据李姓同学说，这是他叔叔的藏书，黄的叔叔解放前曾是漫画界的知名人士。当时虽说起过尊姓大名，以后便忘得一干二净。这些书刊也常在上课时在三人间传来传去，在传的过程中，同时也把我的“魂”给勾传掉了……放学后，三人还常在一起玩，看漫画书和画漫画是主要“功课”，家庭作业很少完成，更不用说预习与复习了，一个月下来，一切见“分晓”：我的成绩从 95 分骤降至 56 分，从优秀到不及格；虽在期中考试以 60 多分过关，但成了年级中最失面子的人，成绩优秀的同学会以惊讶的眼神看我，背后还说：“张泽贤摊板(即差劲之意)!”弄得自己的面孔一会儿红一会儿白，难堪之极。

《独立漫画》

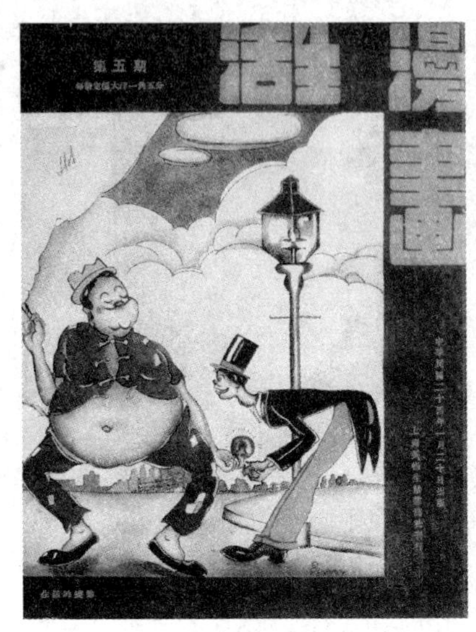

《漫画生活》

在初二升初三时，年级领导采取了一个“拆散分离”政策，把我们三人拆开，李同学仍留原初二（二）班，黄同学分在三班，我被分在同学年龄全比我大的四班，这是个体育班，同学“高一码大一码”（高大之意），我和另外一两个矮小同学，站在其中简直就像小鸡站在鸵鸟中。我和黄李二人，虽下课或放学后可见面，但时间一久也便分而自散，直到初中毕业后，我仍考进原中学的高中，黄李二人，一个考进中专，一个考进另一所中学，从此居然再未见过一面……人生的缘分就是这样奇怪，对漫画书的痴迷，就此改变了我在某一时段的命运，这段命运虽然让我有点难堪，但也刺激了我，进高中后我的成绩步步高升，很快又恢复了原样，这才有了考进复旦大学中文系的命运……

直到2000年的某天，我才在上海文庙旧书市场中见到了这本曾经影响过我的《今代漫画选》，作者39人，如丁聪、江栋良、胡考、陆志庠、陈少白、黄文新、黄士英、张乐平、华君武、叶浅予等，今代出版社1935年1月初版，总共仅32页，尺寸大小26×20厘米，收漫画百余幅。当时，只关注漫画，并未注意版本细项，更没有注意其中还有一位“黄士英”，看到这个名字，才使我回忆起这可能就是黄同学的叔叔。当时有一本“左翼”漫画杂志《漫画生活》，它的主编之一就是黄士英，由上海美术生活杂志社创办，存活期从1934年9月至第二年的9月结束，共出版13期，除漫画外还刊登有小说、散文、杂文等，进步的倾向和严肃的内容曾得到过鲁迅的赞扬。在这本杂志中，我还见到过黄士英所写的《中国漫画发展史》。之后还逐渐了解到，1932年2月创办的《中国时事漫画》，黄士英曾任主编；1936年创办的《生活漫画》，黄也是主编，可见他是当时漫画界的头面人物。

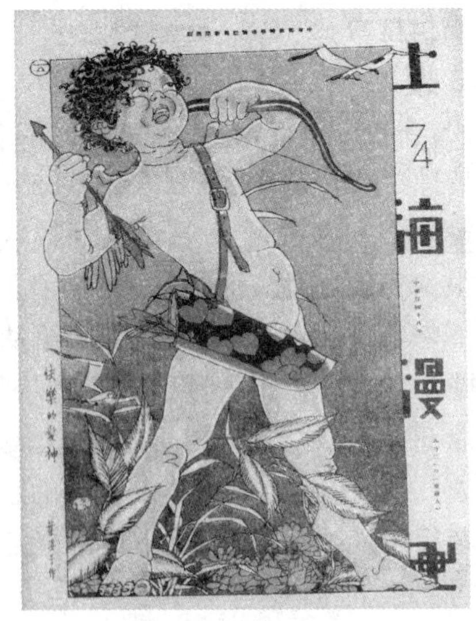
《上海漫画》之一

其实，在当时漫画刊物出版相当活跃。先后出现过沈泊尘、沈学仁兄弟的《上海泼克》，中国漫画会创办的《上海漫画》周刊，鲁少飞主编的《时代漫画》，胡考主编的《旁观者》，张光宇主编的《独立漫画》、《泼克》和《上海漫画》，王敦庆主编的《漫画界》和《漫画之友》，黄鼎、黄士英主编的《漫画生活》，张谔、黄士英主编的《漫画和生活》，刘永福、黄士英主编的《生活漫画》，黄士英主编的《漫画世界》，曹聚仁、江毓祺主编的《群众漫画》，庄启东主编的《漫画漫画》，顾逢、朱金楼主编的《电影漫画》等。

《上海漫画》之二

后来看到京城书友谢其章先生的《漫画漫话》，感到很亲切，因为它把我对漫画的最初至终结的概念来了个形象概括，又好像在总结我“因书得‘祸’”的一段历史……

抽第一支烟和读第一部译作

抽烟和读译作，原本是风马牛不相及的两码事，两者能联系在一起，是因为完成这两个“动作”是在同一时间与空间，空间是个窄小的厕所。

那时我19岁，刚考进复旦大学中文系，住在重庆南路的三德坊，与赵景深教授住的四明里相距咫尺。如今曾住过的地方已是车水马龙的南北高架，当年我住过的弄堂痕迹已经难找，那间窄小的厕所当然更是消失得无影无踪，而让我永远记住它的并非窄小，而是在同一空间同时完成两件事情：抽烟和看书。记得那是我第一次碰香烟，也是第一次用嘴吸烟，香烟的牌子是牡丹牌。看的书是一本译作，艾·丽·伏尼契的《牛虻》，李俍民译、中国青年出版社1953年版。我之所以称其为“读第一部译作”，那是因为在这之前虽也接触过不少翻译著作，但真正“认真”阅读的几乎没有，而达到“认真”程度的就是从此书开始的。书中的主人翁牛虻的刚毅无畏让我着魔，记得此书是从淮海路的一家新华书店买来的，买到便翻看，还带到了窄小的厕所中阅读，而且还点上了一支烟。至于为何要边看

当年离沪至黔前，与妹张衣民在三德坊合影

书边抽烟已经完全记不起来了，是为了提神，还是为了“制造”一种阅读氛围？也许两者都有……

书前有“出版者的话”，讲明了版本来源：“本书是依据一种英文原本（纽约 Grosset & Dunlap 版本）并参照两种俄译本（苏联青年近卫军出版局 1950 年的版本和苏联国家儿童出版局 1949 年的版本）翻译和校订的”。之后还有耶·叶戈洛娃的序，然而在那时根本无意于阅读这类文字，看书只为看情节，对诸如版本的描述和来源还相当无知。

我读过的第一部译作《牛虻》封面

全书分为三卷加个结尾，每卷还分若干章节。当读完第一卷第一章的最后一句：“蒙泰尼里一个人坐在木兰树下，凝神着他前面一片黑暗”时，记得同时猛抽了一口烟，没有吐出而是全部吸进，之后只觉得眼前确实“一片黑暗”，想睁开眼睛也有点力不从心，眼前模糊一片，一分钟后居然晕得“不省人事”，低头倒在书上睡着了……当醒来时，估计已过了 10 分钟，只见未抽完的烟头掉在地上，《牛虻》也躺在地上，两个“倒地”动作，完成了我抽第一支烟和读第一部译作的全部过程，令人终生难忘。在之后的三天内，几乎每天都捧着《牛虻》，当第三天看完最后一段话：“她从那张布告上抬起头来向玛梯尼望了一眼，他立刻从她眼光中看出无言的暗示来……”居然连一根烟都未抽，而是在净洁的氛围中读完了第一部译作。

如果从 19 岁抽烟开始算起的话，到我 60 岁退休戒烟为止，总共断断续续抽烟 40 年，如以每年平均抽烟 50 包计，总共抽了将近 2 000 包；而每年平均阅读的翻译和其他文学作品，则远远低于这个数量，虽然有时看书的同时会抽烟，但抽烟与看书的速度与数量绝非成正比。纵观我 60 年看过的书不计其数，远非 2 000 册，但阅读翻译著作的数量是可以数得清的，前后大概不超过百部。记得紧接着《牛虻》读的是奥斯特洛夫斯基的《钢铁是怎样炼成的》和柯斯莫捷绵斯卡亚的《卓娅与舒拉》，以及罗曼·罗兰的《约翰·克利斯朵夫》，紧接着开始读巴尔扎克的《人间喜剧》，读雨果的《悲惨世界》和《巴黎圣母院》，读托尔斯泰的《战争与和平》和《安娜卡列尼娜》等……

阅读过的译作，大多是我书库中的收藏品，因此所藏译作版本也不多，好像只是版本收藏中的一种点缀。之后涉足于对中国现代文学翻译版本的研究，过眼的版本成千上万，一个强烈的感觉是：我曾读过或收藏过的翻译版本，只是“沧海一粟”，在“沧海”面前显出了人之“渺小”！

如今，只要一接触到翻译版本，就会自然而然地想起曾经读的第一部译作《牛虻》，以及抽的第一支让我晕过去的香烟，而把这些原本并不相干的东西“串连”起来的是什么呢？说不清道不明，直到想写这部《我与书的自传》时，才感悟到这条“串连”的线，正是“缘分”。

油印的桥牌书

这本油印的桥牌书，仅 20 多页，32 开本，纸张是薄薄的打印纸，用书籍折叠法装订，前后页的文字相互透出，但它却成了我和朋友们在贵州盘县后期从不离身的“好伙伴”，成了我们跨进“桥牌门”的向导。此“书”直到我从南通调回上海搬家时才丢失，丢失的时候已经散页和破损。在一大堆崭新的书籍中，它已经成了衣衫褴褛的“乞丐”，丢失时并不经意，但一旦失去，却让我难过了好些天。

独自完成此书的刻钢板、油印和装订者，是我复旦大学中文系的学兄顾仁荣。那时他和我一样从上海被分配到贵州省盘县特区，我分在盘关区（煤矿区）的邱田小学，他分到了大山之中的羊场小学任教，在那里呆了将近 10 年，在离开羊场调回老家江苏之前，曾担任过一段时间的区教育指导员。之后他便在无锡日报社任编辑，之后担任了夜班副总编辑直至退休。

他是个勤勤恳恳、埋头工作的“老黄牛”，儿子有两个，都已工作，一个在无锡，一个在上海，有了两个孙女后，他和太太“两地分居”，分别轮流在无锡和上海

老顾（左一）与当年一起打桥牌的朋友顾为安、蔡之杰相聚我家

我(右一)与当年桥牌“对手”蔡之杰相聚在上海中山公园餐厅

带晚辈,其乐无穷,一讲到他的两个孙女,眉开眼笑,一手持烟,一手持杯,抽一口、喝一口,嘴里嘟哝着:“天伦之乐,天伦之乐!”随后,大家跟着他一起笑。

可是,当年的老顾却没有这样享福,工作在雾气弥漫的山区,生活艰苦,当有一天香烟断档时,他居然会沿着墙角寻找吃剩而丢下的烟头,把剩余的烟丝用纸重新卷起再抽,他自己也感到好笑,却又体验到了另一番情致。有一年,他返乡探亲与我同行,随身携带着三只大麻袋,两个麻袋装满当地土特产,杜仲、天麻、核桃、板栗,有自己买的,也有同事、学生送的;另一只麻袋里装着自己在课余时锯刨好的木板和木方,据说回去可装钉成小方桌,为了把这些东西搬上拥挤的火车,我俩折腾了一番,他还差点上不了火车。满头大汗的他,摸出一支烟,静静的,笑眯眯,在火车启动的声响中感到一切都圆满了……他抽了口烟,用无锡话说:“蛮好,蛮好!”

当年,在盘县有着全国各种名牌或非名牌大学的大学生近200人,之后有人考上研究生离去,有人想方设法离去,老顾为了调回无锡绞尽了脑汁,头发白了,也秃了不少。记得有一天晚上,我们几个关在房里商讨“送礼对策”,最后以“最佳方案”突破,使他顺利调回老家,大家为此又开怀痛饮,大笑了一场,胡乱编歌唱道:“再坚固的铜墙铁壁也不在话下……”又唱道:“你先走我跟上,待到江南再见面!”这两句“胡歌”都实现了,我在他之后调到了江苏南通,其他人也陆续调回了江南,待到大家再见时,总算还没有完全老到发秃齿落的地步。

当年留在盘县的人,看着周围的人都设法陆续调回江南后,便留下了一腔烦恼,个个像是热锅上的蚂蚁,从而进入了所谓的“思乡烦恼期”。有一天,老顾从羊场到县城,来到县教育局我的宿舍,只见他从包里取出五六本自己装订的油印本,还以为是区里上交教育局的材料,一见封面,几个大字却是“桥牌入门”。他笑嘻嘻地说:“来吧,没事干就玩桥牌,不懂? 我有书!”

看书和实战,轮番进行,边看书边打牌,水平大有提高。在初学者中,包括老顾,他虽是能与10人同时下象棋盲棋而赢的高手,对桥牌还是“牌盲”,就是凭着这本油印书,实战了二至三年,直至友朋四散为止。带回江南的除了贵州的“气息”,就是玩熟了的桥牌技艺和破损了的《桥牌入门》油印书。

油印本的“母本”《桥牌入门》封面

有一次,老顾和几位当年一起打牌的朋友在我家对面的小饭店聚餐,一提起这本油印书,在座的都会兴奋起来,兴奋之余都惋惜地说已丢失。而其中一位曾想为自己儿子取名“柴可夫斯基”的柴兄却说,他的那本油印书还完好无损,大家惊讶,他说:“我拿到那书后就藏了起来,看的都是别人的!”

真是庆幸,那本油印书居然保存了将近40年,如再保存百年,那无疑就是珍稀孤本!

搬家失书记

自从我工作以来，有过三次搬家经历，第一次是毕业分配，其余两次都是由于调动而引起的。

第一次搬家，是最为简陋的一次，由上海复旦大学中文系毕业，分配至贵州的盘县特区，所谓“特区”，即三线的煤矿区，俗称“六盘水特区”，地域包括水城、盘县和六枝，各称特区，实际是工矿区。那时的行李只有三只箱子，两只放衣物和生活用品，生活用品中有草纸、盐等；还有一只便是自己阅读和使用的书籍，说起来也只有七八十本书，大多是父亲在临行前给我的，其中有民国时期出版的骆驼版、罗曼·罗兰的《约翰·克利斯朵夫》四册，鲁迅选编的《苏联版画集》等，还有一些大学时读的书，如刘大杰的《中国文学史》、《现代文学史》，以及唐诗宋词，

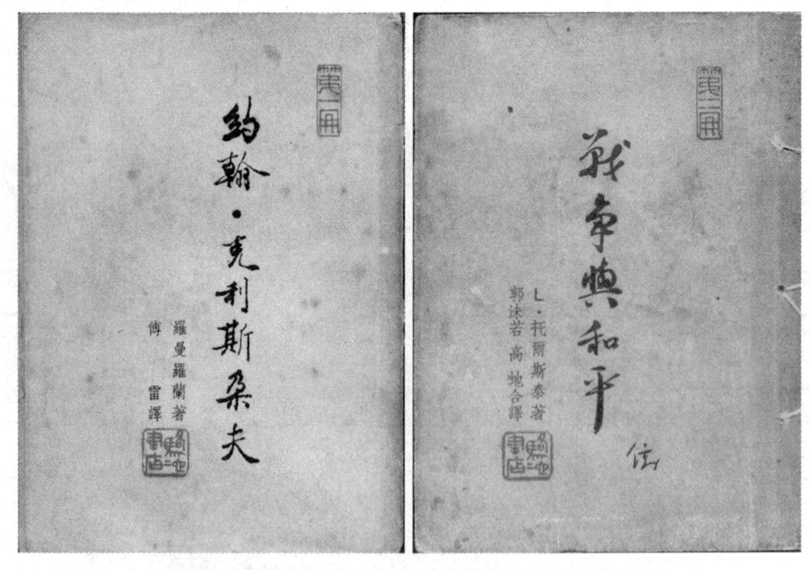

骆驼版《约翰·克利斯朵夫》和《战争与和平》封面

杂书和集邮册也不少，装满了一箱。因是远途跋涉，从上海到贵州的盘县，从云南沾益绕道而进入贵州，需多次转车，生怕周折而丢失，故把一些较为珍贵的藏书都放在了上海家中，谁知几年下来也失去不少，这种流失往往是在不知不觉之中，现在已经记不起在是什么时候什么情况下，丢失的是什么书……早知如此，还不如拼着老命也要把这些书带到远在千里之外的第二故乡盘县。

记得“文革”结束后不久，有一次回沪探亲，正好碰上世界名著重印的出版潮，那时我住在淮海中路的三德坊，当得知嵩山路新华书店要出售世界名著时，一早就赶到八仙桥，从清晨5点一直等到书店开门，长龙似的队伍早已弯了好几弯，一直甩到了隔壁弄堂里。但排队的人都极兴奋，是以一种期待的心情，等待着与这些久违的“朋友”见面……在这次购书潮中，我几乎每天都去，把所有重印的世界名著都买到了手，等探亲结束，就把所有买的书带回了盘县，一路虽增添不少负担，但一想到这些书籍重印的意义和它们的使用价值，也就毫无劳累感了。在贵州10年，每年探亲回沪，除帮贵州同事、朋友以及自己带些衣物和生活日用品外，其他带的全是书，包括在贵州买的书，10年下来也有2 000册左右，堆满了吃住全在一处的一个大房间。与此同时，被同事、朋友借去未归还的书籍也不在少数，之后又送掉和处理了不少，记得在调到江苏南通前藏书已经快到800册。

从贵州盘县调回南通，除了随身携带一些必需品外，其余所有行李和书籍都通过火车托运。从盘县到云南沾益还未通火车，在装满一车的行李中，大概有一半是书籍，这些沉重的书和我一起重又返回江南，至于我和书之后的命运如何，那时确实不知……人到南通一个多月后，行李到达的通知书才接到。可是当我赶到上海老北站的行李房时，管理员指着一堆堆行李物品说：“你自己去找吧……”找了老半天，才把分开放置用绳扎好的行李和箱子还有一些零星家具找到了，原本有书七箱，费了九牛二虎之力也只找到四箱书，另外三箱怎么也找不到。正想放弃之时，又在靠墙的“破旧物品”处找到了一个已经破裂的木板书箱，里面仅存两本书，其余全不见了，而另外两箱却始终未找到，估计是被人捞了“横档”。与之争辩也无用，管理人员也觉理亏，答应再帮着找找……经过多次交涉，

南通日报社时的我

刚调到上海的我

火车站只赔了我75元人民币。丢失的这些藏书，可以说是我最喜欢的，虽然如今已经无法记起所有“朋友”的名字，但有一种是永远也不会忘记的：罗曼·罗兰著、傅雷译的《约翰·克利斯朵夫》，是我最早带去的藏书，也是最先丢失的藏书！以后又是我最早在上海文庙旧书市场中搜寻到的旧版本：那已经是骆驼书店1947年2月的第三版，丢失的是1946年1月的初版。

随后我便专注于搜寻骆驼书店的所有版本，为的是填补心灵中失书的那块“空白”，先后几乎把所见“骆驼版”图书全部搜齐：《奥列佛尔》（狄更司著，蒋天佐译，1948年3月版，迭更司选集）、《巴黎圣母院》（雨果著，陈敬容译，1949年4月版，上下册）、《贝多芬传》（罗曼·罗兰著，傅雷译，1946年4月版）、《城与年》（斐定著，曹靖华译，1947年9月版，“中苏友好协会丛书”）、《大卫·高柏菲尔》（狄更司著，董秋斯译，1947年6月版，上下册，迭更司选集）、《高老头》（巴尔扎克著，傅雷译，1949年3月三版）、《红马驹》（斯坦倍克著，董秋斯译，1948年4月版，“现代美国文艺译丛”）、《荒野的呼唤》（杰克·伦敦著，蒋天佐译，1948年5月版，现代美国文艺译丛）、《马克斯传》（梅林著，罗稷南译，1945年11月版）、《匹克威克外传》（狄更司著，蒋天佐译，1947年2月—1948年3月，上下册，迭更司选集）、《天鹅》（安徒生著，陈敬容译，1948年7月版，“安徒生童话选集”）、《相持》（史坦倍克著，董秋斯译，1946年3月版）、《雪女王》（安徒生著，陈敬容译，1948年4月版，“安徒生童话选集”）、《亚尔培·萨伐龙》（巴尔扎克著，傅雷译，1946年5月版）、《烟草路》（加德维尔著，董秋斯译，1946年4月版）、《有产者》（高斯华绥著，罗稷南译，1948年10月版）、《约翰·克利斯朵夫》（罗曼·罗兰著，傅雷译，1945年12月—1946年2月版，四册）、《战争与和平》（L·托尔斯泰著，郭沫若、高地译，1947年1月版）、《在俄罗斯谁能快乐而自由》（尼克拉索夫著，高寒译，1947年11月版，上下册）。以后，这些版本的绝大多数记不起是什么原因，散落的散落，借出的借出，离我而去。可见，并非只有搬家才会失书，在不经意中也会失去，书的命运就是如此变幻莫测，难以捉摸。

如今只要一见到还残存的“骆驼版”，就会想起三次搬家的失书，甚至还会惦记失去的那些书之命运……

“286”与电子书

如今，听到和看到“电子书”，便怀念起将近30年前我的“286”。

“286”，是我在1984年买的一台电脑。1980年，我从贵州调到南通日报社，先当记者后任编辑，并参与了创办《南通日报》“星期版”，在这期间，花了4 000元买了这台当时在南通也属“领先”的“286”电脑，我成了南通新闻界最早使用电脑的人，这台电脑也便成了我逐渐“摆脱”纸与笔的引领者。

我与带回上海的“286”合影留念

对于“286”，从一开始我便没有弄清楚是怎么回事，之后电脑逐步升级换代，前后换了将近七八台，对这个专业名词还是浑然不知，其实并非不想知，而对使用者来说，知其所以然，还不如熟其所以然也……直到如今，想写此文时才算把概念弄清：

所谓“286”、“386”或“486”，都是指电脑的中央处理器（核心部分），它本身只是个集成电脑块，像人脑一样有着运算和判断能力，还能控制电脑工作。人们所说的电脑升级换代，就是指中央处理器的升级换代。从运算速度看，“486”快于“386”，“386”又快于“286”。“286”的命运，在运算速度的快速提升下势必成了淘汰品。

1997年，我从南通调回生我养我育我的上海，这台已经废弃的“286”也随我返乡，并把它恭恭敬敬地放置在书房里，直到两年后搬进新房才把它处理了，记得当时连同一台老掉牙的针式打印机总共只卖了60元！20年不到的光景，从

4 000 元贬值至 60 元，这样的贬值率人们往往是忽略的，记住的只是青菜、猪肉的涨价，可悲往往表现在细微末节……“286”的可怜命运，让我痛心疾首，又无可奈何！

我与“286”起码相伴了 10 年，虽然其间报社的电脑全部升级换代，可我回家仍在用这台电脑写文章，并用针式打印机打印出来，一页页谱写我的写作生涯。现在回想起来，“286”的一个贡献，便是快速提升了我的五笔文字输入速度，当我从南通江海晚报社调回上海浦东新区史志办公室时，我的手的操作与思维递进能够基本同步，这样的速度像我这样年纪的人是极少见的。其实，“286”对我而言最大的贡献是为我完成了第一部个人专著：《南浔随笔》。“南浔”是我的笔名，也是我的故乡。以笔名为随笔集的书名，而非描写南浔的游记。如今，只要看到这本《南浔随笔》，就会想起这台“286”，但对它的印象却是越来越淡薄了……

这种渐渐淡薄的印象，转而变成了当今身价日上的电子书，两者间虽无必然的联系，但都是可以瞬息而成“明日黄花”的电子产品。电子书，新闻出版总署给过一个定义：“电子书是指将文字、图片、声音、影像等等讯息内容数字化的出版物以及植入或下载数字化文字、图片、声音、影像等讯息内容的集存储介质和显示终端于一体的手持阅读器。”复杂而拗口的专业术语，让人读得难过。电子书一问世，我就看过摸过，感觉与纸质书完全不同，习惯与理念让我本能地对它排斥，虽无恶感，但从内心不喜欢——这可能几乎是所有读书人的第一反应。不过，私下又不得不承认：它的优势与时代吻合，随着科学技术的发展，可以预见，未来电子书将与现时纸质书相差无二，但却有着它无比强大的优势：彩色、动态显示，速度提升，多屏重叠阅读，电子阅读器间内容的无线传输，形态变成可任意折叠的柔性“纸”等等，在这一切面前，纸质书将逐渐退出历史舞台已成定局——这是我悲观而又乐观的看法。

如今我抱着孙子张承在“戴尔”电脑前

这种看法基于对“286”的感性与理性的认识，在“286”时代，无法估计 30 年后会出现电子书及相关产品，如果再预想三四十年后的 2050 年，电子书又将会被何种“书”替代呢？您知道吗？起码我不知！

纵观“书”的发展史，由竹帛至纸，从纸到电子书，其发展就是创新与淘汰并存的过程，且从实体逐渐向虚拟发展，虚拟得让人感觉到它是确实存在的，这种创新力量无可阻挡。被淘汰的，也便成了收藏品，在大规模的淘汰后，尾随的往往是“收藏者”，收藏者是极少数，正因为少，所以要耐得住寂寞！如果您没有这种能耐，就千万别涉足收藏界。

“286”，我没有收藏保存，那是因为我耐不了寂寞，同时也抵御不了另一种新的更有意思的乐趣：难说有一天，我也许也会手捧电子书，去阅读我自己写的书——在今天，确实已经无法固执地排斥任何的可能……

编副刊与搜书

我在近 20 年的报纸编辑生涯中，最为“辉煌”的时期是编副刊。

1984 年，《南通日报》创办了“星期版”，四开四版，每周日出版，附在大报一起发行，之后单独发行。从“星期版”创办到 1994 年《江海晚报》创刊，“星期版”最终消失；1997 年我从南通调到上海，这才结束了报纸的副刊编辑工作。“星期版”的副刊“广玉兰”和《江海晚报》的副刊“夜明珠”，我都参与其间，即便是担任了专刊部和晚报的负责人后，仍未脱手副刊的编辑，除编稿画版，为人做嫁衣裳，还写过不少杂文随笔和人物专访。可以说，我精力最旺盛的时期是在编副刊，粗略估计前后编辑副刊版面约 1 000 个。如果说，我对南通报业有点贡献的话，那就是编副刊，并形成了自己的特色，我自信在南通报业史中是能留点“影子”的。

如果说编副刊是“辉煌”，那么在“辉煌”中的“闪光点”就是杂文和随笔。记得曾经写过的几篇杂文随笔还在省里获过奖，如《一个下流动作的下场》和《圆的随想》等……当我由经济部调到“星期版”时，还未在报纸上发表过一篇杂文，之后居然一发而不可收，写有杂文随笔近千篇，最后集成《南浔随笔》一书。如今，实在记不起我在《南通日报》或“星期版”发表的第一篇杂文是什么，估计还只是配新闻的小评论。

当年我与“星期版”的作者一起交流

我接手副刊并开始写杂文的时候，想到的居然是杂文家公今度。此人原名徐震，我进复旦大学时，记得他任党委宣传部长。“文革”开始时的 1966 年 8 月，中文系的同学把他的笔名解析为“攻击今天的社会主义制度”，于是被揪斗，浑身上下泼满墨汁，竭尽侮辱之能事。因他原任党委宣传部长、中文系党总支书记，因此可以说是当年复旦大学第一个被揪出的当权派。我刚进复旦时，记得曾听过一堂他讲的杂文课，具体内容已经完全不记得，但给我留下的印象至今难忘，他的脸，他的笔书，甚至他的声音……我一度曾把他看作是“杂文的化身”，一提到杂文，便会想起公今度，想起满身被泼着墨汁的徐震……

《江海晚报》美术编辑丁鸿章为我画的漫画像

有一个星期天，我外出采访，途经南通人民路的文庙，平时经过不知多少次，却很少驻足，那天不知何故，一头钻进布满旧书摊的文庙，一眼便看到一本公今度的《魂兮归来：公今度杂文选》，两毛钱成交，一手交钱一手取书——心想，把我招魂招进文庙的可能就是“公今度”。他的杂文集虽不多，但到我调回上海后都陆续搜到或看到，除《魂兮归来》，还有《有花的蔷薇》、《冷板凳上的话》、《公今度杂文选》和《公今度杂文选续集》等，算是完整地看到了“公今度”的全貌。

公今度的《魂兮归来》杂文集封面

从准确意义上讲，我的搜书正是从编副刊，写杂文，想到公今度，搜得《魂兮归来》开始的。一连串看似并不相干的事，却会按自身逻辑得出结论：要想编好副刊，要想写好杂文，就要成为“多面手”，要成“多面手”，必要多读书。从多读书到多搜书，也便成了一条必然的捷径。在南通编副刊，就得熟悉南通的乡土，随之搜书的目标便是南通的名人张謇，以及与张謇有关的所有版本。在搜书的同时，在副刊上开辟了一个“乡土集”栏目，旨在介绍南通的掌故轶闻，前后刊登了大约有四五百篇，剪报有一大堆，心中一直想编本《南通乡土集》，直到调回上海也未忘记这一宿愿，可惜人去茶凉，已经很少有人去关注这样一件不起眼的事情……

《江海晚报》时期的我

最为可惜的是，四大册副刊“广玉兰”和“夜明珠”，曾寄存于南通的一位朋友处，想索回时居然已经丢失，顿时感觉自己生命的一部分就此丢失，让人茫然不知所措！

我在南通时期搜得的民国版本，虽不多，但大多是借的借，丢的丢，留存下来的已很少，虽然它们不是我生命的一部分，但与生命有着千丝万缕的联系，丢失的虽是“影子”，但也不免惘然！

京剧与鳖壳脸谱

我自从与文字结缘后，就远离了绘画。有时虽也偶尔涂涂，但毕竟已成门外汉。

我对京剧虽无痴迷之意，对京剧脸谱却特别偏爱，是什么原因，就连自己也说不清，但在内心很清楚：我爱的是它的斑斓色彩，以及由色彩所蕴含的深意。因此，当第一次在上海文庙旧书市场中见到一本京剧脸谱版本时，就爱不释手，紧紧抓住，生怕被人"抢走"。之后又搜寻了不少京剧脸谱版本，进而又得到陕西社火、贵州傩戏脸谱的版本。各种脸谱虽很不同，但它们有个共同特征：震撼！让人感到它就像是处在人和神之间的一个"精灵"……

舞台上绘脸成"谱"，那是明代的事了。清中叶徽班进京，京剧大盛，脸谱便成京剧的一种特殊表现手段。京剧脸谱分门别类，忠奸正邪不是用文字表示，而是用色彩，并赋予色彩以一种阅世警世的内涵：赤色示忠勇，白色为奸诈，青色显妖邪……奸臣的白脸，还加了个白鼻子，据说那是老百姓不满于现实生活忠奸不清的"模糊"才想出的办法，不失为中国式幽默，令人叫绝！

起先，我是在纸上画京剧脸谱，继而在脸形石膏模上描画，但总感觉匠气十

两枚不同形态的鳖壳脸谱

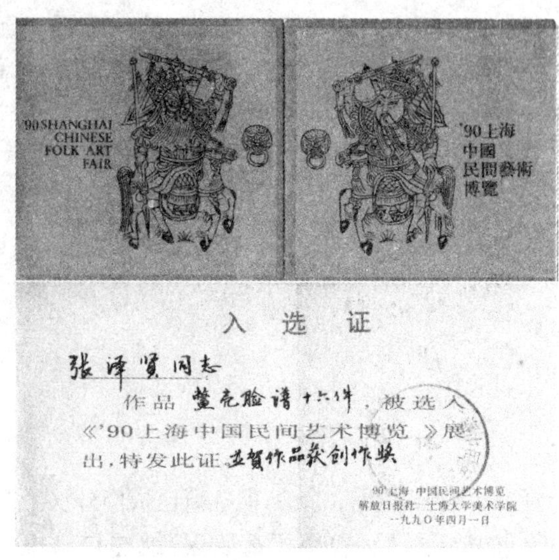

入选证

张泽贤同志

作品 鳖壳脸谱十六件，被选入《'90上海中国民间艺术博览》展出，特发此证。并贺作品获创作奖

'90上海 中国民间艺术博览
解放日报社 上海大学美术学院
一九九〇年四月一日

《'90 上海中国民间艺术博览》参展证书

足、死板。有一次，坐在书桌前胡思乱想，面对电脑旁放着的一只洗净的鳖壳（甲鱼壳），灰白中有着无规则排列的丝丝斑斑灰褐色，清晰的纹理，像是皮肤上的皱纹与斑点，淡淡的，雅雅的，深含着浓浓的味道；鳖壳四周的“刺”，像是人脸上长满的络腮胡子，张扬威猛，挺拔含蓄。此时，一个念头立马出现在脑中：鳖壳脸谱！

我把家中的鳖壳用特殊方法洗净，并剔除四周的裙边和脊柱中的脊髓，还人为地用指甲随意地划除鳖壳上的灰褐色，使其更为自然和淡雅。刚开始画时，把整个鳖壳全部涂抹成京剧脸谱，五颜六色的块面，对比映衬，效果特好，但这样画无非是把脸谱用另一种形式表达而已，缺乏创意。之后，仅用单黑色，有浓有淡，单线勾勒出京剧脸谱中的某一元素，其余留白，如只画眼睛，留白处能清晰地看出鳖壳原有的机理，淡雅与原始中透着古朴，远古的味道极浓，完全摆脱了京剧脸谱固有的程式，令人感到完美！

各种鳖壳的京剧脸谱，大多完成于南通，朋友们看了无不赞叹，在“1990 年上海中国民间艺术博览”中，我有 16 件鳖壳京剧脸谱参展，并获创作奖。南通电

我站在满壁的鳖壳脸谱前

视台的朋友还专门到家来拍摄专题片《张泽贤的鳖壳脸谱》。朋友们还自愿为我四处张罗鳖壳，在酒席宴上还一再告诫："小心别弄碎了，这是《江海晚报》张总要的……"待我从南通调回上海时，鳖壳装了两箱，估计有五六百只。可是画鳖壳脸谱也是一时之兴，后来也很少有时间去描画，再说业余兴趣也已经完全转移，不知不觉地转移到了去搜集民国旧版本。不过，有时也偶尔涂上几只，那纯粹是作为礼品。记得有一年朱镕基和夫人劳安到南通视察，我太太朱铭是他的侄女，称朱镕基为长叔，知道长叔喜欢唱京剧和拉京胡，于是嘱我画两个京剧脸谱送给他，我还特意请人用蓝印花布做了两个小盒子，长叔见后高兴地收下，据说到现在这两个用盒子装的京剧脸谱还放在他的书柜里……

我的兴趣虽然转移到了搜寻旧版本，但仍把搜集民国时期出版的有关京剧的版本作为自己的一个收藏专题，并从搜集版本发展到关注出版京剧版本的出版机构，如戏学书局、晓星书店等，其中较为著名的版本有张乙庐著、王梦渔校对的《老副末谈剧》。这一版本很有意思，在封底印有一枚三角形出版标记，三角形中有一戴冠挂须的人物，下方印有"上海戏学书局"六字；在版权页"版权所有"处盖有一枚少见的以书名为印文的版权印，印文是："老副末谈剧"，在版权印下方有文字："此处盖有老副末谈剧朱印"。以书名为印，盖在版权所有位置，这在民国版图书中较为少见。所谓"老副末"，"老"是修饰词，"副末"是与"正末"相对而名，即副中末角，古代称为"冲末"。在传统昆剧演出中，都由副末开场介绍剧情和主题。"副末"在完成开场任务后，旋即可进入戏中，成为穿梭奔走于生、旦、净、丑间的角色。"副末"开场一般是由"副末"与"后台子弟"问答，"副末"念诵一两段词，向观众介绍剧情、作者立意等。此处的"老副末"，应该说就是"戏外之人"的意思……据说，1940 年戏学书局由湖南人陈慈铭接盘晓星书店而成立，实际是"扩充"，地点是在河南中路泗泾路北首，招牌字由梅兰芳所题……上海书友陈克希的祖父陈慈铭就是戏学书局的店主，陈克希的父亲陈声鹤(陈伟仑)便是书局编辑，在陈兄肚中，有关书局的掌故实在不少。

《老副末谈剧》封面

戏学书局版的图书，我搜到不少，其中较为著名的是陈希新、陈伟仑编辑整理的《京剧戏考》，另外还有丛书，如"戏学京剧考"八种：《红拂传》、《虹霓关》、《全部法门

《天雷报》(青风亭)封面

寺》、《全部凤还巢》、《全部生死恨》、《三堂会审》、《苏三起解》和《浔阳楼》。还搜到陈作元等著《京剧锣鼓入门》等。前些年在上海文庙旧书市场中，见到不少戏学版“改良京剧本”，这是套丛书，据说全套48种，可惜所见不全。这些剧目曾印在戏学书局版图书的版权页上，文字排得密密麻麻，常见的有《霸王别姬》、《翠屏山》、《打鼓骂曹》等。

晓星书店也是一家以出版京剧版本为主的书店，曾搜到和见到过的有“改良京戏本”《玉堂春》、《净角戏》、《梦园曲谱》、《貂蝉》、《回荆州》等。也附带见到了其出版的一些并非京戏的版本，如沈从文的《龙朱》、陈咏声的《欧洲体育考察》、陈家瓒译的《经济学原理》等。

由一种爱好，“变异”为另一种爱好，并把这一爱好推向“极致”，而且刨根问底，探明究竟，那是何等的快意！——由画鳖壳脸谱，变为搜集有关京剧的版本，同时又把版本“衍化”开去，寻求知识的链接点，这正是搜集旧版本的乐趣所在！

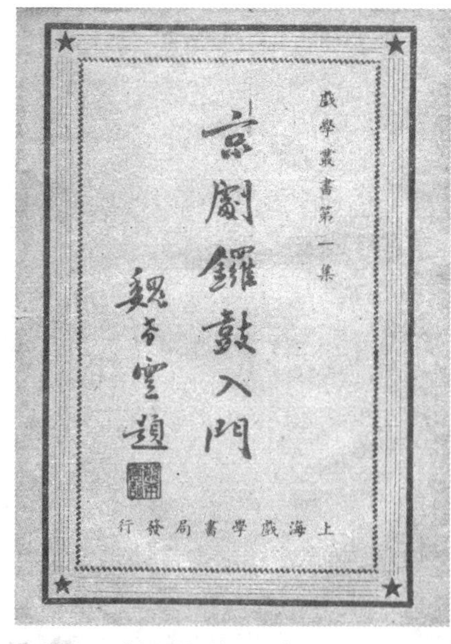

《京剧锣鼓入门》封面

《京剧常识》封面

题名“犬圈斋”

读书人大多有个书斋，有书斋便有书斋名。

我曾在江苏南通日报社工作，把自己的书斋取名“濠斋”，那是源自南通有一条一片碧绿的濠河，被当地人称作为一串“珍珠项链”。之后我供职的江海晚报社也在濠河边上，推窗临河，便能闻到河水清新的气味。出于这两点，才把“濠”字作为书斋之名，也感到相当有诗意。

趴在书上的“鲁鲁”

调回上海后，购置商品房，把家安在浦东，也算又有了书房。有了书房，免不了又要题个书斋名。苦思良久，才有了点“灵感”：在新居生活了四年，家中添了个新成员，一条雪白可爱的京巴犬“鲁鲁”。每当我伏案看书写文时，它都会乖巧地匍匐在我的脚边，一头靠在脚背上，十分舒坦。脚背顿感有股暖意，感觉到了一个幼小生命的搏动。有时它很不安分，一跃而上跳到我的双腿，又一跃上了书桌，在书桌上来回走动，一对乌黑发亮的眼睛朝我张望，眼神中流露着共享书案的快感。随后它就卧在书桌一边趴着，占去了桌子的一半，随后深深地呼了口大气，像是得到了无限满足。有时它还会在面积不大的桌上撒娇，舔舔这，闻闻那，像是闻出了书中和纸上什么深奥的味道。有时它会趴在书上，露出牙齿，像是在“笑”。我想，它可能在笑我的“选择”，笑我的“迂腐”和不合时宜：还在笑这些“鸟书”，有什么用?！……我只好对它苦笑，心想，我这属“犬”之人，也许就是这个命吧：一辈子当编辑，与报纸书籍打交道，虽也写点文章，出了自己的随笔集，于人于己可能还有那么点益处吧？虽“寒碜”，但满足，因生活的真正要义是“快乐”。当我看书看得入神时，它会用小爪拉我的手，像是在提醒，不要太累了，要

表弟陆小玉为书斋刻的“犬圈斋”白文印

注意休息！当我看到书中有趣处，禁不住大声笑出来时，会把它给怔住，呆了会儿，突然吠了一声，像是在和我一起“分享”阅读的快乐。这时，我也会天真地对它“汪汪”几声，算是对它想象力的认同。这种彼此间的“交流”，使它又满意地趴在桌上，粗粗地呼了口大气，总算完成了占据书桌的“责任感”。看来，唯有“鲁鲁”才真正懂得我的心思。

此时，我突然想到，自己属“犬”，又能与爱犬默契相处，何不把书斋名题为“犬圈斋”呢？一犬与另一“犬”，共占小书斋，岂不悠哉乐哉？“圈者”，即用栅栏围起来豢养也。一个小书斋如同一圈，豢养在书堆中，以书为食，吃进去，“吐”出来，终成心得文章，“鲁鲁”也便成了我的文章与书籍的“第一读者”，那是何等的奇妙！

“犬圈斋”之名由此而来，这是我和爱犬“鲁鲁”的共同意思，这意思中也许还包含着我与它心中十分美妙的愿望与理想呢……

读书图“题跋”

自从搬了新居，有一间读书兼会客的书房。一些画家朋友都要以画相赠，谦言为书房“补壁”。在提笔前，都打招呼：“请你自己点题吧。”我婉言拒之，说道：“我没什么要求，您就根据自己的感受，随便画点什么吧。”就这样，四位画家彼此也没通气，居然陆续送来的四幅画都以“读书”为题，有的甚至直截了当题名“读书图”——余曾善的《秋林读书图》，邵连的《读书图》，侯德剑的《读书图》以及张志和的《无题》，葫芦悬挂，人卧书中，感觉幽静，也离不开书……可见，在朋友心目中，我是个一生与书打交道的“纯粹”读书人。

朋友送的四幅“读书图”

我在南通书斋读书

其实，从严格意义讲，我并非一个“纯粹”的读书人，甚至有时还并不把读书当回事，或者在某种特殊的情况下还很厌倦读书，但不管怎样，在我内心却始终有着一个理念：人活在世上，除吃喝拉撒外，只有读书才是一种“崇高”作为，精神对于我来说是必不可少的。读书，特别是读那些真正有价值、有品位、有档次的书，尤为重要。一天可以不玩，或者说可以玩一天，但总要留出时间来读书，哪怕是深更半夜，哪怕是只读一页，哪怕是翻一下书，感受一下书的味道，一天不读书，一天不碰书，就等于这一天没活过……这种想法在某些人看来也许极愚蠢，但对我言，则是世上最令人幸福的。

截然不同的看法，居然存在于对同一事物的看法中，似奇怪，却正常，那是因为所持“估衡标准”不同。由“估衡标准”，使我想到另一层意思：无论是谁，只要活在世上，大多呈“多维状”，决非“平面”或一个“点”。当某人接触另一人时，因受自身各种因素，包括相处时间长短、了解程度深浅、自身素质高低以及生活经历异同等制约，很难看到对方是一个较为完整的“多维体”，看到的只可能是某个“平面”或“点”。这些画家朋友可能只看到我“读书”的“点面”，却尚未看到我“非读书”的“点面”，比如我还能画出一定水准的画，塑出较为生动的雕像……我说这些，正是想说明自己确实还存在着另外一些“非读书”的“面”，或许它与读书这一面相比可能弱些。这虽是种客观存在，但在绝大多数时间中，因种种原因还未“显露”出来。譬如我认识的几个朋友，一开始时总认为他们只是不起眼的读书人，书读得并不比我少，可是一直“窝”在单位里，似乎根本没有感到他们的存在。即使对于他们有些“存在”的概念，也只是“读书”而已。后来，时代大潮把他们推上风口浪尖，几年后都变了，精明强干、运用自如、豁达大度，已经不太像传统意义上的“读书人”了。乍看，“读书人”面“减弱”了，其实不然，而只是那其他“面”曾经是被掩盖了而已。

面对四幅“读书图”，随便题跋几句，算是对书，对读书，对读书人的“反思”！

上海文庙书市悟道

此文写于2004年，距今已七八年，世事变幻莫测，书市虽无大莫测，但也变幻不定。上海文庙的旧书市场早已无中意或心仪的旧版本，充斥的是打折书和盗版书，已经把旧版本爱好者“驱逐出境”了。此文是当时景象的写照，至今仍有点留恋，留恋的是它的一去不复返！

当年，每周日的上午，我都从浦东到浦西老西门文庙淘旧书，并把它称作“上课”。之所以称“上课”，那是因为淘书确有不少学问可学，且以自学为主，同时以听为主，听那些淘书行家的版本知识、淘书知识和淘书心态，更要听听懂行的旧

上海文庙书市

书贩主的"金玉良言"，虽非正襟危坐设堂而教，但大多是在不经意间让人获取知识。每次淘书，受益匪浅。细想下来，受益有三：

其一，学得淘书之经验与心态。做任何事，要做成，都离不开经验，而经验往往又是在"付出学费"后才有所得，过程是边"吃亏"边获经验。在获经验后，淘书心态也便会有所调整：从急躁到平静，从急于求成带点犹豫，到不管价多贵，只要所爱所需，该出手时必出手的果断。这过程所言极易，做时很难，故所得经验非一朝一夕，需日积月累，滴水成河，方能从量变到质变也。记得刚进文庙书市时，面对成百个旧书摊和几万册旧书，一时有点摸不着头脑，晕乎乎的，曾经预想好的选题范围也会变得模糊。自己想得之旧书，因一时犹豫而被他人占先，眼睁睁看着收入他人囊中，可惜之情溢于言表；有时因摊主所开价格较高，左右为难之时而失手。当时未取之书，待回转想再收，早已易手他人。一位有经验的淘书者告诫道：进旧书市切忌眼拙手慢、犹豫不决，一旦见到好书，必先拿于手中，再作慢慢翻阅，以定取舍，否则将后悔一时，懊恼经年不散。此言甚是，多次不慎而失书，也便有了切身体验和经验积累。某次，见毛泽东著《论持久战》，新华日报馆印行，毛边本，虽非初版，但版本罕见，异常珍贵；另一"晨光文学丛书"，陆小曼编徐志摩遗作《志摩日记》，品相好，版本少；又一爱狄密勒著、阿雪译《上海——冒险家的乐园》，虽无封面，但属上海史专题搜集范畴。故一见三书，立即舍其他而独取。此时，旁人也想取之，已被我拿于手中，只得无奈也。取书慢慢翻阅，内容丰富，资料完整。尤其是《志摩日记》，还附一章"一本没有颜色的书"，内有胡适、闻一多、邵洵美、陈西滢、顾颉刚、林枫眠、俞平伯等朋友写给徐志摩和陆小曼的诗文和图画。其中还有曾小住小曼家的印度"诗圣"泰戈尔所写两页，相当珍贵。阅后毫不犹豫收下，最终三册以较贵价格收取。如今想来，无论从收藏还是应用角度都很值得，此时价格因素已不重要。至于如何调整好被人先得好书之心态，实在不易。因好书越来越少，一旦被人收进，大多深藏书斋，很少有机会再见此书"面目"也。此时，最好的办法是自我安慰，期待"奇迹"再次出现，明知渺茫，也还抱有一丝希望——有点自欺欺人，实可笑也。

其二，可学得有关书籍版本知识。所谓"版本"，一般都讲宋元刊本，但此类珍品，早已"绝迹"，即便在拍场偶有露面，已属天价，望尘莫及也。即便是明清善本也价若鸿沟，难以逾越。故我要学的"版本"知识，是清末民初至解放初之平装本，其中也有版本学问。如"初版本"、"再版本"之别；土纸本、毛边本之异；出版机构之不同，骆驼版、开明版、晨光版等差别，其价值与价格都可能因版本不同而相差甚大。经多次文庙"上课"，心有所得，手有所获，成果确还不小。后运用所学知识，淘得托尔斯泰著、郭沫若和高地合译之《战争与和平》。此书多人译过，且由不同出版机构出版。我曾藏有人民出版社初版本，后因搬家而失，后得骆驼版四册，1947 年 1 月初版，价 80 元，可谓便宜。版本之学，在书市中能间忽听到，但只是版本知识之“导引”，无系统，不完整，只能靠自我“研读复习”，取来版本和书目细心对照，必做“功课”，把零星片言汇集，形成一个比较系统的书籍版本知识，牢记于心，在实践中灵活应用。版本学的“大家”，如西谛、阿英、唐弢等所著书籍甚多，名家所著图书出版印刷史、古籍编目、目录学等也不少，拜读之余，再结合“实战”，可使“悟性”大开。但版本知识涉及面广且深，非一日能统辖永久，故要不断研学，方能得其真髓。

其三，淘书交友，重在悟道。在文庙书市中，可谓各色读书人聚集之处，有学者专家，有传业解惑者，有爱书如命的穷书生，也有唯利是图的书贾……在那里有意识结交一些有助于自己的朋友，是件很有意思的必做“功课”。即使不与这些人交谈，紧随其后，见其所淘之书，听其所谈之言也会得益，大致可了解他们所做学问之途径和方法。如有一位专收各种实寄封，专拣零星破旧信封，见有价值者必收囊中。忽一日，见新书《老信封》出版，书前作者照片正是此人，便冒昧相问，此人笑答：“取人所不取之冷门。”后又补一句：“如今随风而起之事过多，无论作者还是出版社，见有利可图便一拥而上，粗制滥造，重复选题，比比皆是，书无销路，人无实誉，此乃火中取栗之必然后果也。”此话正中我意，淘书者之目的无非有二：收藏，写作。单为收藏，是藏书家；既收藏又写书，名利双得，实有所获。可见，写书找“冷门”必成其事。此类朋友虽无深交，其言却令人茅塞顿开，可谓大益也。

书贾，贩书者，当然要赚钱，但其中也不乏既能赚钱又有学问者，与之交谈，并请其留意自己所搜之书，是一条免走弯路之捷径。你所需之书，他能略知大概，且能指点迷津，并说出相关旧书，真可谓找到了书海中指路之朋友，免却了苦觅之烦恼，淘书效率大增。

淘书“上课”悟道有三，乐趣与收益并兼，这便是文庙书市这个大课堂所给予我的一份人生礼物。

暑日淘书记

此文是我在《旧书信息报》发表的第一篇有关淘书的文字。

2002 年 7 月 28 日，上海进入高温第三天，37 摄氏度高温晒得马路发烫，灼灼热气直冒，人即使坐着不动，也是满头大汗，更不用说从浦东赶到浦西，还要挤在人堆里，在成千上万册旧书中挑选翻阅。

天虽大热，但在上海文庙内仍排满上百个旧书摊，淘书者也并未因天热而减少。旧书摊都撑起五颜六色的大伞，一眼望去真有点壮观。旧书摊主凌晨三四点就赶来抢占有利摊位，也是够辛苦的。一位打着赤膊、与之熟识的摊主说："一周就这么一天，不来怎么行？起了一个大早，还带来这么多的书，衣服早已湿过几回了！……怎么样？弄它几本，为我的生意开个吉利吧！"说完就哈哈笑起来。这位摊主的书摊上经常会冒出些"好书"，品种也合我淘书之胃口，每到文庙，我必先到他的摊位，怕的是后人一步，漏了"好东西"。

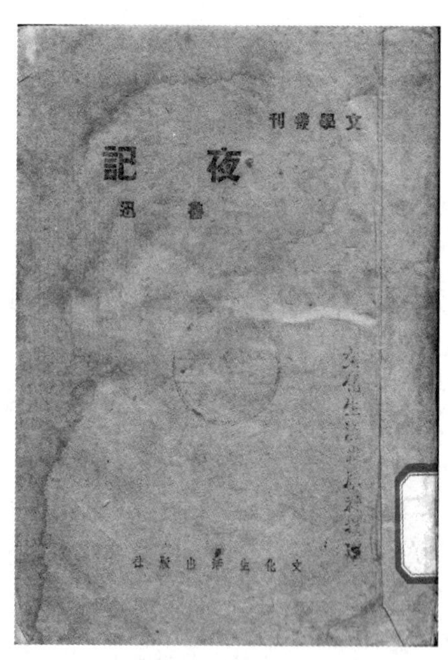

《夜记》封面

在摊主说笑时，摊位前早已站满人，一眼望去，都是常客，其中还有几个是淘旧书的"行家里手"。在这种时候，必眼快手快，先把自己喜欢的旧书拿在手上，然后再去慢慢翻阅，以确定自己所要之书。我也顾不上抹去满脸大汗，一下子就拿到了三册旧书：鲁迅著《夜记》，土纸版，那是巴金主编的"文学丛刊"第四集之一种，是许广平在鲁迅逝世三个月又五天后选编的，文化生活出版社 1942 年渝一版（初

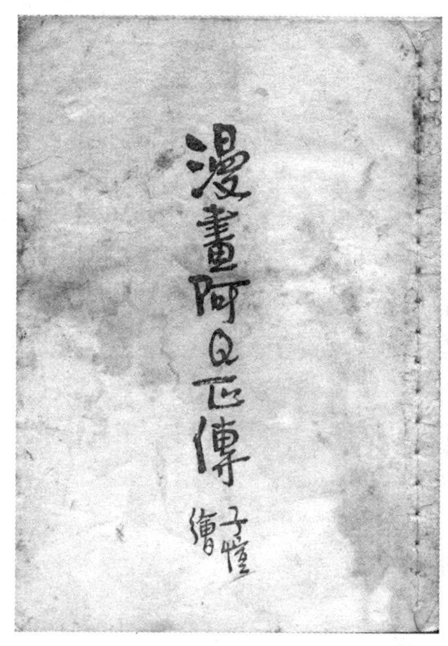

《漫画阿Q正传》封面

《呐喊》封面

版于1937年4月)。此丛书中的另外几种,我已淘得,土纸版仅此一种,因此特别珍贵。丰子恺著《漫画阿Q正传》,开明书店1946年4月八版(初版于1939年7月)。漫画稿几经周折,逃过几次劫难才印出来,实在不易。全书选有《阿Q正传》中53段文字,配以53幅漫画,似"连环漫画",翻来特有意思。第三册仍是鲁迅作品《呐喊》,毛边本,"乌合丛书"一种,1941年14版,先后印了近5万册,数量虽大,但市面很少见。版权页贴有"鲁迅"两字蓝色阳文印。此书品相虽不佳,封面、封底也已破损,书脊也有损坏,不过无碍大局,只要稍加修补,仍可以珍品收藏。在与摊主讨价还价后,以总价250元成交。旁观者皆说"便宜……又捞到了!"摊主则"装模作样"大摇其头道:"亏了,又亏了!"旁人听了都笑了起来。此时,感到自己的心态有点怪,天上的太阳似乎并不那么烫人,浑身也不感觉在冒汗,周围也变得美好起来,心头是乐滋滋的,是一种厚实的幸福感——淘到心仪之书,周围的一切都会变得美好!

站在一旁如学者的一位淘书者,似乎也看中《呐喊》,见我已拿在手上,也不想放下,只好苦笑道:"这是好书,说实话我也正在淘此书!"见他汗水早已布满笑眯眯的皱纹里,我便带点歉意地对他说:"对不起了,不瞒您说,我已淘了好久,这次总算如愿以偿……不过,我可以给您翻一下,让您过一把瘾……"他笑着摇头:"不了不了,是你运气好!"……淘书还真有点"残酷",眼睁睁看着自己喜欢且久淘不得的旧书，因下手慢一拍，落入他人之手，而又不能去抢去夺，那种懊丧只有自己心知肚明啦。

在炎日之下，又在文庙书市来回走了两圈，这才感到灼热烧身，见塑料袋中已装满旧书，其中还有建国后中华书局版《图书馆古籍编目》、文物出版社版《西谛书跋》、李致忠著《宋版书叙录》等，可谓“大丰收”。为享受成果，我在孔夫子塑像旁的树荫下歇脚，一口气喝了一瓶矿泉水，抽上一支烟，慢慢地一本本翻看，再次回味淘得每一本书的幸福感。

暑日淘书，出身臭汗，热中取凉，其乐无穷，爽啊！

《图书馆古籍编目》封面

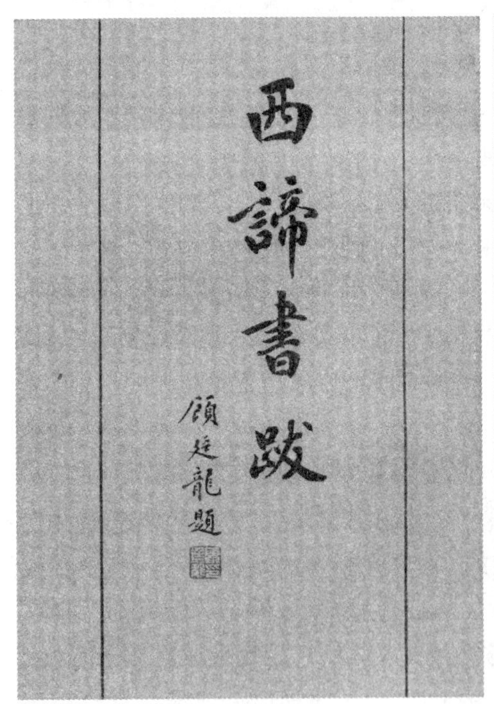

《西谛书跋》封面

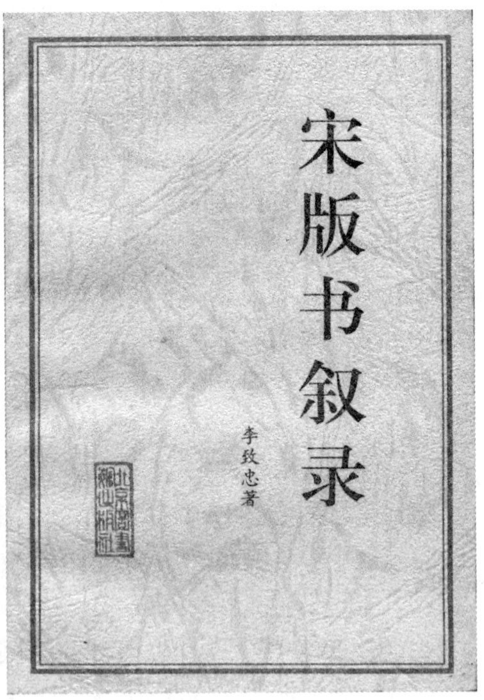

《宋版书叙录》封面

我的淘书旧地图

此文写于2002年12月7日，距今已近11年，上海的“淘书地图”早变，或者说早已消失，有的虽未消失，但已面目全非；有的虽是新冒出的，但早已成不了“气候”，淘书者是越来越少，不过固守者好像还未绝迹，后来者也在逐渐长成，似乎在悲哀中还露出点喜悦。这篇文字虽已无什么新意，但仍有保留当年旧书业的“旧意”，称之为“旧地图”，读来也许还有点趣味。同时，字里行间还加了点“新”地图，算是对旧的补充。

上海的旧书店，包括特价书店，在全国小有名气。上海历来是文人荟萃之地，著书者与藏书者极多。出版机构和书店比比皆是，新书与古旧书流通也频繁，应运而生的古旧书店或旧书摊遍布大街小巷，那种“文人——出版机构——书店——古旧书店（摊）”的格局一直维持着。建国后旧书业有点冷清，“文革”10年更是凋零荒芜。不过，旧书经营仍是一束不灭的“火种”，始终点亮着爱书者的心灵，只要燃起，瞬间便可成燎原之火。改革开放吹燃了火种，在上海冒出无数古旧书店，除国营的，还有个体的，特别是闻名遐迩的“文庙周日旧书市”。除文庙书市，还有福州路401号上海图书公司书城、瑞金二路410弄3号新文化服务社、四川北路福德广场四楼旧书店、盛泽路89号上海外文图书公司旧书门市部、山西南路36号外文旧书门市、中山南二路909号宛平南路特价书店、淮海中路1881号淮海特价书店、浦东昌里东路655号特价书店、福建中路206号上海人民美术

瑞金二路上的新文化服务社

福州路上的淘书公社和明天特价书店

出版社特价门市部等，可称得上是旧书店中的“出类拔萃”者。不过，时至今日有些已消失，特别是四川北路福德广场旧书店早已消失得无影无踪。当然还有些并未开店，或仅在较小圈子内进行旧书交易的，其数就无法统计了。总之，面市或隐蔽的旧书店(摊)，正是现今上海古旧书业的一个缩影。

文庙书市，20 世纪 90 年代初形成。在这之前，旧书摊还未进入文庙，而是散布在文庙四周的窄巷小街，后来把所有旧书摊集中于文庙。初进场的旧书摊不多，但好版本很多；淘书者与现时相比也少得多，只需花较少的钱便能淘得不少现时已经罕见的好版本。时过境迁，这些版本的价值成倍成百倍提升。现时的淘书者早已没有那种悠闲的淘书氛围，更无淘得好书之“福气”。如今的文庙书市，经营的旧书今非昔比，好版本少见，几乎不见。有时冒出几本，一露脸就消失了，非捷足先登者别想摸到书面。总之，文庙书市正在“变味”，旧书旧版本的摊位越来越少，能坚守至今的旧书贩少得可怜，多的是特价书和打折书，以及时尚杂志和盗版书。我虽然是从文庙书市一开始便参与了，但当时根本还没有“淘书”收藏、利用与保值的意识，只是好玩而去，见到喜欢的就买几本。再说在南通工作，偶回上海也只是蜻蜓点水。待到有意识时，旧版本没了或少了，可谓阴差阳错！

福德广场旧书店，如今已是“过去时”。这是一家开在四川北路福德广场四楼的旧书店，内有好几家，能记起来的有“小人书店”和上海旧书店分店，后者是由上海市十大收藏家之一、据说家藏 3 万册旧平装本的瞿永发先生主持。经新闻媒体广泛宣传，在全国顿时有了小名气。那里的好版本大多藏于内室，价格也高，与文庙书市同类书比，起码高出 10 倍，这可能与在大楼开店租金贵有关。我经常见到瞿先生在文庙以廉价收书，随后拿到“福德”，价格便翻了上去。这也难怪，开店经营先要考虑经济效益与不亏本，说得好听点是“以文养文”或“以书养书”，说得难听点是斩人一刀，“血淋嗒滴”。我曾与瞿先生交换过名片，略有交谈，估计是他健忘，第二次碰见似成陌路，感觉是被无趣地“幽默”了一下。另一家冠名为“小人”的书店，大多是些旧平装本，以卖旧书为主，且常有新的货源，渠道还蛮畅通，这里成了我淘书的一个好去处。以我观察，书店是由几人共同经营，都曾在文庙书市设过摊，平日由一女人坐台经营，其他参与经营的男人偶尔能见。这里的旧书价格还算公道，内在品质也好，时有不常见的好版本上柜。记得第一次进店，在一纸箱内看到不少自己喜欢的旧平装本，正要翻看，被女人喝住：“这些书价钱很贵，不买就别动……”我怔住，此时正见一位在文庙书市认识的摊主进门，对那女人说：“他买得起，让他翻好了！”就是那一次，我淘得多册旧版本版画集和多种“良友文学丛书”，价格与近在咫尺的瞿记书店相比还算便宜。不过，“以钱视人”的世俗，旧书界也难免俗。一想到这些，就仿佛再次感觉到了那女人蔑视的眼神与口吻……

新文化服务社的总店在瑞金二路，其他地方还设有分店。总店在一个很难找的弄堂内，要转几个弯才能找到，有“曲径通幽”感。总店地盘较大，四周摆满书架，旧书堆得满满的。可是想要的旧版书极少，每次乘兴而去、扫兴而归，因此很少光顾。但据说店内藏有不少好版本，可惜都无缘得见。不过，有一次却令人兴奋，淘得两种施昌东先生签名盖章的藏书，由此也改变了一些对这家“曲径通幽”书店的印象。这家书店时至今日居然还开着，可见姓“公”的还是很有眼光与实力的。

福州路图书城旧书店，一楼二楼是新书店，三楼售特价旧书，民国时期的旧版本少见。据说，一旦收进便藏之高阁，是供给一些有关系的老客户的。我每次去，只能淘些解放后出版或近期出版供阅读的图书，品好价廉，有的低至一折，等于在送人。我每周去一次，主要是补缺，以及买想读的书，虽无淘旧书那种兴奋，却另有一种淘书的乐趣。在那里配齐了《书话》丛书，其他地方少见有如此齐全。如今这里的格局早变，四楼是个体旧书店，专售民国版本，价格昂贵，有人说那是“财大气粗”者光顾的地方。而在它的东首，有一个专卖打折书和特价书的地方，在文化商厦（二楼），面积很大，在此闲逛，也很有情趣。福州路的旧书店，还有两家是我经常光顾的，一家在福州路云南路路口、天蟾舞台旁边一开间门面的淘书公社，另一家是明天特价书店，在那里偶尔能觅得想看的书，如辛丰年的好几种谈音乐的书。

上海旧书店和旧书市场，大体现状是旧书来源越来越少，市场在“自然萎缩”，想从那里淘得旧版本的概率越来越小。旧版本少、淘书者少，成了“两头尖”，中间的“新版书、特价书、时尚书、武侠书”显得特大，“变味”与“萎缩”已成其必然趋势，从实体向虚拟发展也成了一个新趋势。看来，旧书市场发展、萎缩乃至消亡是一种必然趋势，逐渐会成为一个不容争辩的事实。

京城觅书记

到北京前后大概有五六次，大多是公差，顺便逛过一些旧书店，也不经意淘得几种旧版本，感觉只是"好玩"。如今能记起两册，一册是《新木刻》，另一册是周作人的著作，隐约记得是《夜读抄》，其他的则早已消失在了淡薄的记忆中。

2002年，我已在上海浦东年鉴编辑部工作，7月，有一次赴河北北戴河参加年鉴高级研讨班的机会，途经京城，匆匆而过，还特意留出时间到潘家园和琉璃厂觅书。那日京城大暑，热而不湿，可惜不是周日，闻名全国的潘家园冷清得很，也看不到遍地旧书。于是只能在一些卖古玩的小摊觅书，品相一般的线装书，价格开得"野豁豁"，一看还不是正宗货，虽看中一种，但还价不肯，只得扫兴离去——潘家园给我的印象不佳……

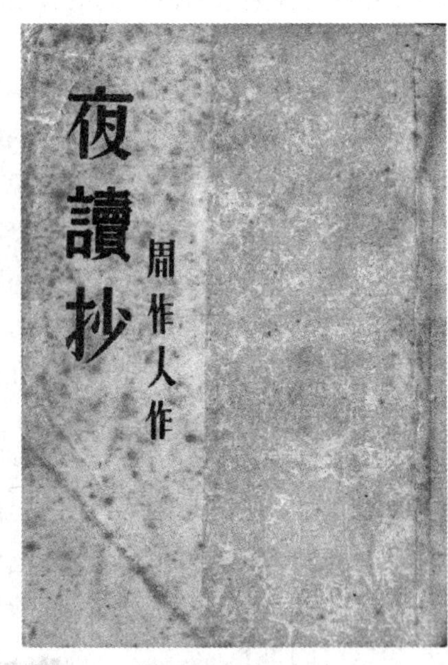

《夜读抄》封面

《新木刻》封面

随后直奔琉璃厂，一头钻进东琉璃厂的中国书店。老字号的书店已经陈旧，书籍置于破旧书架上，留出不宽的通道，购者不多，随时能听见服务员悦耳的“京调”，正在高声谈论岗位考试、工资收入、养家糊口的话题，看来北京工薪阶层的工资微薄，而商品房价格已经高得吓人，4 000 多元一平方米，还在城郊结合部……

在中国书店，先觅得北京出版社 1998 年 10 月初版、郑逸梅著的《珍闻与雅玩》，售价 25 元，此书上海不见，在沪上文庙书市也从未露面。接着淘得三联书店《中国现代书籍装帧选》、姜德明著的《书衣百影》，原价购得，38 元。在上海已得“续编”，算是补齐了。另又得四种：《紫禁城百题》、《中国古代避讳史》、《古籍版本知识》和《藏书家》第五辑，价格低廉。《古籍版本知识》曾在上海图书馆借阅过，有资料价值，曾复印过一些资料，如今得到，感觉很爽。店内辟有“特价书区”，可惜未见到一种感兴趣的书，只好悻然作罢。当走出店门，那些服务员仍在京腔京调地谈论着日常生活话题，看来此种氛围与卖旧书相当吻合。

随后跨过马路到琉璃厂西头，一字排开的书店以卖新书为主，间或也有些旧书，品位一般，无心仪之书。在中国书店分店和古籍遗产书店中觅得五种，黄裳的著作三种：《来燕榭读书记》上下册、《来燕榭书跋》、《清代版刻一隅》，姜德明著的《书坊归来》、《与巴金闲谈》，李致忠著的《宋版书叙录》。这类书在上海未见，实物书籍发行的地域性极强，长江以北的图书较难跨过长江，故一见到我便把它收进，免得日后生出悔意，这也是我买书的经验，书价再贵，照收不误。晚上去王府井吃饭，顺道匆匆又逛北京最大的新华书店，购得《古代书迹》，原以为谈“书”，回来一看是谈书法的，有点懊恼。

《与巴金闲谈》封面

北戴河高级研讨班一结束，又返回京城，再次“掉进”书堆中。仅两三小时，逛了三四家书店，可谓“马不停蹄”。在西长安街北京图书大厦特价书店淘得打折书四种：赵景深著的《读曲随笔》、谢国桢著的《瓜蒂庵小品》和邓之诚著的《五石斋小品》，另得上海陈子善著的“书斋文丛”之《文人事》，8 折。那时，我还不识子善先生，想象不出他的模样，感觉“富态”，不料识得后，见到的却是“瘦精精”，虽肚瘪，却满腹经纶……

随后又到明珠大厦特价书店，全部是打

《文事谈旧》封面

折书，摊位一个连着一个，觅得《谈恩师》上下册，两册 10 元的价格在上海是想也别想。后又以八五折得到一直想见的马昌仪著的《古本山海经图说》，印得精致，有可看性，也值得收藏。在另一书摊淘得王同祯著的《老北京城》，这类书是我的首选，以资料价值为主。接着又以半价得"读书文萃"三种：《书林独步》、《书斋漫话》、《书苑雅奏》，《书人心语》早得，这下总算把全套收齐了，感觉满足。后又得《百年优秀中国文学图书》(1900—1999)、《京味儿夜话》和《从秋水蒹到春蚕蜡炬》，以及龚明德著的《文事谈旧》，连同早得的刘炳善著的《译事随笔》、余中先著的《左岸书香》，也算把全套书收齐了，在满足上又增添了欣慰。最让人兴奋的是，把久觅未得的《曹聚仁书话》得到了，半价 8 元，与上海同价。

匆匆觅书结束，打的到火车站，路上阻塞，还差点误车。上得火车把觅到的书一本本翻看，感到满足，一天快乐！

北京版的图书，上海少见，此次顺道进京，能得如此多京版书，虽无民国善本，也算没有白来，对潘家园的不佳印象也被冲淡了不少。在火车上，听一位北京人说在天津能觅得更多好版本，可惜已无时间折返津门，以后再说吧，带点遗憾回去，也为未来更多地留点企盼和希望吧！

荀家淘书小记

2002年9月19日，我在预约后，来到在上海文庙书市认识不久的荀道勇先生家中看旧书。在文庙书市中，荀先生是一个小有名气、较有水准的藏书者和贩书者，据说他与沪上的一些淘书家和藏书家都保持着联系，用他的话说，虽做旧书生意，但坚持"以书养书"原则，仅把多余复本出手。

他住在老西门光启路的一幢老工房内，所住大楼密度极高，到处是人和自行车，相当拥挤。他住一楼，仅一间住房，外带一个小厨房。一家三口，从表面看生活并不太富裕，如一般住在老西门者。他原在一家粮食单位当会计，改制后工作变化大。现在他仍上班，每周去几天算账，因此空闲时间较多，这也使他有心思和时间做旧书生意，也有时间可看看书，旧平装本的知识就是这样日积月累得来的。

与荀先生认识属偶然。有一天我去文庙书市，因在他那里取过书，有点认识。他叫住我，问我是否就是"南浔先生"，我说是，他便讲起看到《旧书信息报》写的那篇《暑日文庙淘书记》……看来，文庙懂行书摊主大多在看这张专业性极强的报纸，且在关注其中有关旧书的信息和价格，这对他们来讲极具可操作性。就这样，荀先生认识了我这个"南先生"。之后彼此交换了名片，算是真正认识了对方。

荀先生从柜中取出一大堆民国版旧平装本，放满了一桌。面对这么多民国版本，我真的有点激动，但仍压抑着自己的情绪，不想过于表露，因为这可能会使书的价格朝上猛窜几个"台阶"。我不露声色地一本本慢慢翻看，随手把初步认定的旧书放在一旁，大约翻看了近半小时，最后选出十几本，后经再次选择，选了七本：淮尔德(王尔德)著、徐葆炎译、光华书局1927年8月初版的《莎乐美》，彭家煌著、开明书店1927年8月初版的《怂恿》，朱自清著、作家书屋1947年12月初版的《新诗杂话》，苏曼殊著、华成书局1934年9月初版的《曼殊大师诗文集》，张资平著、乐华图书公司1934年2月再版的《资平自选集》，叶灵凤著、光华书局

我在荀先生家淘得的几种新文学版本

1931 年再版的毛边本《女娲氏之遗孽》，厨川白村著、鲁迅译、北新书局 1935 年 10 月 12 版的毛边本《苦闷的象征》。选择这些平装本的初衷是：一者版本基本较好。所选七册有四册是初版，三册是再版；二者存世较少，或作者过早离开人世，故有收藏价值；三者其中一些书内有精美插图，如《莎乐美》有 12 幅插图，可看性极强。鲁迅曾对此倍加赞赏，也曾被现代藏书家姜德明称为精品中的珍品，值得收藏。有了这三者，我心中便有了底。随后是谈价钱，荀先生毕竟是个内行，对这些书的价值了如指掌。因此开价最低的一册也要 100 元，最高者 400 元，总计为 1 700 元。我感到明显高了，经一番思索，考虑几个因素：第一，荀先生是“以书养书，总要赚一点”；第二，交个朋友，并通过他开拓其他搜书路子；第三，还考虑是第一次到他家收书，总要给点面子或称“见面礼”。综合上述因素，提出 1 500 元收入。他听后马上拍板，并说：“你张老师开的这个价，我也不好意思再坚持啦！”其实我心中明白，以此价收入，在当时应该说并不便宜，如在文庙摊位，起码可降低一半价格，问题是在文庙中已很少能见到这类旧平装本。荀先生收钱，把书包好后说：“第一次你在我的摊位淘得一本徐慕云编著、诸民谊主编的《中国戏剧史》，我当时出价 250 元，最后你以 230 元收入，我看你是内行，此书能落入你的手中，我也放心了，我就怕落入不懂书的人手里，如再不珍惜那就倒楣了。见你如此‘爽气’，我也认准了你这个朋友，以后我们保持联系吧……”虽然我也很清楚做旧书生意的总想卖到一个好价钱，书贩不赚钱，那只有去喝西北风，但是多出点钱交个朋友也值得。

其实，对于他放满一桌的其他民国版旧平装本，心里也很喜欢，如口袋鼓鼓，可以统统收进，从长远计，这决不会是个亏本买卖。有时虽有遗憾，但淘书原则从未变：只要是好书，真的喜欢和需要，那不管价格多贵，都要设法收进，否则将会后悔一辈子！

之后，我们又作了一些闲聊，从他那里也了解到文庙书市的一些情况，经营民国版旧平装本的摊主，市场中仅有三四个，稍懂的人很少。荀先生是其中之一，在我心目中还有几个，但都没被荀先生看中。他还说，有一些懂行的人天热没有出来，仅两三个，在他们手上有不少好书。另外还有一些人虽常逛市场，但不进市场做买卖，要见到他们的书，必须由朋友介绍才能到他家中翻书，当然出手价是很贵的。而在市场中，贩卖旧平装本或民国线装本的人，东西大多一般，也不太懂版本及其背后的知识，是在“乱卖”。我想，也许就是这种不懂行，才使淘书者能淘得好版本，捞得“漏网之鱼”。我当然希望出较少钱淘得更多有价值的旧书，但这样的机会越来越少。据说，在文庙书市刚开市时，此类旧书比比皆是，我入市虽早，但真正觉悟已晚，失去了不少大好时机。荀先生说，他入市也不早，那些入市早且懂行的，手上这类书已经成堆。他还告诫说：“因你刚到上海不久，对于旧书市场行情不太了解，以后虽会逐步熟悉，但仍要多交些朋友，这样能快些跨进这个门槛……”此话正中下怀，我到荀先生家看书、淘书，就是这个目的：开辟淘书路子。

之后，我多次到荀先生家中淘书，得到的旧平装本不少，也得到不少启发，次次淘书，都有所获，不虚此行也！

正中书局及其他

我淘书有二三十年历史，从“杂货铺搜书法”逐步过渡到“专题性分类法”，积累了不少经验。所谓“经验”，无外乎是一条搜书“路径”。

刚进旧书市场者，往往见书便收，驳杂无比，但这并非搜书佳境，时间一久也便会感到是在浪费时间、金钱与精力。而有效的方法只有“专题性分类”之法，并与自己的爱好或研究尽相吻合。我所爱好与研究的“现代文学”，分类法以“书”为轴心，找出各种链接点，也便有了淘书路径，我把它称之为“十类法”，此法可公诸同好：出版机构、著译者、丛书丛刊、新文学线装书、土纸本、作者签名本、专题性版本、特殊时期版本、艺术类版本、精彩版本。

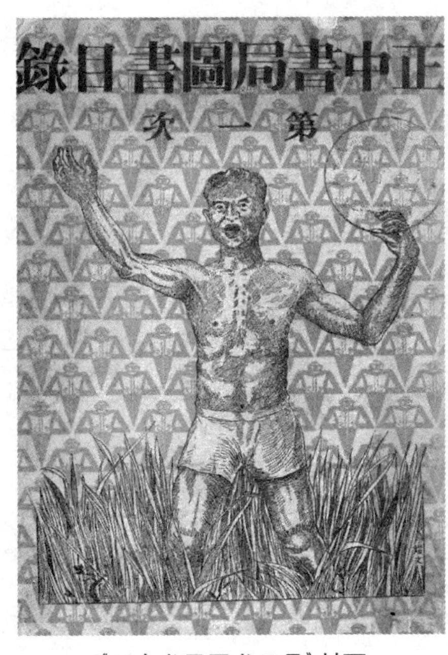

《正中书局图书目录》封面

《正中书局图书目录》版权页

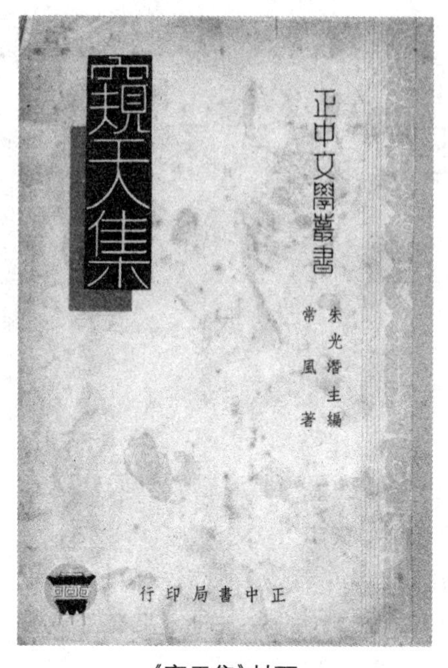

《窥天集》封面

从此文开始，以下诸文便是依此路径撰写，《正中书局及其他》便是从“出版机构”引入主题的。

在民国时期，全国到底有多少出版机构，到如今我也没有弄得很准确，所见文字记载大多也是“毛估估”的相对准确数字，那是因为现在已无法见到出版机构曾经出版过的所有版本。我撰写并出版有《民国出版标记大观》两种，意在弄清在书上印过出版标记的出版机构，数量虽相当可观，但仍是挂一漏万，决不敢打包票说已齐全。有出版标记者如此，就更无法说及所有了。

我最初关注的是以教科书出版量排序的所谓“商中世大开”（商务印书馆、中华书局、世界书局、大东书局和开明书店），后再加个偏于一隅的文通书局，这是出版研究界历来的路数。后来出版机构看多了，也便领悟出一条“真理”：如真想研究民国时期的出版机构，应从正统“官办”机构入手，这样可得其正统与驾凌之气，也可反观其他众多大大小小出版机构或在大道行走或在夹缝生存之态……

民国时期“官办”的出版机构到底有多少，众说不一。我则是从“后门”绕进去寻找的。所谓“绕进去”，即建国初期对国民党及其政府机关创办的出版机构的接管与没收。然而所说也不一致，时10多家，时几十家，但有14家是都在其中的，可见这些是被公认的“官办”出版机构，名称与创办时间为：正中书局（1933年）、独立出版社（1928年）、拔提书店（1930年）、新生命书局（1928年）、中国文化服务社（1935年）、胜利出版社（1937年）、辛垦书店（1929年）、汗血书店（1934年）、言行出版社（1937年）、改进出版社（1939年）、国民出版社

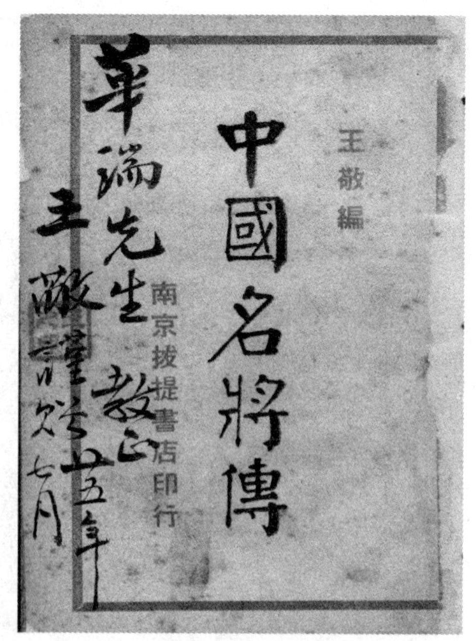

《中国名将传》封面

(1939年)、建国出版社(1939年)、青年书店(三民主义青年团书店,1940年)、铁风出版社(约1946年)。另外,诸如东方书店、大光书局、文信书局、民智书局、文化书局、前途书局、新光书局、军用图书社、兵学书店、中国印书馆等等,还不在我所排列的名单之中。因此,如能把上述14家"官办"出版机构弄清楚,也便解读清楚了民国时期"主流"的出版机构。

思路清晰后,搜书的方向也便明确了。在搜书过程中,这14家出版机构的图书决不让它溜掉一家,且所见旧书大多价格较之其他常见的机构出的书便宜很多,如果说北新书局早期1925年出版的图书价200元的话,正中书局的此时期的只要20元,大致相差10倍。当然因体裁不同并非可简单类比,但总体价格相对便宜是事实。当年,我确实收了不少这类旧书,也便为如今能坐下来细细品味与研究提供了实物验证。

正中书局创办的时间较迟,直到中华民国成立后第12年的1933年才在南京创办,到抗战前的1936年,也只有资本30万元,论出书或经济实力远不能与以出版中小学教科书为基准的民营商务印书馆、中华书局、世界书局等相比,后来政府以行政命令成立了"七联办事处"来控制,正中书局这才插上了起飞的"翅膀",而其他诸如中国文化服务社、独立出版社、拔提书店等,当年还无甚名气和微不足道,之后才逐渐发展起来。用官方记载的文字称,正中书局的图书"销售数量已占西北各省用书三分之二以上,西南各省用书二分之一以上,全国平均亦达二分之一左右,全年营业总额达160余万元。"中国文化服务社的资本总额3 000万元,在全国建有18个分社、563个支社和经销处。到目前为止,我所见所知的"正中版"图书大约在14 000种左右,遗漏者估计还不少,无法看到的版本还相当多,要确定准确数字十分困难。

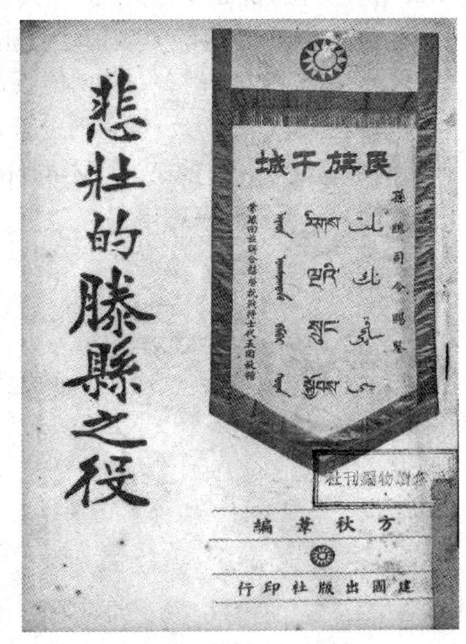

《悲壮的滕县之役》封面

这类"官办"出版机构在出书时有个很明显的特征:所出丛书丛刊极多,以正中书局为例,以我所见的大概有63种,较为著名的有"大学丛书"、"日本研究小丛书"、"新生活丛书"、"正中文学丛书"、"中德文化协会丛书"等。所出丛书丛刊以社会科学类居多,如"应用科学丛书"、"中国边疆学会丛书"、"总

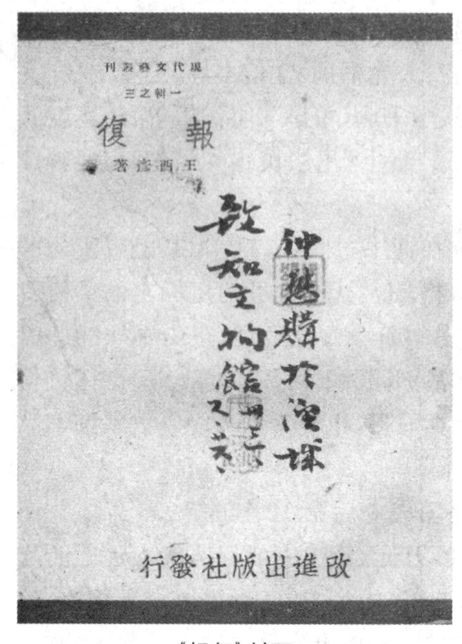

《报复》封面

理学说研究丛书”等。文学类的也有一些，如“当代名人传记”、“儿童文学名著”、“国文精选丛书”、“文艺丛书”、“戏剧学校战时戏剧丛书”、“现代文艺丛书”、“现代戏剧丛书”、“印度文学丛刊”等。虽然丛书丛刊要全套收齐不易(况且也弄不清全套到底有多少种)，但只要见一种收一种，也便积少成多，几年下来可谓蔚为大观也！

时至今日，一个有趣的现象出现了，当年以廉价收进的书，如今也在飞涨，除去物价和贬值因素，涨幅还很可观。我为此在网上查找了拔提书店出版的部分版本的现价，可从中了解价格的走向：《世界伟人成功秘诀之分析》(萧天石著，1947 年 6 月版，价 100 元)、《世界十杰传——蒋介石传》(泽田谦著，1935 年 12 月版，价 800 元)、《世界伟人成功秘诀之分析》(萧天石著，1912 年版，价 2 000 元)、《正气歌像传》(张善子著，1938 年 1 月版，价 840 元)、《为什么要剿匪与剿匪总体战要义》(关麟征讲演，1948 年版，价 3 000 元)、《俄国之真相》(邓季雨著，1933 年 3 月版，价 690 元)、《警犬侦探密法》(陈健著，1933 年版，价 4 100 元)、《旅大的今昔》(李充生编，1947 年 7 月版，价 60 元)等。网上价格有时虽在“瞎叫”，但随着时间推移在慢慢上涨已成定局。目前民国版本的价格，基本进入三位数，两位数很少，且越来越少，这又是不容置疑的事实！

作家“活宝”章衣萍

以作家为楔入点搜书，是我较早“觉悟”的方法，只要是榜上有名的作家，大多成了我搜寻的对象，鲁迅、郭沫若、胡适、林语堂等大家自不必说；为人所知的茅盾、冰心、赵景深、刘大杰等，也不能漏掉；这些作家大多著作等身，我搜寻所得也很丰厚；而一些长期被埋藏得很深的作家，其实更是我竭力搜寻者，其中就有被我称之为作家“活宝”的章衣萍。

所谓“活宝”，我的概念是，“在人群中少不了的人物”，有了他就会气韵十足。

我最早认识章衣萍，是先认识他的一句名言：“我的朋友胡适之。”一个不知名的青年，把已经大名鼎鼎的胡适随口喊作“我的朋友”，实在有点狂傲。后来在上海文庙旧书市场中得到一本他的成名小说集《情书一束》，这才真正识得“庐山真面目”。短篇小说《情书一束》可以说是章和画家叶天底以及女作家吴曙天“三角恋爱”的产物，之后章又编成《情书二束》，再之后章吴结为伉俪，演绎了一场情感戏剧。《情书一束》是当时的畅销书之一，北新书局 1925 年 6 月初版，到 1930 年 3 月居然印到 10 版，发行近 2 万册。1936 年出版的《中国新文学大系》中列有作家 124 名，安徽绩溪仅 4 人，除胡适、汪静之、胡思永外，就是这个“活宝”。

衣萍曙天合影

章衣萍、吴曙天合影

章衣萍 17 岁由南京到北大预科学习，虽无什么资本，却很狂傲，喝酒骂世，指点江湖。同乡胡适便让章当自己的助

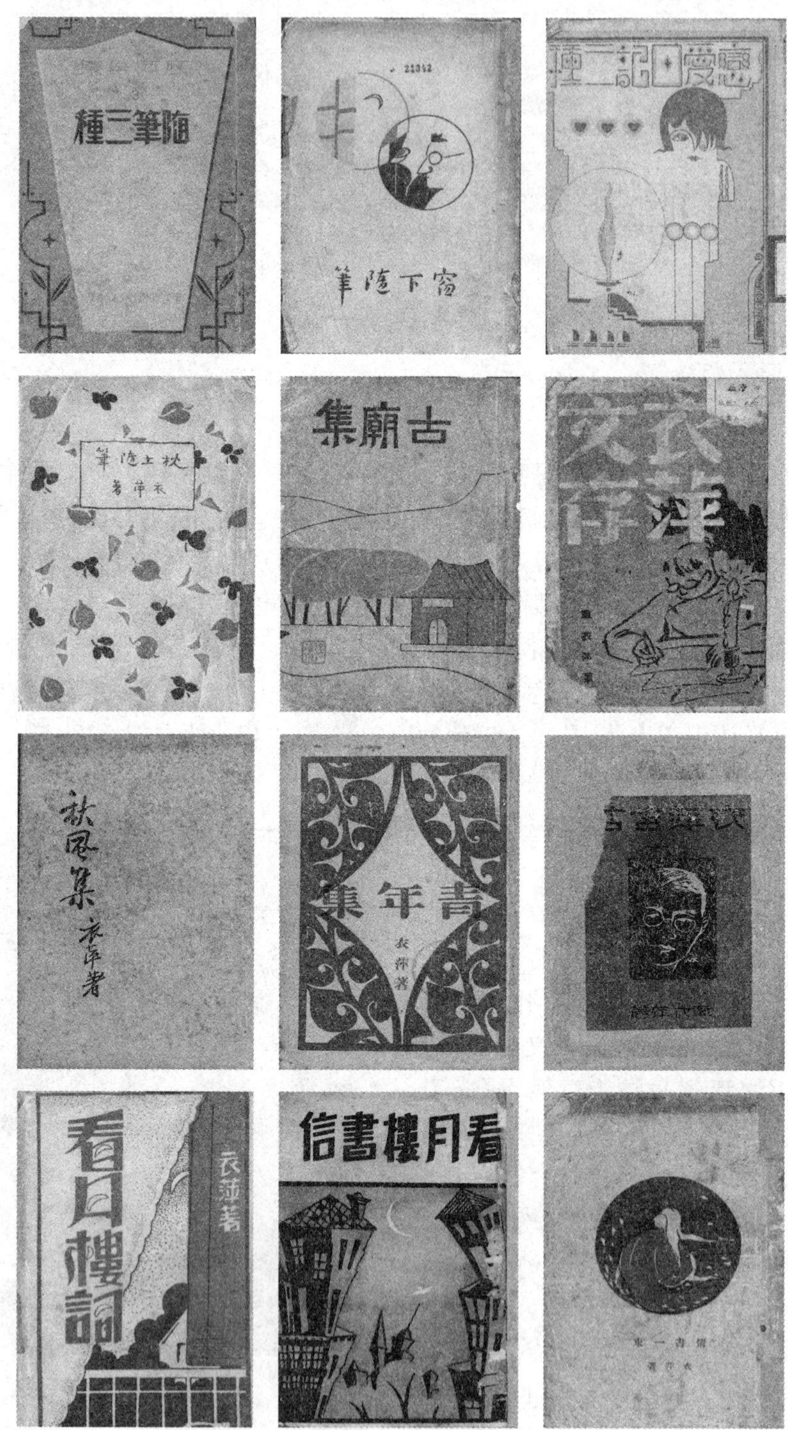

如今已很罕见的章衣萍著作版本 12 种

手，帮助抄写文稿，还给予了丰厚报酬。在胡适的“圈子”里，章接触了不少名教授，让他大开眼界，自己也便成了“名人”，平时以胡适“秘书”自居，开口闭口是“我的朋友胡适之”，并以此为自豪。章除了与胡适有着这段“缘分”，与鲁迅也有过一段时间的交往。当年汪静之诗集《蕙的风》在文坛引起风波，章为之打抱不平，还和人干了起来；之后还把张耀翔痛骂了一通；1926 年北京女师大学生刘和珍等惨遭杀害，章义愤挥笔撰联：“卖国有功，爱国该死；骂贼无益，杀贼为佳。”这一切，鲁迅都看在眼里并给予了赞赏。于是便与鲁迅有了关系，后来与太太一起成了《语丝》的重要撰稿人……鲁迅逝世后，章衣萍在文坛很少露名。抗战时到成都，投奔了军界人士，据说还出过一本旧体诗词集《磨刀集》，从未得见。1946 年 3 月因脑溢血而逝于成都，一个作家“活宝”就此销声匿迹。

然而，他的“精神”似乎并没有匿迹，曾几何时，他的著作版本居然一本本地浮出了水面，且以高价面世，着实让后人感到了那句当年随口而出的“我的朋友胡适之”的分量！

我最初得到章衣萍的版本是《情书一束》，之后陆续得到过 10 多种，如诗集《深誓》（北新书局 1925 年版），《种树集》（北新书局 1928 年版）；短篇小说集《古庙集》（北新书局 1928 年版），《衣萍小说选》（乐华图书公司 1933 年版），《小娇娘》（黎明书店 1933 年版）；散文集《樱花集》（北新书局 1928 年版），《枕上随笔》（北新书局 1929 年版），《青年集》光华书局 1930 年版），《依枕日记》（北新书局 1931 年版），《随笔三种》（神州国光社 1933 年版），《衣萍书信》（北新书局 1933 年版），《我的儿时日记》（儿童书局 1933 年版），《秋风集》（复兴书局 1936 年版），《衣萍文存》（天下书店 1947 年版）等。这些版本有的散失，有的不知去向，留存无几。2010 年，还从拍卖会上拍得诗词集《樵歌》，这本由朱敦儒著、章衣萍校勘、商务印书馆 1930 年版的线装书，虽不属新文学范畴，但由“活宝”所校，仍然可作为自藏本收藏。

内山完造与他的著作

日本人内山完造，是我所关注的一位作家，或者可以称之为介乎于作家与书贾之间的特殊人物。最初是关注他与中国顶级作家的关系史料，后又关注起他的著作版本。当年，我是手持一份他的著作书目去逛旧书店的，这份书目是从多处资料摘编而成的，估计并不全。

这份书目，除他本人的著作外，还有他人写内山的：《上海漫语》（日本改造社 1938 年 12 月版），《上海夜话》（日本改造社 1940 年 3 月版），《上海风语》（日本改造社 1941 年 8 月版），《上海霖语》（大日本雄辩会讲谈社 1942 年 10 月版），《上海漫语》（1944 年版），《活中国的姿态》（1944 年版），《上海汗语》（上海华中铁道公司 1944 年 3 月版），《鲁迅与内山完造》（小泉让著，讲谈社版，1979 年 6 月版）和《内山完造传》（小泽正元著，赵宝智等译，百花文艺出版社 1983 年 3 月版）。

鲁迅与内山完造（右）

可惜从一开始搜集到如今，却只得到过内山完造著的一种《一个日本人的中国观》，那是 2003 年花了 400 元购得的，而其他版本居然始终未见。后有几次曾请到日本旅游的朋友去旧书店关注一下内山的旧版本，可惜都是空手而回，说未见一种，见到的却是我的拙著《民国书影过眼录》，实在是让人感慨……此书收漫谈 33 篇，尤炳圻译，鲁迅作序，开明书店 1936 年 8 月初版。在版权页上，还盖有一枚圆形蓝章，仅一字："特"。在封面后衬页右下方，有原藏者题的一行字："一九三

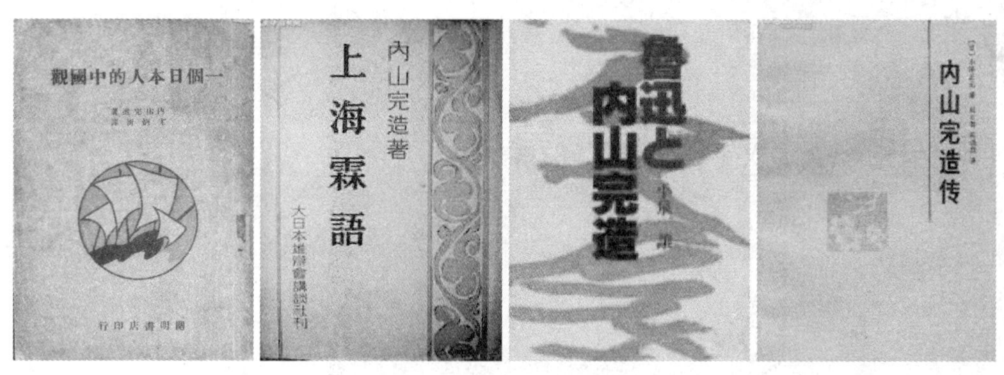

内山完造的著作以及有关内山完造的书

七.四.五日购於东京内山书店。”旁有一朱印“王秀岩”,早年购于东京。

鲁迅的序写于1935年3月5日,有一段文字点明了出版此书的要旨:著者是二十年以上,生活于中国,到各处去旅行,接触了各阶级的人们的,所以来写这样的漫文,我以为实在是适当的人物。事实胜于雄辩,这些漫文,不是的确放着一种异彩吗?自己也常常去听漫谈,其实是负有捧场的权利和义务的,但因为已是很久的“老朋友”了,所以也想添几句坏话在这里。其一,是有多说中国的优点的倾向,这是和我的意见相反的。不过著者那一面,也自有他的意见,所以没有法子想。还有一点,是并非坏话也说不定的,就是读起那漫文来,往往颇有令人觉得“原来如此”的处所,而这令人觉得“原来如此”的处所,归根结蒂,也还是结论。幸而卷末没有明记着“第几章:结论”,所以仍不失为漫谈,总算还好的。

内山氏可称得上是鲁迅的挚友,鲁迅从北平到上海不久便结识了内山君,媒介是书。之后两人的关系越来越密切,在鲁迅生命最后10年中,内山是个“举足轻重”的人物,几乎成了鲁迅的“左右手”,鲁迅死前的绝笔信就是以日文写给内山完造的。只要写到鲁迅,就必然会写到内山氏,从某种意义说,两人几成“一体”。内山完造除经营内山书店外,还写过不少反映上述那些中国及上海的书,用中国话说,可以称得上是个“上海通”。

内山完造,生于1885年,日本岗山人,从1916年至1947年,一直在中国居住,自己还起了个汉名“邬其山”。1917年,内山完造以美喜子的名义开设内山书店,最初在上海虹口的北四川路余庆坊弄旁的魏盛里(现四川北路1881弄),1929年迁北四川路施高塔路(今山阴路)11号。开始销售基督教福音书,后主要销售一般性日文书籍,再后扩展经营中文书籍。内山书店不仅是鲁迅购书的地方,还是鲁迅著作的代理发行店。书店还成了鲁迅躲避国民党反动派通缉的秘密住所和接待秘密客人的地点,甚至还成了地下组织的联络站。晚年,内山完造从事日中友好工作,1959年9月20日逝世于北京协和医院,葬于上海万国公墓。

周越然版本“三鼎足”

周越然像

我关注周越然，有两个直接原因。一、他与我是同乡，浙江吴兴（南浔）人；二、他著有三种可称得上“三鼎足”的谈版本的书：《书书书》（1944 年 5 月版）、《六十回忆》（1944 年 12 月初版）和《版本与书籍》（1945 年 8 月版），读过这些书，会让人“刻骨铭心”。

据南浔张家谱系记载，以及张氏长辈所言，周家与张家有着一些姻缘关系，不过其中的来龙去脉已经有点讲不清，很多事随着老辈离去而变得面目不清，如再不留点文字，后辈也便无从考证，一段历史也许就此会消失。

那“三鼎足”的书，得之于 2003 年至 2004 年间，最早得到的是《六十回忆》，太平书局版，陶亢德发行，纸质较差，有点粗糙。此书原为上海图书馆藏书，编号“资 0479”，这个“资”字猜想是“资料室”的缩写。上图的藏书，还不止一种流入旧书市场，让人无法理解。当时得此书时便想：有价值的民国版本照理可通过拍卖流入私家之手，公家还可从中获取更大收益……全书收文 22 篇，其中几篇写人物的，如《我和康有为》、《伍廷芳》、《我所知道的陈独秀》，状物言事自有风格，入木三分，颇见功力。

2004 年得到《版本与书籍》和《书书书》两种。《版本与书籍》，知行出版社版，是知行版“文学丛书”之三，丛书主编是杨桦。在书中印有“知行出版社文学丛书目录”，除《版本与书籍》，还有张资平的《新红 A 字》、杨桦的《浮浪绘》、路易士的《柠檬黄之月》、予且的《心底曲子》、南星的《山蛾集》。此书原藏者也是上海图书馆，在一段时间里，上图流到上海文庙旧书市场的旧版本不少，我就搜得不下 10 多种。此书最有价值处是版权页“版权所有　不许翻印”下方周越然一枚

《六十回忆》封面

《版本与书籍》封面

粗框朱文印，印文古雅，玩味无穷。此书“文革”前就读过，对两文印象尤深：《古书一叶》和《版本》。记得就是从那时建立起古书版本概念，才懂得古书有“口、脑、眼、目、头、尾、面、耳、角与根、行格”等术语，这些极具形象的术语，从此植入心田，即便被“文革”风暴无情摧残，也始未泯灭……由线装书到平装本，由“口、脑、耳、目、面”到封面、版式、插图版权页，虽形态名称有异，但内在知识关联，版本知识架构就是从这本书开始的。因此真的要好好感谢老乡周越然，我的版本“启蒙老师”就是他！

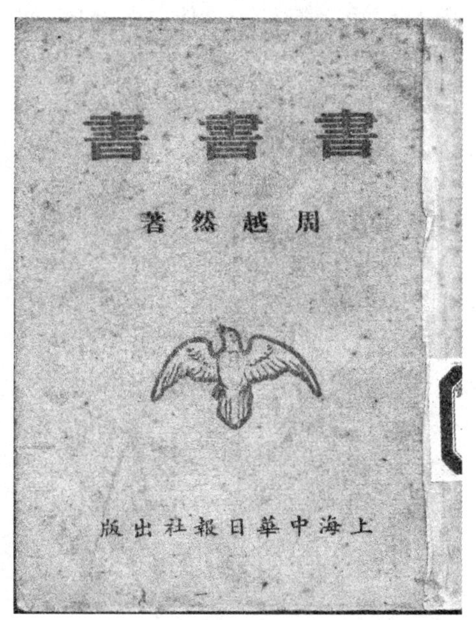

《书书书》封面

《书书书》，中华日报社版，印数与《版本与书籍》一样，均为1 000册。在当时印数算是少的，留存至今可能更少。此书“文革”前就得到，后不知散失何方，之后时隔二三十年才又求得，虽非原书，但能再次与“老友”相见，真的是内心高兴。这三种旧版本，当时每种收进价格均在千元之上，印数少是价高的唯一原因。此书收文26篇，主要谈古书，也谈译本和西洋书，较为杂驳。其中《古书的研究》、《书能治病》、《上海两志》和《吴兴三绝》几篇尤让我爱。如《书能治病》，先讲焦循"以书代医代药法"，后述"自藏书中提取其手录道家六种而读之。余不觉心平气和，而头痛全停，咳嗽亦几几乎止矣。"阅后拍案，奇妙可信耳！

其实，这位老同乡最有功力的是序跋。他虽口口声声怕写序，但写的序倒很像序，该交代的没有一项缺漏，实乃好序。《版本与书籍》的自序很短，可供同好共赏："本书计四十篇，或为文言，或为白话——文既不通，白亦不顺——大半已在日刊或期刊中发表。今汇合之，非欲以表达余之意见，实欲以现露余之勤力也。余本拟以《XX读书志》为题，后见其中所包含者，'闲'书过多，'正'书过少，未免太偏，故改用今名。最末数篇，如《中山诗话》等，似应列入附录，然区区一小册子如本书者，抑何必分门别类耶？余幼年未曾注重国学，本不能作文，更不能制序，所以书此者，因书不可无序也。"

《六十回忆》和《书书书》均有序，其中不乏精彩之句：

本书共计二十二篇，不是我的自传，而是我的回忆。自传(autobiography)与回忆(reminiscences)不大相同。自传是正式的，回忆是随便的。自传注重年月，回忆可无年月。自传整齐有序，回忆零乱琐碎。换句话来讲：自传是教导后人的历史，回忆是"款待"阅众的杂文。(摘自《六十回忆》)

嗜书是嗜好。但这种嗜好，与他种嗜好不同。他种嗜好，有出无入；这种嗜好，有入无出。譬如你嗜好蛋糕。你买一块，吃一块；买两块，吃两块——买了一年，买到岁终，一无所存。买书的嗜好，与买蛋糕的嗜好，全然不同。你今天买一册，过了三天又买一册——不论你读或不读——到了岁终，你总有一、二箱了。倘然你好好的阅读，倘然你好好的保存——倘然你所买的又是"善"本——它们不会贬值，一定增值。(摘自《书书书》)

周越然的序，文风严谨，逻辑缜密，叙述通达，余味无穷，读来爽快，实乃人生大享受。细细品味，周氏遣词造句有逻辑，像在构建旋律；字词组合搭配，像奏出之音调，旋律加音调，必然会产生一种"唱吟"感。文句字词恰到好处，似多一字嫌繁，少一字嫌简，可见周氏国学与文字功底之深厚，尤其是对中英两种文字的把握极为顺达，彼此转换相当自然，在现代文学作家中，能用两种文字写作和思维的实在是少见。

周越然，生于1885年，字之彦，南社社员，曾任商务印书馆函授学社副社长，兼英文科科长，以编著《英语模范读本》闻名。他的藏书楼"言言斋"，毁于"一·二八"战火，被焚之书，汉文书160余箱，约3 000种；西文书16橱，约5 000册，其不不乏元明孤本、名家稿本……后又复萌收书之念，所得也不少，曾得《清内府旧钞剧本六种》、《鼎峙春秋》，明刊《清明集》及稿本小说、名家藏本、影写本等。

抗战后期曾出任伪职，死后藏书被子女散售殆尽。近年来也出版了不少新书，如《言言斋书话》、《言言斋西书丛谈》、《周越然书话》、《言言斋古籍丛谈》等，也属一种"抢救"之举。我曾在上海图书馆见到过周氏后辈至亲，在孜孜不倦从旧期刊中查找周的英文佚文。不过听说其后辈也在为周氏的版权而争执不休，周氏若有知，大概会站在"三鼎足"之上大笑一通吧……

许钦文版本“借光”

在现代文学作家中，作品以其封面设计而光彩者，可能唯独许钦文了。

许钦文的著作大多为小说，有 10 多部，诸如《故乡》，《毛线袜》，《赵先生的烦恼》，《鼻涕阿二》，《回家》，《幻象的残象》，《若有其事》，《仿佛如此》，《胡蝶》，《西湖之月》以及《短篇小说三篇》。除《短篇小说三篇》外，封面设计者均为陶元庆，这在民国书籍封面设计中，可称得上是一道罕见的风景线。如果把这些作品放在一起，只觉得那素淡的色彩，构成了无尽的遐思。

许钦文的著作，我最先得到的是《故乡》初版，时间早在文庙书市开张之前，记得价钱不超过 10 元，封面用牛皮纸包着，拆开后才现出精彩的“大红袍”，可当时好像还没有这种称呼，眼前感到一亮，与其他书籍封面截然不同，有震撼力。之后失之于从贵州调到南通的搬家途中，好像也未感特别的惋惜。之后重又得到一本，已是再版，封面色彩也没有初版那么鲜艳夺目。

对于《故乡》，鲁迅在《中国新文学大系 · 小说二集导言》中有过一句经典评语：“许钦文的《故乡》集名，即已招了作者写的是‘乡土文学’。”许氏的大多著作都以描写乡间人情世态与知识分子生活为主，刻画细致，被称之为“乡土作家”。但从著作的文学水准而言，也不能算最出色。如以作家排名论，只能算“二流作家”。一个“二流作家”能借陶元庆之“光”生辉，看来这又是其他众多作家所没有的“幸运”。

《故乡》虽为“乡土作家”的“乡土文学”，但它最闪亮处并非“乡土”内容，而是它的封面。这幅封面，在现代书籍装帧史中是可大书一笔的，俗称“大红袍”，堪称“书衣珍品”。陶元庆(字璇卿)是许钦文的老友，同为浙江绍兴人，和鲁迅也是同乡。陶认识鲁迅就是由许所介绍，从此鲁迅多种著作封面皆由陶所绘，如《苦闷的象征》、《工人绥惠略夫》、《唐宋传奇集》、《坟》、《朝花夕拾》等。鲁迅还请陶为朋友的著作画封面，许的《故乡》便是由鲁迅特意选用的。据《鲁迅日记》载：“1925 年 3 月 19 日，陶璇卿、许钦文来，少坐即同往帝王庙观陶君绘画展览会。

下午同季市再观展览会。”鲁迅看了两次展览，在《大红袍》前停留时间最长，他对许说：“璇卿的那幅《大红袍》，我已亲眼见过了，有力量。对照强烈，自然调和，鲜明。握剑的姿态很醒目！”其实，陶在画“大红袍”时，《故乡》还未印出，而且画幅也较大。许钦文有过回忆：“当时住在北京的绍兴会馆里，日间到天桥的小戏馆去玩了一回，是故意引起些儿童时代的回忆来的。晚上等到半夜后，他忽然起来，一直到第二天的傍晚，一口气画就了这一幅。其中乌纱帽和大红袍的印象以外，还含着‘吊死鬼’的美感——绍兴在演大戏的时候，台上总要出现斜下着眉毛，伸长着红舌头的吊死鬼，这在我和元庆都觉得是很美的。”

从此之后，我便十分关注许钦文的著作版本，只要一见到便收进，价钱已退居第二位。其实，内心深处想的却是要收全陶元庆为许钦文的著作所设计的封面，想珍藏的是陶元庆的笔墨。

再之后，我收到北新书局版的《幻象的残象》，在书中发现印有一篇《陶元庆先生的绘画》。这类具有史料性的文字，也值得珍藏：“三色版精印　每套八幅　实价三角二分　陶元庆先生的绘画，诚如鲁迅先生所说：用密达尺，汉朝的虑傂尺或清朝的营造尺来量，都是不对的，必须用存在于现今想要参与世界上的事业的中国人的心里的尺来量，才能懂得他的艺术。因为他完全以新的形与色来描出他自己的世界，而其中仍有中国向来的魂灵。至于什么桎梏，是全都摆脱的了，内外两面，都和世界的时代思潮合流，却并未梏亡中国的民族性。丰子恺先生说他的画，应该当作音乐看，或者书法看。周天初先生说他的画，完全是表现主义的。这些都是忠实的话。他的作风确与一般作家不同，真是一个特出的天才。这是瞒不过钱君匋先生的：他不肯袭用人家现成的陈旧的固定的形式来舒展他的思想，而他是用极其苦心的思维到再四才创得的新的形式来表现他的思想，他作画时的认真，负责，钱先生是屡屡谈起的。难怪他每幅都有独特的表现方法和可以溶金的热情流露其间。‘陶先生真是个艺术三昧的人’，钱稻孙先生这句评语，实在的确。现在，他的得意作品的一部分《车窗外》、《卖轻气球者》、《墓地》、《大红袍》、《烧剩的应天塔》、《新妇》、《一瞥》、《落红》等油画水彩画一共八幅，已由本局用三色版印成美术明信片。印画是容易折本的，这在中国书局，怕还是破天荒的创举，除出着色照像式插图式的画片。本局为拥护真正艺术起见，所以不惜重本印行，买作参考品或鉴赏或馈送朋友，都极相宜。”

再之后，得到宇宙风社1937年8月初版的《无妻之累》。封面是陶元庆的一幅遗作，且并非专为此书所画，因陶元庆早在1929年8月就逝于杭州。一个坐着吹笛的人，背后是山峦，大雁成一字形飞去。动感的大雁和吹奏的笛声，增添了一种韵味，让人有点无法捉摸。此画的意境，与《无妻之累》到底有何关系，不清。艺术的“魅力”可能就隐藏在这种若隐若现的虚无之中。

一开始，我对许钦文的身世还不了解，后来得到了《若有其事》，也便知道了与许有关的一件惊人奇案：1932 年发生的陶思瑾忌杀刘梦莹的案件。思瑾是陶元庆的妹妹，陶死后，许钦文一直把她当作妹妹，曾寄寓许家。岂料事件连累到许钦文，因作案现场在许家，官厅以不合容留年轻孤女在家为由，把许羁押入狱，白白吃了冤枉官司，待真相大白时，许已在狱中关了多时……之后，许远走厦门，搁笔至建国前夕，建国后才又重新写作，主要写与鲁迅作品有关的介绍性著作，如《〈呐喊〉分析》、《〈彷徨〉分析》等，1979 年还出版过一本《鲁迅日记中的我》，相当有意思且有史料价值。

许钦文的版本，我也陆陆续续收到不少，其间还收到怀正文化社 1948 年 2 月初版的《风筝》，封面不知是谁设计的，如与陶元庆所绘的相比，可谓天壤之别。作者在序中说道：“当《故乡》出版以后，许多人都说我熟悉青年心理，惯于描写

陶元庆所绘、许钦文部分著作书影之一

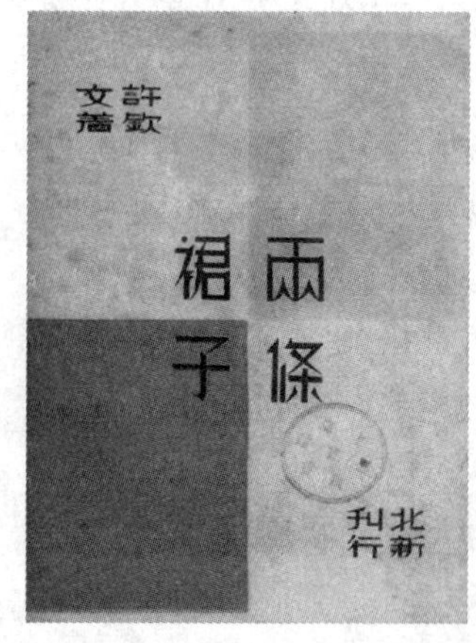

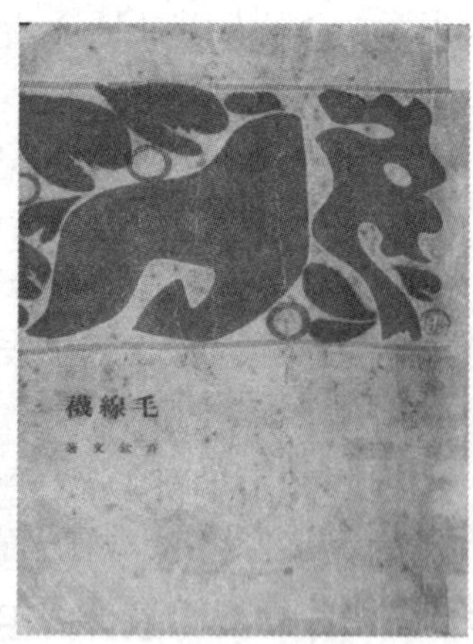

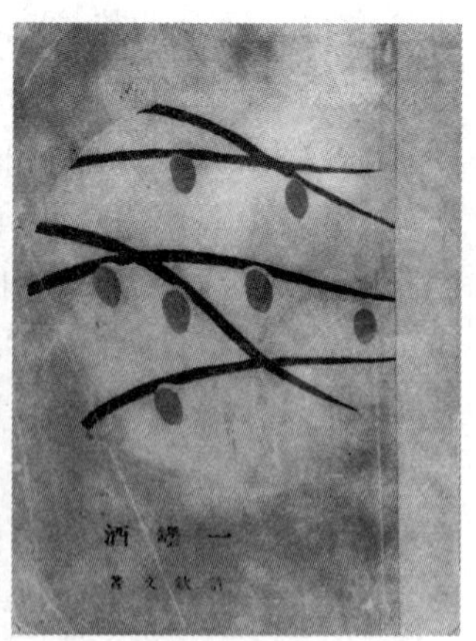

陶元庆所绘、许钦文部分著作书影之二

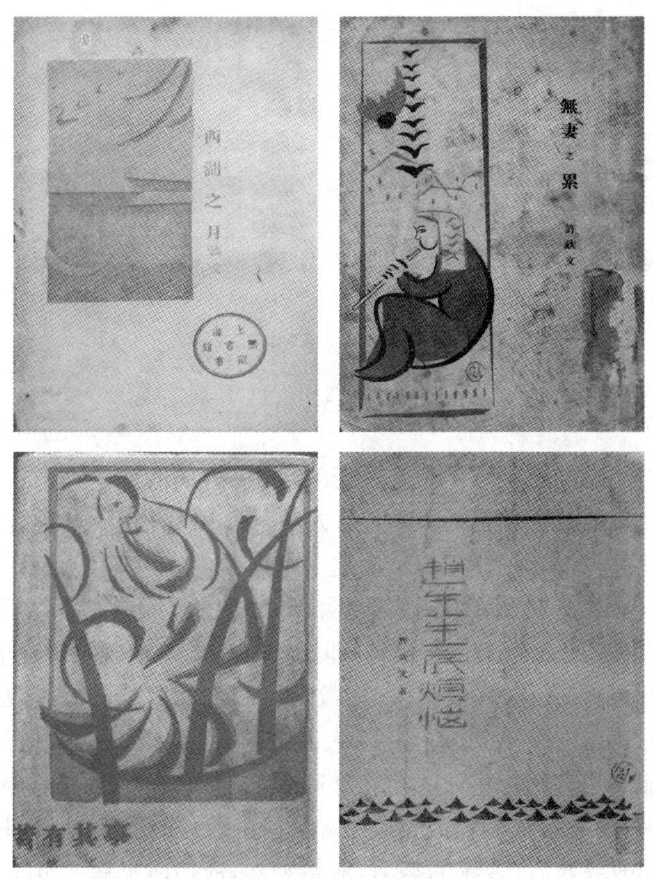

陶元庆所绘、许钦文部分著作书影之三

乡土风味。或者以为奇怪，怎么改变得这样厉害，风筝和故乡是很不同的。其实不足为怪，一经说穿，就可以了然。写《故乡》的时候我还年青，无论相亲相仇，往来接近的也大概是青年；刚于无可奈何中离开故乡，无论所爱所憎，都有点念念不忘，所以写下来的，总脱不了青年心理和乡土风味的关系。如今“年事已长”，做了囚徒，刚从牢监出来，荡漾在脑海的印象，无非是难友们的脸像和铁窗铁门等情形，所以写成了这个样子……”

是什么样子？“借光”时期的风华正茂荡然无存，“落魄”时期的余悸愁绪若隐若现，如把两者一对照，许钦文活脱脱是个“苦命人”啊！

长寿与短命作家

现代文学作家的总人数到底多少，至今我仍未搞清楚。

我曾在拙文《中国现代文学作家总人数》中，以几种版本所提供的人数为准进行过一番“解读”，非但没弄清，反而越来越糊涂，实乃一笔糊涂账。之后现代文学作家的版本见得多了，也便把这种想弄清的兴趣来了个转移，移到了现代文学作家“长寿”与“短命”的命题上。长寿者，即 80 岁以上，包括现仍健在的；短命者，即 50 岁前便离开人世的。这样两类人，其数量可以说相对准确。以我的验证，长寿者包括至今还活着的 67 人，短命者 49 人。中国人的岁数还讲究阴历（农历）与阳历（公历），因此寿长与寿短还不一定很准确。（名单附于文后，括号内是生年）

有了这个“命题”以及相对准确的人数和岁数，我便有意识地开始了对这两类作家版本的搜寻，经过多年的努力，成绩斐然，所搜所见版本近千种，得出的结论是：长寿者未必著作等身，短命者也未必著作寥若晨星，人寿与书数之间好像并不能简单画等号……

比如活到 87 岁的成仿吾，著作主要在“创造社期”，所见只有七部：《使命》（评论，1927 年版）、《流浪》（小说诗合集，1927 年版）、《仿吾文存》（论文，1928 年版）、《从文学革命到革命文学》（论文集，与郭沫若著，1928 年版）、《文艺论评》（论文集，与郁达夫合著，1928 年版）、《守岁》（1929 年版）、《新兴文艺论集》（论文游记合集，1930 年版）。之后他全身心投入革命，参与中国左翼作家联盟活动，到江西瑞金中央苏区，随中央红军参加长征到延安，晚年还重译《共产党宣言》，校译马克思主义经典著作。

再比如活到 81 岁的女作家沉樱，在中国大陆只出过五部短篇小说集：《喜筵之后》（北新书局 1929 年版）、《夜阑》（光华书局 1929 年版）、《某少女》（北新书局 1929 年版）、《女性》（生活书店 1934 年版）和《一个女作家》（北新书局 1935 年版）。1948 年到台湾，以翻译为主，还创办过家庭译文出版社。

比如只活了 29 岁的柔石，与其年岁论，可称得上“著作等身”。1931 年 1 月

17日因叛徒出卖被捕，2月7日夜连中10弹壮烈牺牲。在他生前留下的小说和译著有八部：《疯人》（宁波华生印局1925年版）、《奴隶》（新文学书局1928年版）、《三姊妹》（水沫书局1929年版）、《旧时代之歌》（上下册，北新书局1929年版）、《二月》（春潮书局1929年版）、《希望》（商务印书馆1930年版）、《戈理基文录》（光华书局1930年版）、《浮士德与城》（神州国光社1930年版）。这些作品大多被译成多国文字绍介到国外。

再比如只活了30岁的蒋光慈，则是一位“高产作家”，在短短30年中出版22种著作，实在让人吃惊！诗集有《新梦》（上海书店1925年版）、《哀中国》（上海新青年社1925年版）、《光慈诗选》（现代书局1928年版）、《哭诉》（春野书店1928年版）、《战鼓》（北新书局1929年版）、《乡情集》（北新书局1930年版）；小说集有：《少年飘泊者》（亚东图书馆1926年版）、《鸭绿江上》（亚东图书馆1927年版）、《短裤党》（泰东图书局1927年版）、《野祭》（创造社1927年版）、《菊芬》（现代书局1928年版）、《最后的微笑》（现代书局1928年版）、《丽莎的哀怨》（现代书局1929年版）、《冲出云围的月亮》（北新书局1930年版）、《失业以后》（北新书局1930年版）、《两种不同的人类》（北新书局1930年版）；日记和通信集有：《异邦与故国》（现代书局1930年版）、《纪念碑》（与宋若瑜合著，亚东图书馆1927年版）；文学评论集和译著有：《俄罗斯文学》（创造社1927年版）、《冬天的春笑》（泰东图书馆1929年版）、《爱的分野》（与陈情合译，亚东图书馆1929年版）、《一周间》（北新书局1930年版）。在“左倾”错误路线下，于1930年10月被开除出中国共产党，但仍不懈为党的事业奋斗，抱病从事文学创作，1931年逝世，建国后被安徽省民政部追认为革命烈士。

无论长寿还是短命，其出生大致相同，皆赤条条而来，由于出身不同、经历各异，也便基本决定了各自的“死法”。长寿者的死，大多终老而去；短命者的死“五花八门”，有病死的，有被害死的，有自尽而亡的，有被暗杀的，有飞机失事的，等等。活得最长者是章克标，死得最早的是“左联”五烈士。章克标留下过不少“名言”，其中一句是：“写文章，尤其是写小说，散文，说白了就是说废话，所谓的语言艺术，就是废话艺术。正经话谁说都一样，没有艺术可言。只有废话说得好的，才叫会说话，才叫懂得艺术，才叫文学语言。”实为百岁老人的“金口玉言”。只活了22岁的“左联”作家殷夫，生前作品未能结集出版，如今只能从他的诗句中窥探崇高灵魂：“我不是清高的诗人，我在荆棘上消磨我的生命，把血流入黄浦江心，或把颈皮送向自握的刀吻。”

如今，这些长寿与短命作家的版本已经相当罕见，早期收进的版本，估计在10到20年内不大可能再露脸，而露脸的大多只在拍卖会上，其价格早达四位数，因此想要收齐所有长寿与短命作家的版本几近“天方夜谭”！

巴金译《狱中二十年》

章克标著《算学的故事》

罗洪著《孤岛时代》

朱湘著《文学闲谈》

周文著《在白森镇》

沉樱著《某少女》

杨绛译《一九三九年以来英国散文作品》

苏雪林著《唐诗概论》

如果，我能破了这个“夜谭”，真想写一部《现代文学作家：长寿与短命》的书，为他们和他们的版本立小传！

附文：长寿与短命作家

长寿者，80岁有：徐调孚（1901年）。81岁有：沉樱（1907年）、萧军（1907年）、周全平（1902年）、林语堂（1895年）、丁西林（1893年）。82岁有：丁玲（1904年）、周作人（1885年）、冯乃超（1901年）。83岁有：聂绀弩（1903年）、胡风（1902年）、赵景深（1902年）、陈衡哲（1893年）。84岁有：端木蕻良（1912年）、梁实秋（1903年）、郑伯奇（1895年）、徐祖正（1894年）、黄药眠（1903年）、杨晦（1899年）。85岁有：赵清阁（1914年）、陈学昭（1906年）、沈雁冰（茅盾，1896年）、李青崖（1884年）。86岁有：艾青（1910年）、曹禺（1910年）、沈从文（1902年）、郭沫若（1892年）。87岁有：台静农（1903年）、成仿吾（1897年）、许钦文（1897年）、萧三（1896年）。88岁有：钱钟书（1910年）、葛琴（1907年）、骞先艾（1906年）、艾芜（1904年）。89岁有：萧乾（1910年）、赵家璧（1908年）、宗白华（1897年）、朱光潜（1897年）。90岁有：卞之琳（1910年）、凌叔华（1900年）、俞平伯（1900年）、曹靖华（1897年）。91岁有：胡山源（1897年）、孙犁（1913年）。92岁有：许杰（1901年）、陈子展（1898年）。93岁有：李霁野（1904年）。94岁有：黎锦明（1905年）、谢冰莹（1906年）、汪静之（1902年）、叶绍钧（1894年）、白薇（1893年）。95岁有：夏衍（1900年）、柳无忌（1907年）。97岁有：郑逸梅（1895年）、包天笑（1876年）。98岁有：施蛰存（1905年）。99岁有：臧克家（1905年）、钟敬文（1903年）、谢冰心（1900年）。101岁有：巴金（1904年）。102岁有：苏雪林（1897年）。107岁有：章克标（1900年）。另外至今还活着的：黄裳93岁（1919年），杨绛101岁（1911年），罗洪102岁（1910年）。

短命者，22岁有：殷夫（1909年）。24岁有：王以仁（1902年）、冯铿（1907年）。26岁有：石评梅（1902年）。27岁有：王品青（1900）。28岁有：穆时英（1912年）、胡也频（1903年）。29岁有：叶紫（1910年）、朱湘（1904年）、柔石（1902年）。30岁有：蒋光慈（1901年）。31岁有：韦素园（1902年）、萧红（1911年）、丘东平（1910年）、周木斋（1910年）。32岁有：潘漠华（1902年）、蒲风（1911年）、洪灵菲（1901年）。33岁有：应修人（1900）。34岁有：苏曼殊（1884年）、陆蠡（1908年）。35岁有：徐志摩（1896年）、彭家煌（1898年）。36岁有：瞿秋白（1899年）、黄庐隐（1898年）。38岁有：王礼锡（1901年）。40岁有：滕固（1901年）。41岁有：丁易（1913年）。42岁有：王独清（1898年）、宋之的（1914年）。43岁有：王鲁彦（1901年）、刘半农（1891年）。45岁有：周文（1907年）、戴望舒（1905年）、刘盛亚（1915年）、钟理和（1915年）。46岁有：宋春舫

(1892 年)、卢冀野(1905 年)。47 岁有：谢六逸(1898 年)、章衣萍(1900 年)、闻一多(1899 年)、顾明道(1897 年)。48 岁有：许地山(1893 年)、杨刚(1909 年)。49 岁有：郁达夫(1896 年)、邹韬奋(1895 年)。50 岁：靳以(1909 年)、朱自清(1898 年)、徐蔚南(1902 年)。

集缀“创造社丛书”

搜寻现代文学版本，以丛书丛刊入手也不失为好方法，可惜其数量之大，情况之不明，让搜寻者晕头转向、望而却步。因此少有人硬着头皮去干这种傻事。

我曾下宏愿想做回“傻子”，从那时起便从各种渠道获取有关丛书丛刊的信息，最终获得自认为较完整的信息：丛书丛刊预先编定和成套出版发行的极为少见，大多是先有一个丛书丛刊名，然后陆续编印，由某些文学或其他团体拟定或编写，如文学研究会、创造社等等，再由一家乃至几家书店一起或先后印刷出版，版次很混乱，其间又可能碰到可知或不可知之情况，最后到底出多少种多少册，往往不得其详，是一笔典型的糊涂账。以我粗略估计，民国时期出版丛书丛刊约 5 600 种左右，单本图书 30 000 多种。如以文学类图书计，估计约三分之一左右，即分别为 1 000 多种和 10 000 多种。而这只是理论上的数字，至今仍有版本实物者估计只有一半，即便是一半 500 多种和 5 000 多种，也难以全部搜寻或过目，残缺遗漏者更是心中无数——看来此事难为矣，即便想当回“傻子”也不是那么容易。综合所有情况看，“正面进攻”乃下策，侧面攻击，范围缩小到“现代文学”，攻其一点，来个出其不意，或许可获大胜，此乃上策！

依此战略，我先拟定了在现代文学中赫赫有名的几种丛书丛刊，总数控制在 10 种之内，诸如文学研究会编、商务印书馆出版的布面精装、烫银封套本“世界文学名著丛书”；创造社编、由泰东图书局、创造社出版部等出版的左翻横排本“创造社丛书”；赵家璧在众多现代文学作家支持下编定、良友图书印刷公司出版的布面精装、烫金封套本“良友文学丛书”；施蛰存编、现代书局出版的“现代创作丛刊”；巴金编、文化生活出版社出版的 160 册“文学丛刊”；中华书局编辑出版的“少年中国学会丛书”；郑振铎、王任叔、孔另境主编、世界书局出版的“大时代文艺丛书”；开明书店编辑出版的“文学新刊”；胡风主编、海燕书店和希望社出版的“七月文丛”，等等。其中最为我钟情的是“良友文学丛书”、“现代创作丛刊”和“创造社丛书”。在这几种中，除“创造社丛书”把我搞得晕头转向外，其余都能理

龚冰庐著《黎明之前》

郭沫若著《恢复》

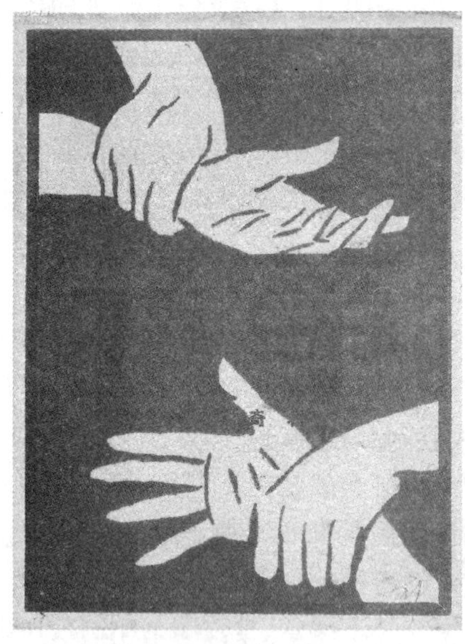

郑伯奇著《抗争》

王独清著《圣母像前》

清，比如“良友文学丛书”，是我最先搜寻的一套丛书，如今基本收齐，仅有的遗憾是有封套者较少。又如“现代创作丛刊”，一开始接触到几种，后逐渐看到全部，弄清了整套17种单行本的“真面目”，依次为：《蜜蜂》（张天翼著）、《怀乡集》（杜衡著）、《夜会》（丁玲著）、《战线》（黑炎著）、《公墓》（穆时英著）、《猫城记》（老舍著）、《望舒草》（戴望舒著）、《萌芽》（巴金著）、《圣型》（靳以著）、《白旗手》（魏金枝著)、《失去的风情》(黎锦明著)、《月下小景》(沈从文著)、《喜讯》(彭家煌著)、《五奎桥》(洪深著)、《屋顶下》(鲁彦著)、《屐痕处处》(郁达夫著)、《白金的女体塑像》(穆时英著)。同时还了解到原本属于丛刊的何家槐的《雨天》、叶灵凤的《紫丁香》始终未出,而穆木天的《流亡者之歌》,1937 年则由乐华图书公司出版。

在这三种丛书中,我最喜欢的还是那套至今未弄清楚有多少种,还未见到过

郭沫若著《瓶》

王独清著《杨贵妃之死》

穆木本著《旅心》

冯乃超著《红纱灯》

所有版本书影的"创造社丛书"。据我掌握的最初资料，丛书分为ABC三集先后出版，A集是两册《创造周报汇刊》和六册《创造季刊》。B集是单行本14种，由泰东图书局出版：《女神》(郭沫若著)。《革命哲学》(朱谦之著)。《沉沦》(郁达夫著)。《冲积期化石》(张资平著)。《无元哲学》(朱谦之著)。《星空》(郭沫若著)。《爱之焦点》(张资平著)。《烦恼的网》(周全平著)。《玄武湖之秋》(倪贻德著)。《少年维特之烦恼》(郭沫若译)。《鲁森堡之一夜》(郑伯奇译)。《王尔德童话》(穆木天译)。《太谷尔新月集》(王独清译)。《蜜蜂》(穆木天译)。C集是单行本6种：《辛夷集》(随笔)。《卷耳集》(诗歌)。《茑萝集》(小说)。《鲁拜集》(诗歌)。《茵梦湖》(小说)和《雪莱诗选》(诗歌)。在介绍这些丛书时，还曾刊登过一句广告语："创造社丛书共分三集，每集装有美丽纸匣便于保存，零购整购均便，但零购无纸匣。"看来，当时购买整套是配有"美丽纸匣"，遗憾的是至今从未见到过这种"美丽"。之后在不经意中收到了14种中的一二种，再之后的发现，把这14种书目也"推翻"了，除泰东图书局外，又出现了创造社、创造社出版部，甚至光华书局、大光书局、乐华图书公司，乃至大新书局、大中书局等出版机构出版的冠之以"创造社丛书"之名的书目，总计51种，包括不同版次的版本实物不下几百种。从此，一场"大混战"把我搅得天昏地暗，真不知从何入手。

没法下手便只好停下，因为只要进入"大混战"，也便无法脱身。停了将近两年，才又把这一书目认真加以整理，总算初步梳理清了所有知道的或见到过的版本及版次，并把所有已经到手的书影和版权页与书目一一核对，才基本看清了"创造社丛书"的面目。这一"杂乱"的书目篇幅过大，不宜在此刊登，以后如有机会真想写一部《现代文学丛书丛刊版本拾掇》，因此此文的题目也便成了《集缀"创造社丛书"》。事实上，在目前很少见到"创造社丛书"影子的情况下也只能"集缀"，虽为"集"，实为点缀，搜寻到的几本，只可供赏析玩味，特别是那些"狂妄无忌"和"素面朝天"的书影，真可窥探出创造社中人的言行举止和心态情致。似乎也能窥探出为何郭沫若与鲁迅同处一地却从未谋面的隐私，太阳社、创造社等热血干将与鲁迅鏖战"沙场"的尘烟……

穆木本著《蜜蜂》

一本书或一套丛书背后的一切，够你我读一辈子啊！

钟情现代文学线装书

现代文学版本收藏的最高境界是什么？我的回答是：“现代文学线装本。”

“五四”运动以后，文化引起了变革，最为明显的是形式的嬗变，以书籍出版为例，白话文替代文言文，平装、铅印取代旧式线装。新文化运动时期的书刊几乎全部采取平装、铅印形式，在版式上虽还保留线装书右翻竖排的格式，但出现了创造社版等一大批左翻横排的版本，又给平装、铅印注入了新鲜的血液，而线装之形式则被视为落伍象征，处于被“打倒”之列。然而一批新文学的代表人物，如徐志摩、林语堂、俞平伯、刘半农等，在自己的白话文学作品或编著的作品中却

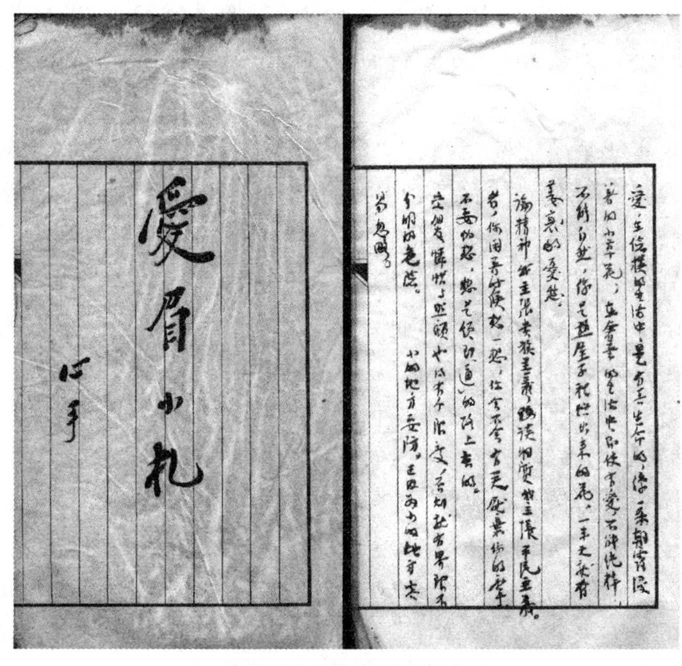

《爱眉小札》扉页和正文

采用了线装形式，用的是“旧瓶装新酒”法，把反差极强的传统形式与崭新内容（有些也是旧内容）和谐融合。此举一石激起千层浪，遭到热血青年强烈反对，然而浪潮一过，回头反思，不能不承认这种形式为新文学界带来了典雅与清新，并为现代出版史写下了极有意思的浓重之笔。

我钟情现代文学线装书的兴趣，最先引发的是徐志摩的《爱眉小札》，完整书名是《爱眉小札真迹手写本》。

此书是我刚踏入现代文学版本收藏行列时就听说的，只印百部，相当罕见，良友图书印刷公司 1936 年 4 月初版，它的形态只在其他书籍中见到过，即便未见版本实物，也感兴奋异常。从此之后，心中也便一直怀着欲求之愿望。那天，在上海文庙旧书市场，逛了几圈之后，旧书已经装满背包，正坐在街沿上翻书、抽烟、歇脚，忽感到有人在我右肩拍了两下，回头一看是认识不久的书贩小荀，他笑着说：“朋友有本好东西侬要伐?”不等我回答，他就从身后取出用报纸包着的一册旧书，一看是线装，眼睛一亮，再看封面签条，赫然四字“爱眉小札”，连忙拿在手上，慢慢把玩，细细揣摩。此书充溢一股浓郁的书卷气，灰蓝色封面早已褪色，斑驳的虫蛀与无意间的划破，和被岁月磨损的“断线”，留下了辗转四处的沧桑。签条的白纸已呈灰白，“爱眉小札”与“徐志摩”几字也有破损，让人看了好不难受。扉页书名和题字“心手”则完好无缺，字迹清秀洒脱。“志摩”之名是他到美国留学时父亲取的，“心手”则是他的笔名。见到这笔名，便想到是把志摩两字，各去上半而成。“心手”，何其美雅！心中之手，拨动心灵之弦，所发声响，不是诗，还会是什么?！能拨动心弦的书，最终是以高价收得，心中的满足早已超出金钱的价值……

在得到这本线装书之前，我已得“良友”1936 年 3 月出版的“良友文学丛书”中的第二十四种《爱眉小札》。后又得“良友”1935 年 6 月再版的普及本《爱眉小札》。两者比较，前者有些版本价值，两书与手迹本对照，内容都多于手写本，除《爱眉小札》外，还有《志摩日记》和《小曼日记》两种。

徐志摩的手写字迹清朗秀丽，通阅全书，也能从字迹变化中窥探出作者书写时的心态。手迹本与排印本的最大区别，就在于字迹一横一竖一撇一捺所产生的版本趣味，这趣味也便凝固成了一种价格指数……

据说，编辑此书是赵家璧为纪念老师徐志摩的。赵曾回忆道：“关于徐志摩的日记，他没有每天都写的习惯。但是他常常在一个特定的时间、地点，写下一二十个片段……是求爱时期写给小曼看的……十行蓝格中，作者用毛笔写下秀丽的字迹，字里行间表达了当时诗人一团火热的真情。”此书一出版便成“畅销书”，徐志摩的亲友买去一批，在社会上流传极少，当属罕见，甚至连编辑赵家璧自已也没有留存。

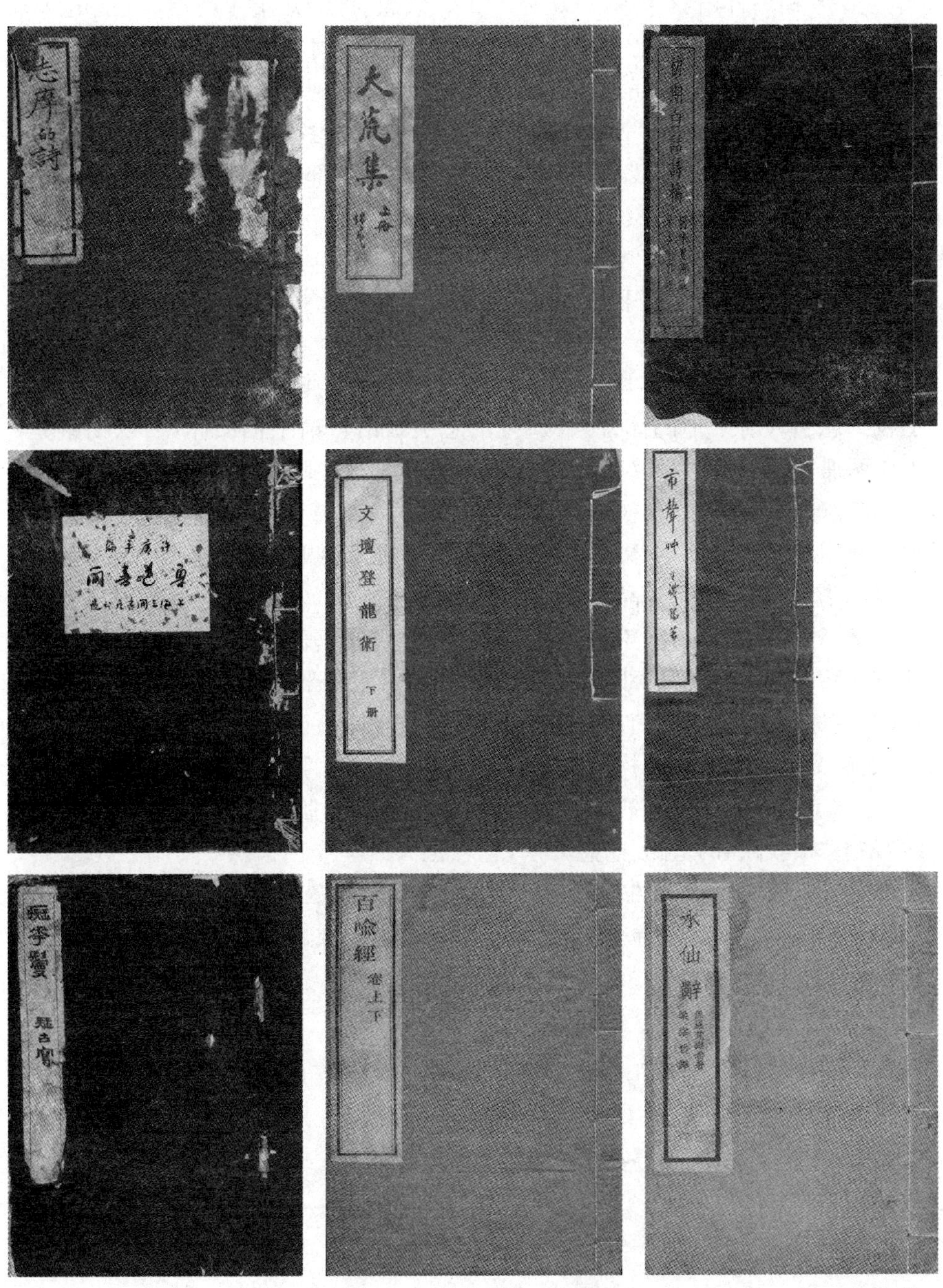

部分可称“顶级”的现代文学线装书

然而，此书的版本见得多后，也便发现除百部《爱眉小札》外，之后还出过一些与之一一模一样的影印本，所见还不少。试想，再经几十年磨损，与原先百部的版本还会有什么差异呢？版本形态的混淆，搞浑版本的价格，这便是原样影印本的最大“罪恶”。之后，我又从各种渠道搜寻到了一些现代文学线装书，如《志摩的诗》、《大荒集》、《鲁迅书简》等，少数是手迹本，大多是铅字排印本，数量虽不少，但与所知现代文学线装书书目相比，还只是一小部分。如要想收齐，还需走一段很长的路，费掉很多白花花的银子，看来不能急，只能耐心慢慢走、细细掂量……

手头的现代文学线装书书目，是我从各处综合起来的，相对较全，可供爱好者揣摩：

《志摩的诗》、《爱眉小札》、《忆》（俞平伯诗集）、《燕知草》（俞平伯散文集）、《遥夜闺思引》（俞平伯旧体诗）、《遥夜闺思引跋语》（俞平伯旧体诗）、《扬鞭集》（上中两册，刘半农诗集》、《音尘集》（卞之琳诗集）、《冬眠曲及其它》（林庚诗集）、《水仙辞》（梁宗岱译著）、《初期白话诗稿》（刘半农编诗集）、《题石集》（王统照译诗）、《秋明集》（沈尹默旧体诗）、《白屋遗诗》（刘大白旧体诗）、《百喻经》（鲁迅编）、《痴华鬘》（鲁迅编、王品青校）、《燕知草》（上下册，俞平伯著）、《五言飞鸟集》（姚茫父译）、《晨曦之前》（于赓虞著）、《夜夜集》（白宁著）、《落日颂》（曹葆华著）、《迷宫》（滕固著）、《红酒》（邓承勋著）、《大荒集》（上下册，林语堂著）、《文坛登龙术》（章克标著）、《鲁迅书简》（甲乙丙三种，许广平印）、《市声草》（王礼锡著）。

之后又见华宝斋出版社 2010 年 9 月出版的一函 13 册《新文学线装珍本丛书》，选择了以上书目中耳熟能详的 10 种原样影印出版，又以“以假乱真”之貌，开步踏上“被收藏”的道路，想想心寒，思思胆惊！

说实话，我原先崇敬的“最高境界”，如今已被“突破”，如没有一点火眼金睛，是看不透真假之别的；我原先的“钟情”，多少有点收敛，如没有一点涵养，是早就洗手不干了。

土纸本情感

在上海话中，“兔子”与“土纸”谐音，因此在未见到书面体前，从口语中是无法分清两者的。

我在未涉足收藏旧版本前，虽然常听人说“土纸本”，但心里想到的却是“兔子本”；后又听说“兔子本”是一种纸印的书，也便胡思乱想：那可能是一种用糊兔子灯的纸印的书……凡此种种，越想越乱，越乱越可笑。

还是实践出真知，记得我最初踏入上海文庙旧书市场时，心里怀的就是这个“疑问”，开口对书贩说的第一句话便是：“侬兔子本有伐？”书贩看了我一眼，便从书堆取出三四册旧书道：“土纸本值铜钿，我这里有不少！”拿在手上一看，也是书，并非什么与“兔子”有关的东西，只觉脸上一阵绯红，自感无地自容。“噢，原来是用土纸印的书……”书贩见我自言自语，便凑过来说：“那是抗战困难时期出的书，纸是用当地的土纸印的，质量极差。你看，纸里还有稻草屑，油墨印在纸上是浮的，字迹不清，正面的字会透到背面。”他又拿了两册用报纸纸和道林纸印的书给我看：“你看，与道林纸印的不能比，报纸纸虽差些，但也比土纸印的要好多了！”他见我不作声，又道：“土纸本值得收藏，抗战时期出的土纸本已经不多，现在的价钿还便宜，侬要伐，这三本只要侬 10 块钱，怎么样？”至于自己是否买下这三本书早已记不起来，但永远记住的是：“土纸本”是用“土纸”印的，决非与“兔子”相关。

说实话，这位书贩就是我的第一个旧版本“老师”，虽是不经意，但使我终生受用，心怀感激，之后我在他的书摊上买了不少旧书，也很少讨价还价，心想要还他一个人情！

记得我收进的第一种“土纸本”是《重庆内幕》，由不知名的江东出版社出版，因那时热衷于看民国内幕书，收《重庆内幕》仅为内容而非看重“土纸”。真正从收藏意义最先收入的土纸本是《民元前的鲁迅先生》和《铁流》。之后在收藏过程中发现，旧书市场中的“土纸本”并不像那位书贩所说“已经不多”，而是相当多，

民元前的
魯迅先生
王冶秋著
峨嵋出版社

鐵流

文學集叢
屈原
郭沫若著
文林出版社

麒麟寨
改進出版社發行

在人間
高爾基著
王季愚譯
讀書出版社發行

重慶內幕
印行：江東出版社

漫文漫畫

荊軻
顧一樵著
商務印書館發行

不夜天

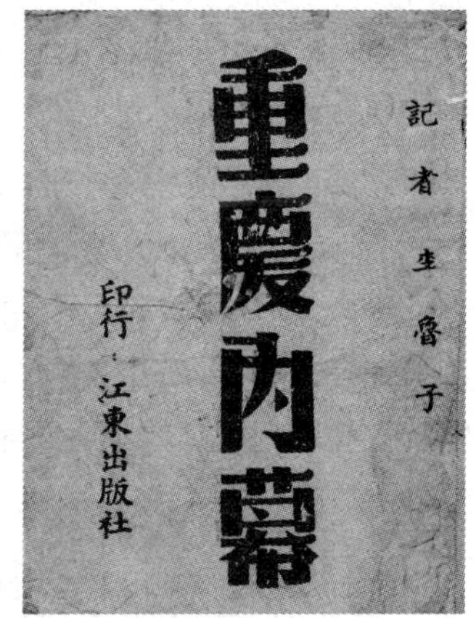

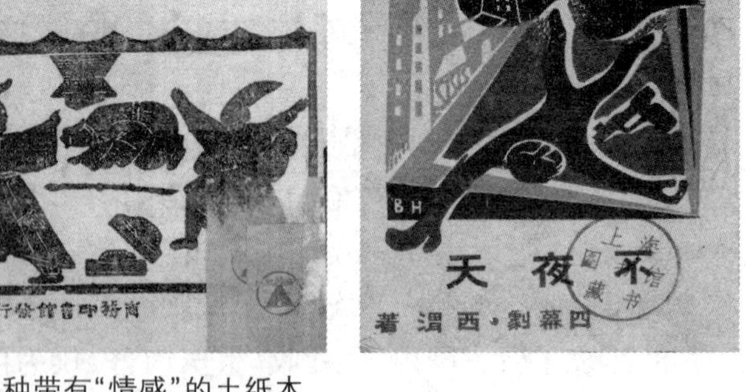

九种带有“情感”的土纸本

即便是土纸本，也有着质量好坏之别，实在差的真是不堪入目，偶尔也收它几种，仅作为“土纸本”劣质品种的保存。收得较多的是些还能入目、内容尚可一读的土纸本。那时还停留在对纸质“选择”的阶段，也算知道了还有熟料纸、生料纸等等。之后又发现，纸质的好坏与地域有着密切关联。在抗战时期，几乎所有出版机构都弃城而走，沿着几条路线，经浙江、福建、江西、广西、广东、云南、贵州、四川，每经一地都利用当地生产的土纸印书，所印大多是以往的书版，创作的较少，虽有，也属凤毛麟角。在我的记忆中，黎烈文主持的福建永安改进出版社就是其中之一，出版社创办于1939年初，是在极其困难的条件下搞出版，先后编辑出版了6种固定期刊，如《改进》、《现代文艺》、《现代青年》等；8大丛书，如“改进文库”、“现代文艺丛刊”、“现代青年丛刊”和“世界大思想家丛书”等，以及100多种单行本。据曾任《现代文艺》主编的王西彦回忆，黄家祠堂的大厅是编辑部、阅览室兼饭厅，左右两间长条形房间分别为社长黎烈文和主编王西彦的卧室兼办公室，大厅后是狭小阴暗的小房间，供校对人员居住和办公。白天改稿、审稿、校对、编发，夜里在美孚煤油灯下撰写与翻译，倾注的是一腔爱国热情。

从那时起，我对“土纸本”又建立起了另外一种全新的概念：土纸本并非纸质纸类的形态概念，而是一种隐藏着的火热情感，那是抗战时期的一团烈焰，充满着对敌人的仇恨和对祖国的热爱！

一种不起眼，甚至会让人唾弃的版本，在我的眼里却成了一种情感的化身，并变成了一种收藏理念：收藏土纸本就是收藏情感！

收藏情感，不在于多而在于精。从版本收藏角度讲，属于“点到为止”，有目的的选择几种乃至几十种，用以“填补”某种情感的“空缺”。

淘得第一种签名本

2002年8月25日，我在上海文庙旧书市场淘得民国版《文章修养》(上下册)，作者是新文学著名作家唐弢，上海文化生活出版社出版，上册初版于1939年4月，下册初版于同年11月，两书出版相隔7个月。发行人吴文林，编辑者少年读物编辑社，属“少年读物小丛书第一集”之一种。至于丛书其他还有几种，在淘得此书时不清楚。

回想起来，淘得此书也很有意思。当一阵大雨过后，我来到一个经常光顾的书摊前，一眼就瞧见摊主用塑料书套套起的两册《文章修养》，把书从书套中取出，上册无封面和封底，下册虽有封面和封底，但已破损。其实我第一眼见到的是第一册扉页上唐弢的赠书签名，于是立即把两书拿在手上不松手，其实周围并

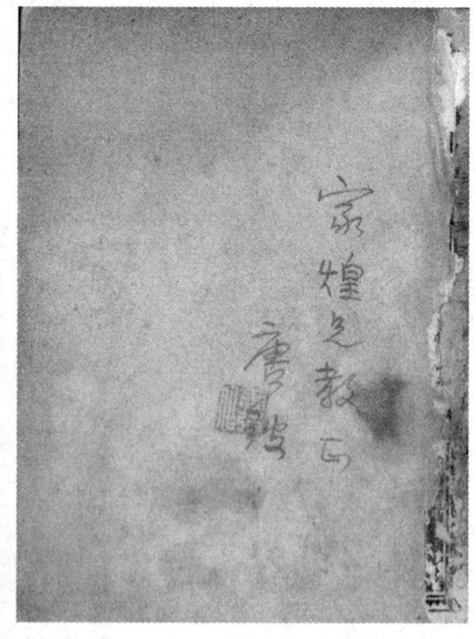

《文章修养》签名本

无一人，好像也无人发现此书为签名本。唐弢的签字厚实潇洒，钢笔蓝墨水的笔迹已渗入旧纸，在褐黄色书页上色彩已淡去。唐弢的签名曾在多处见过，可以肯定非假冒，无疑是签名真本。此书是赠予“家煌”兄的，上书“家煌兄教正　唐弢”，并盖有唐弢一枚红色阳文印。“家煌”之名似面熟，可是一时记不起是何人氏。一问价格，摊主说 8 元，我一听还以为是旧货市场的“切口”，1 元即 100 元。难道是“800 元”？不信，再问，摊主仍讲是 8 元，于是不问，立即付钱，但口中仍在说：“此书无封面封底，能否再便宜些？”摊主不肯，也就作罢，心中却暗喜，付钱取书便走，生怕摊主发现后生悔。后想，估计摊主并不知“唐弢”为何名人，也不知是签名本，或者即便知道也不把它当回事，草草卖掉了事吧。我算是拣到了一个漏，大幸也。

回家仔细琢磨，发现此书有不少有趣之处：扉页背面印有两行字：“以此书为亡儿时力的纪念，在我写这部书的时候，他还坐在我的膝上，给我慰藉，使我知道工作的愉快。”读过，心头不免抽紧，悲哀之感袭来，感觉悲伤。其儿时力死时，也许离唐先生出版此书的时间不是太久，因此在写成此书时也未忘痛苦。时力是如何去世的，并未写明，但可以知道年龄应该是很小的时候……唐弢生于 1913 年，写此书是 1939 年（见于序），那年他 26 岁，亡儿也不过是五六岁吧。

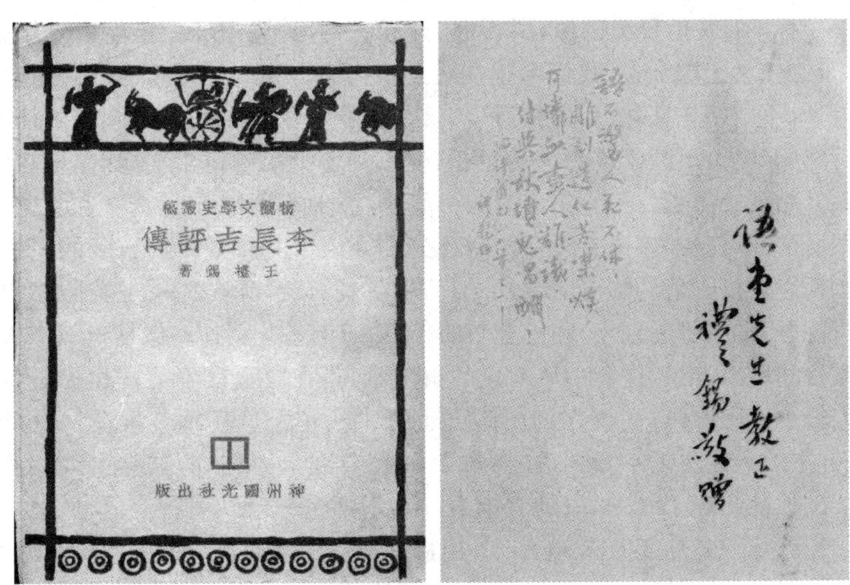

《李长吉评传》签名本

有关“少年读物小丛书”，在版权页后有专门介绍：“我们曾经编辑过一个半月刊，叫做少年读物。目的在介绍一些浅近有用的知识。可惜这刊物出了不久，因环境压迫不得不暂时停刊。为了安慰自己，也为了告无罪于读者，于是就计划

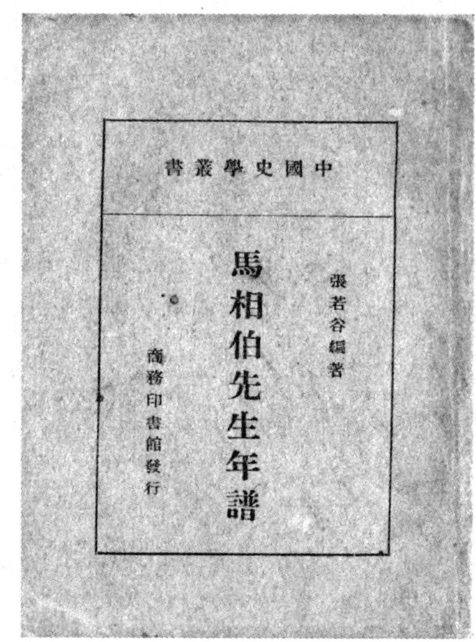

《马相伯先生年谱》签名本

编一种丛书式的杂志，或则是杂志化的丛书。少年读物小丛刊便是实现这计划的初步表现……这丛书的内容包含文艺、史地，以及自然科学各部门。其中的选择有一个标准：就是要读得懂，买得起，开卷有益，掩卷有味。虽然由于篇幅的限制，未能在量上求全备，我们希望在质上多努力。我们估量自己的力量，拣小处微处做，不敢期在文化上有何贡献。只要这小丛书不要亏折太多，使书店方面能维持它的刊行，不至于成为一种负担，便满足了。第一集十二册，二十八年一月一日开始陆续出版。第一集分为四个部分：史地、语文、自然科学和文艺。”唐弢的两册《文章修养》属语文类。随后还分别介绍了“史地”中白石著的《犹太人与巴勒斯坦》、杨刚著的《公孙鞅》，“文艺”中芦焚著的《无名氏》、王统照著的《游痕》、李健吾著的《希伯先生》和巴金著的《旅途通讯》，共六种。似是出版广告，但从字里行间看出，出版这套小丛书真的很困难，是在“压迫”下另辟途径出版的，其文人精神值得钦佩，而现在的出版人也许少的正是这种精神素质。《少年读物》是一本综合性文艺半月刊，1938 年 9 月 1 日在上海创刊，陆蠡主编，上海文化生活出版社出版，为它写稿的有巴金、靳以、师陀、李健吾、唐弢、黎烈文、许广平等。1938 年 11 月 6 日被迫停刊，出版了 6 期，该刊还出版过《鲁迅纪念特辑》。从创刊到被迫停刊，其间仅隔两月，可谓“短命”。

《文章修养》上册，除序外，还有六部分：开头语，从文字到文章，古文、骈文，八股文，白话文及其他，关于文体、句读与段落。下册八部分：向书本学习还是从生活提炼，题材的搜集和主题的确定，字和句，土话和成语，句子的构造和安排，明喻、暗示、借代，比似、铺张和省略，怎样写会话，所谓文气。把文章修养诸方面都讲到了，是本很好的入门书。

在把这些相关内容弄清楚后，便查找唐弢赠予的“彭家煌”。在书友钦鸿所赠的《中国现代文学作者笔名录》中有“彭家煌”，1898 年生，逝于 1933 年，湖南湘阴人，比唐弢大 15 岁。从唐的《文章修养》出版时间看，彭先生早在 1933 年就逝世了，可见他根本不可能得到唐的赠书。由此结论，唐弢签名赠予的“家煌”，不可能是那个从 1926 年就开始发表小说——他的《怂恿》曾被茅盾誉为“那时期最好的农民小说之一”——曾加入过“左联”，被国民党当局逮捕，后放出没多久就逝世的作家彭家煌，而应是另一位叫“家煌”的人，看来此“家煌”并非什么作家。至于与唐弢是个什么关系，已难查考，猜想也许只是唐弢的一个亲戚或朋友吧。原本想从签名本中查出一段有意思的文坛轶事，现在看来成了泡影，心中不免惘然。不过，从另一些资料获知，唐弢在出版《文章修养》之前，自己早已从 1933 年起参加了中国共产党所领导的工人运动，并已在上海《申报・自由谈》发表杂文多年；在出版《文章修养》前一年，他还参与了《鲁迅全集》1938 年版的编校工作。

唐弢的签名本，是我所得的第一本签名本，虽未查到真正的赠予者，但在查找的过程中得到了相关书刊与现代文学作家的情况，也算是很有益处的。

从那之后，我搜寻到将近几十种不同作家的签名本，都是真货。如张若谷赠予郎静山的《马相伯先生年谱》、王礼锡赠予林语堂的《李长吉评传》等。有的是在搜书时就发现的，价格昂贵；有的则在仔细翻阅藏书后发现的，搜得时我与书贩均不知，价格相当便宜，算是“捡漏”。如今，签名本已少见，见到的大多已进拍场，价格早已翻了几个筋斗，常人难以得手。不过，如今有人也发现了签名本的伪本，看来这也不奇怪，字画能仿得几乎乱真，何况几个姓名乎？

第一收藏专题“有关作家的版本”

我的现代文学版本收藏是从作家入手的，最早的依据是曾经在复旦大学中文系读过的现代文学史，其中讲到的现代作家，大多成了我按图索骥的对象，无非是鲁迅、郭沫若、茅盾、冰心等等，范围极其狭隘，始终跳不出官方认定的作家圈，而且还相当自信地感到，中国的现代作家就这么些，陷入的是一种“被误导”。

之后，让我完全认识“被误导”的，并非语言文字，而是刊登在 1936 年 2 月《六艺》文艺画报中心插页上的一幅如今已很少能见到的漫画《文坛茶话图》。画报主编是叶灵凤、穆时英等五人，漫画作者是鲁少飞，作者在画下方还留有一段说明文字，有意思，值得留存：“大概不是南京的文艺俱乐部吧，墙上挂的世界作家肖像，不是罗曼·罗兰，而是文坛上时髦的高尔基同志和袁中郎先生。茶话席

鲁少飞的漫画《文坛茶话图》

上，坐在主人地位的是著名的孟尝君邵洵美，左面似乎是茅盾，右面毫无问题的是郁达夫。林语堂口衔雪茄烟，介在论语大将老舍与达夫之间。张资平似乎永远是三角恋爱小说家，你看他，左面是冰心女士，右面是白薇小姐。洪深教授一本正经，也许是在想电影剧本。傅东华昏昏欲睡，又好像在偷听什么。也许是的，你看，后面鲁迅不是和巴金正在谈论文化生活出版计划吗？知堂老人道貌岸然，一旁坐着的郑振铎也似乎搭起架子，假充正经。沈从文回过头来，专等拍照。第三种人杜衡和张天翼、鲁彦成了酒友，大喝大茄皮。最右面，捧着茶杯的是施蛰存，隔座的背影，大概是凌叔华女士。立着的是现代主义的徐霞村，穆时英，刘呐鸥三位大师。手不离书的叶灵凤似乎在挽留高明，满面怒气的高老师，也许是看见有鲁迅在座，要拂袖而去吧？最上面，推门进来的是田大哥，口里好像在说：对不起，有点不得已的原因，我来迟了！露着半面的像是神秘的丁玲女士。其余的，还未到公开时期，恕我不说了。左面墙上的照片，是我们的先贤，刘半农博士，徐志摩诗哲，蒋光慈同志，彭家煌先生。”

以文字对照图片，图中包括挂在墙上的肖像人物总共33人，其中有些是“主流作家”，但绝大多数作家在现代文学史中无甚地位，或只是“主流”的点缀，或根本不见其名。当然在此图中“主流作家”也有缺的，如郭沫若、叶圣陶等等，可见此图并非以“主流”或“非主流”为划分界限。我猜想，可能是以主人席的世称“孟尝君”之邵洵美为主体而摆布的，但好像也并非完全是，再说这些人与现代文学作家的总体相比来说似乎还只是很小的一部分……

其实，当时我见到此图时，并没有去考证作家的数量，而只产生了一种极其强烈的“被误导”的印象：中国现代文学史确实应该补写与纠正，起码要更加客观与公正！

从此，搜书也便多了一层要纠正或补充中国现代文学史“版本形象”的“使命感”，或者说有了一个搜寻现代作家版本的“方向”：不只搜“主流”，还要搜“非主流”或“不入流”者；没有“非主流”或“不入流”，也便没有“主流”——这种辩证，在我脑中越来越清晰：一部完整的中国现代文学史是包括所有作家或流派的历史，任何欠缺或抹煞，都是对历史的一种误导！

就是从那时起，我把以“个体作家”搜寻版本，如搜寻鲁迅的《彷徨》、《呐喊》等，转变到以“有关作家的著作版本”的搜寻，如作家的自传、作家的人物志、作家的书简、作家的日记、作家的评传、现代文学的辞典手册等等，从而使自己有了一个“一览众山小”的登高望远感，以及“一览无尽”的纵横感。我把这类版本称之为“有关作家的版本”，归之为“第一收藏专题”，属首位，其他一切专题均隶属其下。

有了这样两种感觉和定位，我在一个短时期内搜寻或见到不少“有关作家

鄒嘯編
郁達夫論
冰心論
李希同編
錢杏邨作
現代中國文學作家
現代中國女作家
現代作家書簡
作家書簡
海派作家人物誌
現代作家論
上海萬象書屋印行
李卉編
上海
大地出版社印行

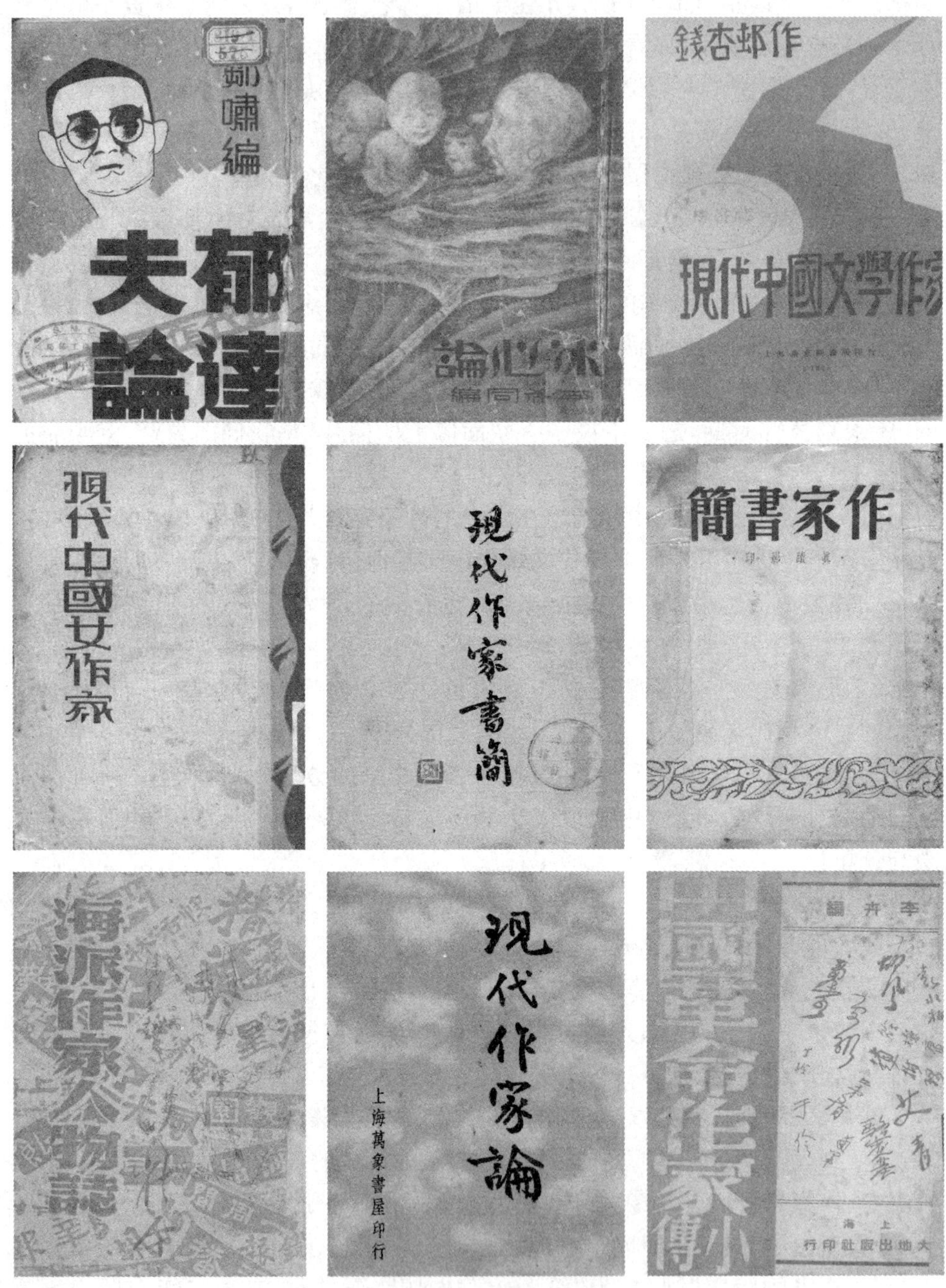

九种有关作家的版本

的"著作版本,如《当代作家自传集》(卓立、吴楚著,出版界月刊社 1945 年 12 月版,出版界丛书),《海派作家人物志》(浩气出版公司 1946 年 8 月版),《上海文艺作家协会成立纪念册》(1947 年 12 月版),《现代中国女作家》(黄英著,北新书局 1931 年 8 月版),《现代中国文学作家》(一二卷,钱杏邨著,泰东图书局 1928 年 7 月、1930 年 6 月版),《中国革命作家小传》(李卉著,大地出版社 1949 年 7 月版),《中国现代女作家》(贺玉波著,现代书局 1932 年 9 月版),以及香港波文书局出版、李立明著《中国现代六百作家小传资料索引》和《现代中国作家评传》。另外还有《现代作家书简》、《作家书简》、《中国现代文学辞典》、《中国现代文学手册》上下册、《中国现代文学社团流派辞典》、《中国现代文学总书目》、《郁达夫论》、《冰心论》等等。这不下几十种的版本,不少仍脱不了正统规矩,排斥了不少在当年"叱咤风云者",即便是改革开放之后出版的现代文学史,仍脱不了某种桎梏。我对其中香港波文书局的两种版本尤感兴趣,这是从网上购得的,已经很少见。这两书的资料齐全,所收作家很多是我从未谋面过的,有些虽耳闻,但对之一无所知。书中所收作家并不以"左中右"来划分,只要是作家都被收入。当然如以这些作家的数量与中国现代文学史中曾经出现过的作家数量相比,可能还只是其中的一部分,但相对正统的现代文学史而言,已经是一个大突破。遗憾的是,两书中提到的一些作家,已经难见他们的著作版本,有其名而无其子嗣,可谓"徒有其名"也!

在"第一收藏专题"的引领之下,我开始了大规模的梳理,通过收藏、借阅等方法,过眼版本达近万种。在此基础上,从 2008 年 6 月至 2012 年 8 月撰写并出版了中国现代文学版本闻见录系列丛书 11 种(上海远东出版社出版),包括诗歌、戏剧、散文、小说和翻译作品,其中很多作家与版本是从未披露过的,一些被埋藏得很深的作家被挖掘了出来,个别作家的子女在见到父辈曾经出版过的版本后来电来信询问。这让我感到欣喜,因为我终于跨出了"补充"与"完善"中国现代文学史"版本形象"的艰难一步。以后还将走出第二步或第三步,或者还能带动后来者继续我的搜寻和梳理。看来重新撰写中国现代文学史并不遥远!

搜寻旧版年鉴

介于书籍与期刊之间的年鉴，以其年度特点和权威性，越来越为使用者所关注。但对于它的收藏，除一些年鉴出版与研究机构在做外，个人很少涉及。因年鉴是以“年”出版，数量极大，开本也大且厚，价格也贵，收藏有一定困难。如以国内年鉴论，数量多达二千种，除综合年鉴外，还有专业年鉴，要做如此众多的收藏，一者不可能，二者也无此必要。但如能收藏年鉴的创刊号，特别是一些旧版本年鉴的创刊号，以及有资料价值的旧版年鉴，仍不失为一个新的收藏领域。

我曾从事报纸编辑工作近20年，后转为年鉴编纂，对收藏新版年鉴的创刊号有着一定便利，但我仍把年鉴收藏定在旧版年鉴上，这些年鉴在旧书市场很少见，但只要着意搜集，仍有所获。有一次，我就从上海文庙书市中搜集到两册颇有意思的旧版年鉴，虽然时间不太久远，但价值可贵。一册是1949年上海国民书局版的《国民年鉴1949》，另一册是解放日报出版社1950年版的《上海解放一年(1949—1950)》，后者冠名虽非“年鉴”，但从其体例和内容看，仍属年鉴范畴。这两册“年鉴”记载的时间均在建国前后，从历史角度讲有着极强的年度时代特点，概括了那个时期的政治、经济、文化以及社会生活的各个领域中的新事物、新情况和新人物，对于了解与研究当时的总体情况有着极强的历史资料价值。

《国民年鉴(1949)》，编辑者为华商报资料室，出版社为华商报社(香港干诺道中123号)，上海国民书局印行，1949年4月5日三版。此年鉴有撰稿人25名，其中有赵元浩、邵宗汉、陆诒等。这本年鉴极有意思，当时中国大陆大部分地区已回到了人民的手中，国民党正处在岌岌可危的境地。而作为以“年”出版的年鉴来说，那是非出版不可的，且还必须把当时的真实情况都记载其中，这一点这本年鉴基本上做到了，除写国民党，也写共产党，还是相当客观的。在《编者的话》中有一说明：“去年以蒋管区为主体，今年则以解放区为主体，这是一个最大的变动……新中国在成长，旧中国在死亡，因此，本手册的重心，应该是放在解放区的现势上面……”。此年鉴在一个月内初版又再版，仍一扫而空，不得不发行

第

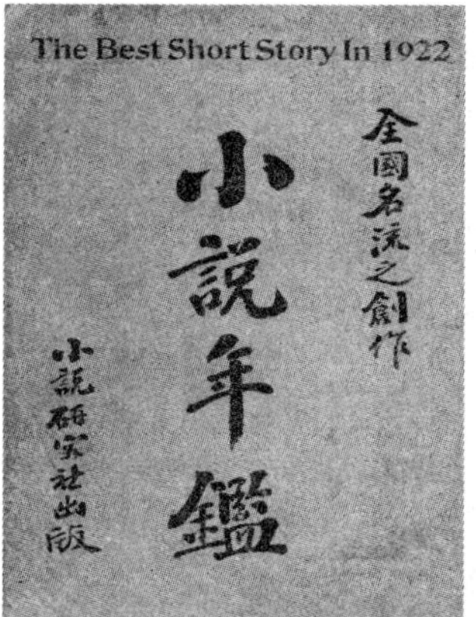

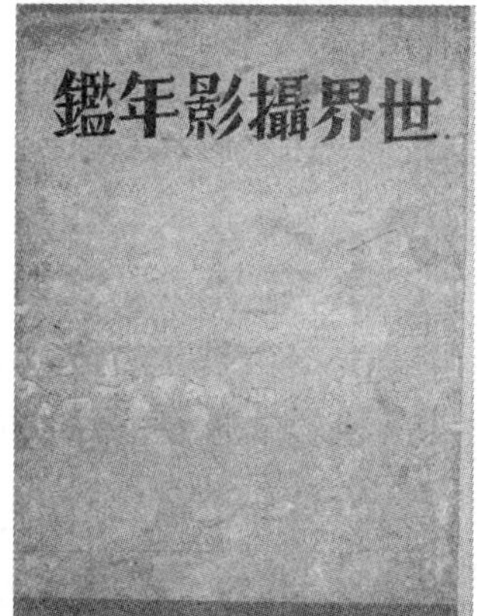

九种旧版本年鉴的书影

三版。在第三版中增订了新的内容,较之以前的版本更加完整与新鲜。但由于形势发展极快,仍有挂一漏万之处。看来,这也是不得已而为之,因年鉴的出版时限决定了它不可能如报纸那样,随时补充新近发生的事物。总之,此手册(年鉴)所收内容相当丰富,对当时人及后世人,都有着以资借鉴和参考便览之作用。此年鉴原由"天津市二区一中心小学图书馆"收藏。扉页由柳亚子题署,所题并非《国民年鉴》,而是《一九四九年手册》(也即年鉴)。另外还有多人的题字,如林鹤珊所题"大众木铎　民主先锋",姚飞丹所题"新年新中国新生"等。全书收广告84个,与现时年鉴刊登宣传彩页(广告)有着相似之处,也都是为了补贴年鉴出版经费之不足。

《上海解放一年(1949—1950)》,由上海解放日报出版社(汉口路309号)于1950年7月10日出版,每册人民币一万元。此书记载了1949年5月至1950年5月上海的政治、经济、文化、社会生活等情况,以及所公布的文献、法令等,有极强的历史资料价值。《编后记》由解放日报编委会撰写,讲到此书是在上海解放一周年后有一个月出版的,有许多事物都有了新的发展,但只可能在下年反映,体现的是"连续性",这也是年鉴的一个共性。其实,此书真正的价值在于对解放一年的上海作了较为全面的概括,特别是当时的形势与相关的文献法令,时代特色明显。我曾致力于搜集上海史资料,而这部年鉴正是上海史中较为权威与可靠的一段历史。

之后,我搜集到并看到不少民国时期出版的年鉴,几乎涵盖所有领域,品种繁多,内容丰富,令人惊叹——这是一片未开垦的处女地啊!

“文革”版“朝霞丛刊”

“文革”版图书，确实是“版本收藏链”中不可或缺的一环。

以我的“版本收藏期”划分，1925年前属早期，此期版本如今凤毛麟角；1925年至1936年民国时期是出版业的鼎盛期，版本精华大多出于此期，是收藏者最为关注的时期；1937年至1945年抗战困难时期，大多以土纸本面世，精彩版本极少；1946年至1949年是出版业的恢复期，正要恢复又陷内战，业界呈颓势；1949年左右至1956年中华人民共和国建国初期，属版本交替期，明显特点是指令性出版印数过万；1957年至1965年时期，带有明显时代烙印；1966年至1976年“文化大革命”时期，出版业凋零，假、大、空版本充斥……

“文革”版图书的收藏，并非我的专题，强烈的感觉是印数过大、内容贫瘠、缺乏收藏价值，因此在旧书市场中见到这类版本也是不屑一顾，之后虽也得过几种，已记不起是出于何种原因。再之后曾萌生撰写《“毒草”版本经眼录》而收过几种，如《文艺战线两种路线斗争文献和资料汇编》、《锄草集》和《毒草及有严重错误图书批判提要》等，是想从总体架构上认识“毒草”概念，并拟定了60种“毒草”版本。如《保卫延安》(杜鹏程著)、《青春之歌》(杨沫著)、《红旗谱》(梁斌著)和《三家巷》(欧阳山著)等。在当年，这60种图书我起码已有三分之一，“文革”抄家和之后的调动，把这些版本全部散尽。而如今要实施这一计划也非易掌，能见到的版本已相当罕见，在孔夫子旧书网上有时会露一脸，但价格已今非昔比，似乎又让我感觉到了这些版本的“珍贵”，想来也有点后悔！

在我的版本藏品中，有着从购买一直保持到如今的上海人民出版社版6种“朝霞丛刊”和3种“上海文艺丛刊”。后者1973年版，辑名《朝霞》，名字来自丛刊中史汉富的同名小说。据研究者称，“丛刊名”均取自某篇作品的篇名。最先4种是：《朝霞》(1973年5月版)、《金钟长鸣》(1973年8月版)、《钢铁洪流》(1973年12月版)、《珍泉》(1973年12月版)。在封面左下方标明“上海文艺丛刊”，32开本，印数在10万至30万册。之后又出了8种：《青春颂》(1974年4月版)、《碧空万里》(1974 年 10 月版)、《战地春秋》(1974 年 10 月版)、《序曲》(1975 年 6 月版)、《不灭的篝火》(1975 年 8 月版)、《闪光的工号》(1975 年 12 月版)、《千秋业》(1976 年 4 月版)、《火，通红的火》(1976 年 6 月版)。在封面左下方或左上方标明“《朝霞》丛刊”或“朝霞丛刊”的字样。因此所谓“朝霞丛刊”，是包括“上海文艺丛刊”4 种的，这在“征稿启事”中说到过：“本刊 1973 年已出《朝霞》、《金钟长鸣》、《钢铁洪流》、《珍泉》四辑。1974 年开始，改名为《朝霞》丛刊，仍为不定期出版，主要发表小说(包括中短篇小说和长篇选载)以及话剧剧本、电影文学剧本等。”在改名《朝霞》丛刊的同时，还出版了综合性文艺刊物《朝霞》月刊，每月 20 日出版，内容以短篇小说为主，兼发散文、诗歌、报告文学、文艺评论等。其实，按出版计划是 14 种，另两种是《无产者》和《铁肩谱》，可惜未见版本实物。

以上这些文字资料，还是最近几年才搞清楚的，在当时“一无所知”。1973 年“上海文艺丛刊”开始出版，出于对文学艺术的爱好，见一本买一本，而且是在贵州盘县简陋的新华书店买到的，记得进货只有 10 本，片刻便被“饥渴”的爱书者买光了。到 1976 年几乎买全了全套“朝霞丛刊”，购买地除贵州还有上海，每购一种都会在扉页处钤印“泽贤藏书”，并在最短时间内阅读完毕。

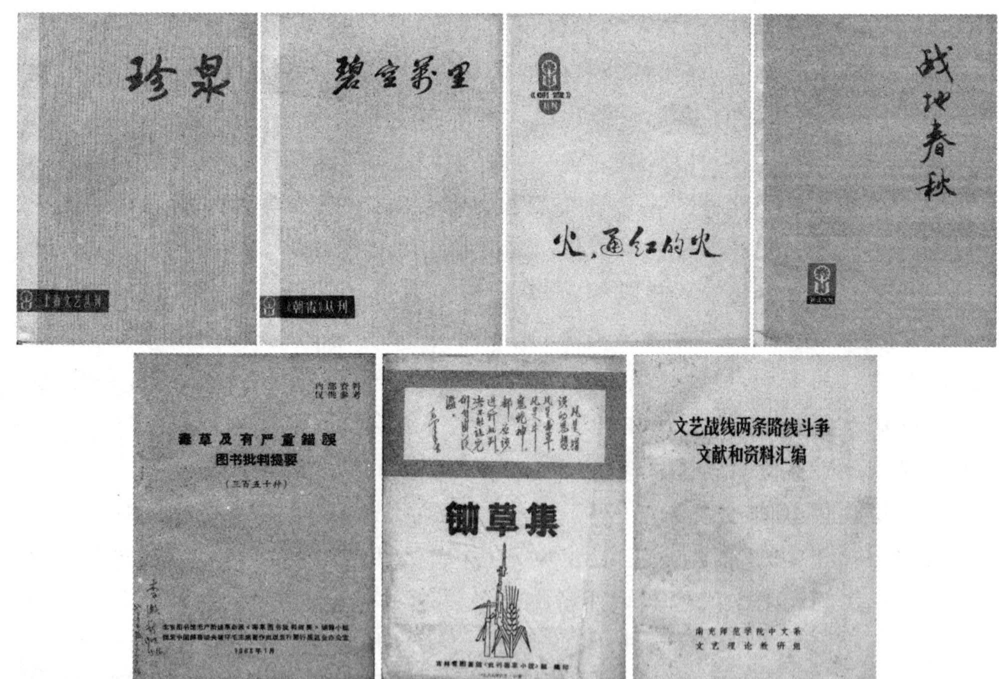

“文革”版本

在从贵州调至南通再到上海，这10多种“文革”版居然从未丢失过，且面目整洁清秀，很少有污渍；然而那些心仪的版本却“不辞而别”，真弄不懂为何这些内容价值不高的“朝霞”反而“命大福大”，是何缘由，我至今无法说清，也许只能归于一个“缘”字吧！

野夫的《中国合作运动史木刻画集》

2010年1月10日，版画家郑野夫之女郑子燕从北京来电，通过上海远东出版社打听到我的联系电话，说是从购得的《民国版画闻见录》(拙著2006年4月由上海远东出版社出版)中见到她父亲创作的《中国合作运动史木刻画集》，以前从未见到过，现在因准备出纪念册，希望能帮助扫描画集中的作品，并付酬。我说可以，留下通讯方式后也便挂了电话。后想到，如能由她收藏其父的木刻画集不是更好吗？电话打去，回答干脆：要！我开的价她也一口答应，相当爽直。从电话中还得知，她的年龄与我相仿，专业是画油画的……

《中国合作运动史木刻画集》封面

《中国合作运动史木刻画集》中的一幅插图

在我收进的所有民国版本中，此书价格最贵，也是我所收版画木刻集中最贵的一种。如今，此书由作者女儿收藏，真正算是找到了完美归宿。

郑野夫，原名郑诚之，浙江乐清人，他是中国新兴木刻运动最早的活动者之一。早年在上海美术专科学校学习期间，组织“一八艺社”和野风画会，从事木刻运动的推动。1936 年，与李桦一起发动第三次全国木刻流动展，后因抗战爆发未能成功。之后转辗浙赣等地，投身合作事业，着手发展木刻用品供应，还办过木刻用品合作社。他的木刻粗放豪爽，黑底白线是其风格特点。曾著有《点缀集》、《怎样研究木刻》、《给初学木刻者》、《木刻手册》和《合作运动木刻画集》等。野夫与鲁迅的交往主要是通信，在鲁迅生命的最后时刻，郑野夫、白危（吴渤）、陈烟桥和黄新波在第二届全国木刻展览会上与鲁迅围坐在一起的合影已成“经典”，这是野夫一生中最大的幸事！

这本以木刻形式图解“中国合作运动史”的木刻画集，极有意思。野夫（郑野夫）木刻，发行者陈仲明是中国倡导合作事业的研究者，中国合作经济研究社 1944 年出版，研究社当年地址在福建崇安赤石。木刻集 24 开，呈方形，手感极好，我认为这是印图版本的最佳形式。文字竖排，书名及图饰均为木刻，书名图置上端，四人拉轮，两人推轮，有一种齐心协力的合作精神。封面左下有一小图饰，两手紧握，表示团结与合作。封底正中有一地球仪图案标记，印“合作经济”四字。从书籍版本种类的事项言，齐全规整。画集的装帧也很有意思，单页印图，印左上方，右和右下留白，感觉舒展。文字印双页，说古道今很有“嚼头”。单页与双页合粘，宣纸虽薄，但文字与图画互不影响，视觉效果不错。

书前有《寿序》，由社会部合作事业管理局寿勉成所写，此人曾著有《中国合作运动史》。在序中说道：“乃者郑野夫同志将余著中国合作运动史摘要，用木刻画予以生动、灵活、简明之刻划，给予合作社员及一般群众对于合作运动之史的发展一个明晰而深刻的认识，使这一运动获取全国广大群众之热烈拥护与忠实推行，在合作文化上堪称不可多得之贡献。”《卷头语》由陈仲明所写，其中讲到画集与野夫的关系：“二十九年，适木刻专家野夫同志随余研究合作，余认为如果运用新兴的木刻艺术传播文化，对于我国合作运动必能发生良好的影响，乃嘱野夫同志采取合作资料，刻划中国合作运动史实，野夫同志以寿著《中国合作运动史》为蓝本，先摘其大纲，编成系统，然后刻画，分秩成幅，合辑成集，每幅附以简短的说明，看说明可尽解画中的意思，不看说明，也可以玩索画中的内容。积日既久，果成四十多幅，由余亲加挑选，正拟付梓，不图敌机肆虐丽阳，原版存放浙省合作事业促进会，卒毁于弹劫，痛惜之至！旋余主持第三战区合联处事，野夫同志仍从余游，余对于中国合作运动史木刻画集之再生仍念念不忘，因嘱野夫同志将残留一部分手托的画页，行重补充，翻制锌版，计划付印，不料又值浙赣事变，以致流产。后来，东南合作印刷厂成立，野夫任厂长。最终此画稿都制成了锌版，虽然锌版不及原版完美，但在合作文化事业上确是一件新事。是以通俗的体裁，刻划合作社的故事，使合作艺术产生广泛而深入的宣传力量，在艺术界不能不说是开辟了一个崭新的领域。”

我淘书有个习惯，这可能与当过记者与编辑有关，喜欢寻找“源头”，而书籍之“源头”便是序跋。一本书拿在手上，所看顺序是：一、封面，一眼掠过；二、序言，认真拜读；三、目录，一目十行；四、内容，基本不看；五、跋语后记，阅读重点；六、版权页，仔细研究；七、封底，留意标记。七道顺序过眼，也便掌握了版本大概，心中也有了取舍标准。郑野夫的这本木刻集，我至少细细看了将近半个多小时，另外还特别琢磨书籍的纸张与版画的印制，因为这也是此书最为精彩处之一。

画集收有 41 幅木刻图，是按中国合作运动史发展顺序设计，因题材较枯燥，要画得生动不易，从木刻图看确也存在这问题，题材不生动，也便无法用生动的图幅表达。野夫在《后记》中也坦诚道：“以木刻刻制合作运动的史实，尤其是一个对合作素不熟稔的木刻工作者来刻制这史实，不能不说是一件唐突的事情，不过，好多资料是现成的，而且经过内行人摘录大纲，才勉强着手试作，但究竟不是行内人，同时，由于史实条件限制太严，以致无法把一切事物形象化，结果所处理的画面，只好凭着几分穷极的概念及假象，来伪装臆造了。”

我收下这本木刻画集，有几层考虑：版画集值得收藏，郑野夫的作品值得收藏，木刻画印制精细，版本品相完好。有了这四项，此书必收。更为主要的还是第五项：一本小小的画集自始至终经历繁复、艰危与波折而印出，原画翻版印刷虽打了折扣，但总体质量相当好。

郑野夫编辑和撰写的作品三种

这本木刻集被郑野夫之女郑子燕收藏约半年后，她从北京打电话来，告知广州美术馆要编一套“现当代艺术家丛书”，把她父亲的著作也收入了，书名为《野夫的木刻艺术——铁马野风》，其中选入《中国合作运动史木刻画集》的全部画页，还附有我几篇有关野夫版本的文字，并说开首发式时请我赴穗参加……之后，书籍的责任编辑也来电邀请，只因当时正赶着编校“浦东文化丛书”中的《浦东名人书简百通》卷而未能如会，甚为遗憾。之后收到《野夫的木刻艺术——铁马野风》样书，最末附文四篇皆我所作，中英文对照：《野夫与〈水灾〉和〈卖盐〉》、《铁马的“耕耘”——〈铁马版画〉》、《野夫著的〈木刻手册〉》和《中国合作运动史木刻画集》。此书由岭南美术出版社 2010 年 9 月初版，12 开本，312 页，道林纸印，沉重无比，像是背负着历史的沉重感……

由一本收藏的版画集，引出版画集作者的子女，再由其子女据此印成纪念集，把父亲的形象、作品乃至精神推广开去，让喜欢他的人举着他的旗帜继续前行！——这是我在用高价收进这本木刻画集时未曾想到的，如今成现实，欣慰也！——可以说，这就是收藏之最高境界！

杜祠与《杜氏家祠落成纪念册》

从江苏南通调到上海浦东新区，首先“接触”到的是两个浦东名人：杜月笙和黄炎培。

于是，这两人便成了我搜寻旧版本的对象，黄炎培在建国之前的著作不少，所见所收在二三十种，如《苞桑集》、《断肠集》、《黄海环游记》、《空江集》、《蜀道》、《蜀道三种》、《天长集》、《五六境》、《之东》和《延安归来》等，大多收入囊中。而杜月笙则少见个人著作，只听说过有两种由庆祝杜月笙先生六十秩寿辰筹备委员会编著的《杜月笙先生大事记》和《杜月笙先生六十寿言集》。那时，我还不知有一种《杜氏家祠落成纪念册》。

有一次，我供职的上海浦东新区史志办组织职工参观浦东高桥的杜月笙家祠，在参观时才知道这本纪念册确实存在，至于当年出版了多少册，谁也讲不清楚，据说连搞史志的部门也没有收藏……第一次去杜祠，没有任何“概念”，只是无目的地在祠堂内悠闲而逛，也看不出什么名堂。如今的杜祠，包括后面的图书馆等建筑，早已成了高桥某部队的驻地。

后来，一直在旧书市场中寻觅这本纪念册，然不见踪影，随后也便把它忘了。大概在一年后，有一次从文庙边的小巷经过，见有人在自家门口铺了块板，上面零乱摆着一些旧书。一般碰到这种情况，我是视而不见地经过，这次不知为何会驻足，而且还在这堆旧书中翻找，似乎有什么在牵引着我：突然见到在旧书中露出半边脸的《杜氏家祠落成纪念册》，见到“杜祠”两字，心里一惊，自忖道：难道是那本纪念册？翻开一看，果真是久觅不到的“宝贝”。此书封面和内页稍有破损，记得当时并没有一页页地仔细翻看，而是问了价钱便走人，价钱很便宜，算是捡了个漏。迅速离开书摊之后，转了几个弯，在沿街的石板凳上坐下，这才认真翻看……

所谓“杜氏家祠”，也就是上海闻人杜月笙的家祠。这本《杜氏家祠落成纪念册》，是杜祠落成活动后的结集，自费出版，杜庆余堂 1932 年 5 月编印。所得之书仅两册，外面已失封套，线装本，封面由夏寿田题签，扉页由郑沅所题，承印者是英租界老垃圾桥南中国仿古印书局。纪念册内分自序、图像、翰墨、颂词、诗、匾额、联对、盾额鼎额、贺电、贺函、附录、后记。册中选登不少珍贵图片，如“参加仪式的北平名伶：杜氏家祠落成招待北平艺员摄影二十年六月”，“入祠仪式”多幅，其中有“淞沪警备队部步队，是日我国军队皆荷枪实弹通过租界，各界赠伞，铁华学校学生队，主轿，奉主入祠仪仗过江时情况”等等。书中还收有不少匾额、题贺和题联图片，如蒋介石既送了题贺镜框，还送了匾额，匾额题“孝思不匮”，可见蒋给杜的“面子”实在是太大了。于右任也送了块匾额：“源远流长”。于右任和张人杰（张静江）还各自送了题联。于的题联是“春酒荐楹阶北地南天唐韦曲 家门振旌节经文纬武晋征西”。张的题联是“继祖宗一脉真传克勤克俭 教子孙两行正路惟读惟耕”，两人的字写得都很洒脱。

书前还有杜月笙（杜镛）写的《杜氏家祠落成纪念册序》，此序我前后看了不下 10 遍，虽无标点，但有留存价值：“民国二十年夏余建家祠于黄浦江东之高桥乡因于六月十日奉主入祠行落成礼事为社会所闻乃承军政学商各界君子奖饰祝贺宠赉非常计所赠贻为文字者如匾如联如牌如祝文如祠记如诗词赞颂等自蒋总司令张副司令以下凡数百事为器物如石碑如石坊如万名伞如钟鼎铜器如玉石器如金银盾如钟表如几榻用具如被褥帷幕等各界皆有之凡数千件祠成之日自上海宅中奉主渡江军商等界均以乐队相送仪仗车马载途绵延十里行经租界电车为停二小时渡船有轮无轮者共百十艘犹不足也上海全体伶界及北平伶界杨小楼梅兰芳等数十人并集祠中演剧三日此三日中渡江宾客自各国领事商家以及本国官商

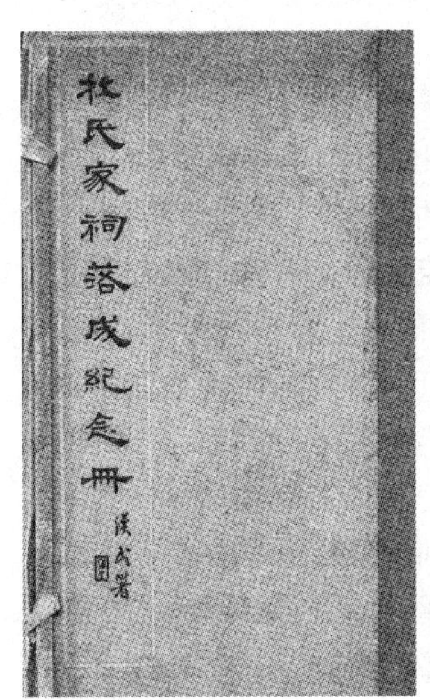

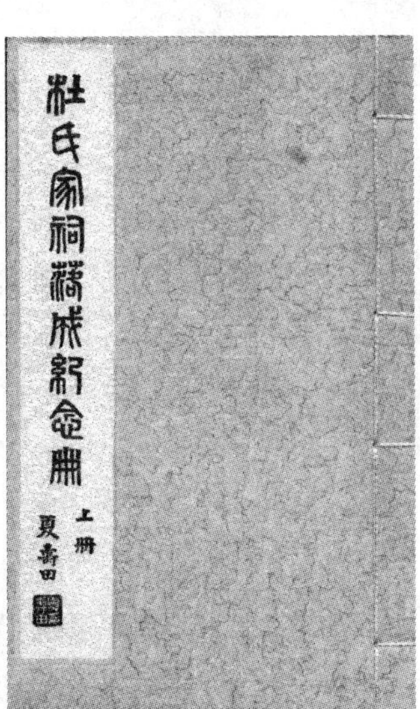

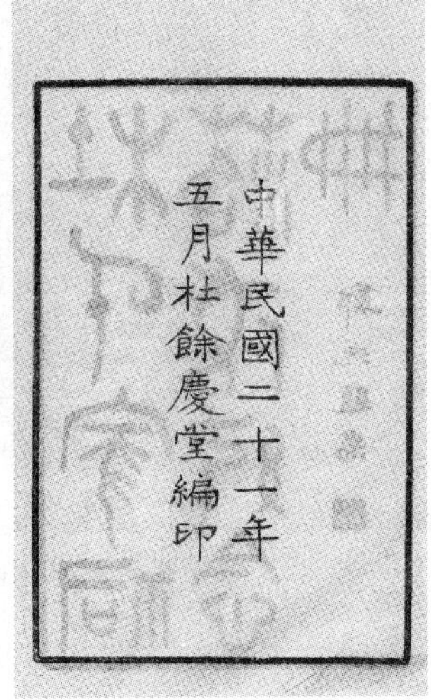

《杜氏家祠落成纪念册》封套、封面和扉页

人士每日皆逾万人其自南京苏杭津汉各地远道来者居十之二三焉祠小不足容众则支棚数十军警环卫然终日拥挤如在剧场自江浜至祠凡七八里道路行人往来如市三日之中彻夜不断父老相自有上海以来未见如此盛仪嗟夫鄙人何德而竟致此且建家祠常事也奉主入祠常礼也而海愉君子所以褒扬推许如此其极者或因今日学说披昌彝伦攸斁家庭孝友之义几被斥为腐谈识者忧之日思所以挽回世道而未有机乃鄙人建祠适逢其会诸君子本其扶植礼教之心遂因事而奖掖之藉以讽示薄俗欤若然则是役所关非仅鄙人一家一族乃中国全社会之一纪念也为社会计为明诸君子苦心计为鄙人纪惠计皆不可以不记因取家祠落成礼中一切文电事物摄影集之为一纪念册以献庆祠诸友藉示不忘并以贻当世士大夫之留心礼教者民国二十年夏杜镛谨序”。

书末，还有章士钊补记于长沙的《杜祠观礼记》，这篇文字也相当有意思，限于篇幅，只好割爱。章氏的观礼记，我看了不止一遍，确有溢美之词，抬得过高也。其实这种“奉主入祠”只是显示身份与权势的一种“做秀”，撇开这些，也许更多留下的是民俗学上的意义，无非能让当时人和现代人，更真切感受到民俗学在实际生活的具体形态。

这本纪念册，我看了不下 10 遍，之后有朋友央求我转让，说是他的亲戚与杜家有点关系，正在搜寻这类印刷品，并允诺以两本现代文学顶级版本交换，在交换之前，我把全书扫描影印，留存了一个副本。一年后，向朋友借到一部完整的纪念册，这才知道除纪念册外还有封套，题签者是国民党元老胡汉民，白签纸上题有隶书：“杜氏家祠落成纪念册　汉民署”，并盖朱文印。

我站在杜氏家祠的建筑前

在借得纪念册后，我又与朋友走访了杜祠。当我漫步在杜祠前的小道，驻足留影时，早已感受不到当年的那种轰轰烈烈、热热闹闹，只有冷清，而且冷清得让人有点奇怪与惊讶。杜祠的所有房屋，如今仍保存完好，孤零零的柱子，竖立在空空荡荡的屋宇间，唯有斑驳的墙壁，青砖上的苔藓，还在慢慢“诉说”曾经有过的辉煌……

拍卖品《南通方言疏证》

我在南通报社工作时，就从南通图书馆借阅过孙锦标著的《南通方言疏证》，心里一直想自己也能拥有一部，可是在南通的文庙旧书摊从未见到过。之后调回上海工作，也经常关注这部书，却始终不见踪影。时间一久也把此事忘了，更准确地说专注目光已转移到其他专题，此事也便被搁置了。

2002 年 10 月 17 日，当我在上海文庙旧书市场的一个书摊上翻阅赵景深的《银字集》时，感到左臂被轻轻推了推，回头一看是位陌生的中年人，手中拿着一部线装书，轻声地说："听说你是南通人，我这里有一部南通人写的著作，不知你感不感兴趣？"我请他等一下，先把《银字集》收入囊中，仅 50 元，随后把他拉到一

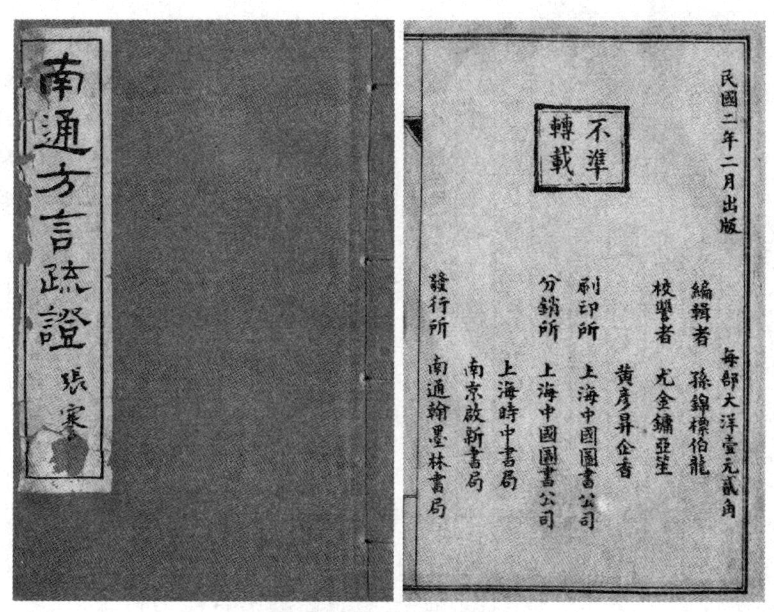

《南通方言疏证》封面及版权页

边，他说：“那边有人向我介绍你是南通人。”“我不是南通人，曾在那里工作……”我说道，并把他的书从报纸包中取出，一眼便望见了《南通方言疏证》的书名，心中惊喜，暗忖：“运道来了！”

那人说：“此书是我从南通仁达拍卖行拍来的。”他怕我不信，又拿出《拍卖成交确认书》，标的价 240 元，手续费 5 元，总价 245 元，2001 年 1 月 14 日拍得。从拍到手到出手相隔不到两年，原因是手头银根紧。我看他像个读书人，估计是看完用完后便出手，并不是那种书也不看就束之高阁的人。此书一函四册，有两册签条已失，内页品相均好，最后谈妥，成交价 270 元。当我收书入包时，他还在嘟哝：“我就只赚你 25 元，谢谢啦……”说完便消失在了摩肩接踵的人群中。看着他的背影，想到“孔乙己”；看着这部书，想到了那句“踏破铁鞋无觅处，得来全不费功夫”。这叫什么？运道！

此书封面签条和扉页题签，均由近代南通实业家张謇所题。内页有孙锦标的肖像，一派清末遗老之态。孙锦标生于 1856 年，南通人，字伯龙，号慕庐。清廪贡生，南菁书院肄业，1903 年考入通州师范学校第一届讲习科，1904 年毕业后担任通州高等小学教习，兼任通州女子师范学校历史教员，一生致力于文字学和通海方言研究，编著除《南通方言疏证》（1913 年版）外，还有《南通乡音字汇》（1905 年版）和《通俗常言疏证》（1925 年版）等。这些著作均由上海中国图书出版公司出版、南通翰墨林书局石印发行。据书友说，孙还有一种《自怡轩杂著》，南通图书馆的铅印本，可惜至今未见。

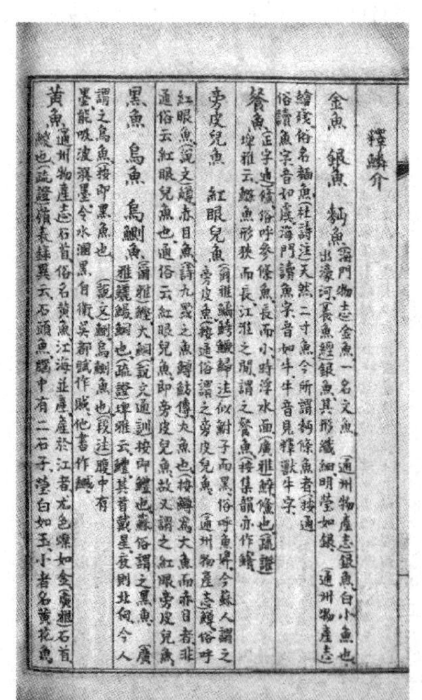
釋鱗介

金魚 銀魚 魣魚（海門物志）金魚一名文魚（通州物產志）銀魚白小魚也出濠河（養魚經）銀魚其形纖細明瑩如銀（通州物產志）鱠殘俗名魣魚（杜詩注）天然二寸魚今所謂魣條魚者（按通俗讀魚字音如廣海門讀魚字音如牛牛音見釋獸牛字

餐魚（正字通）鯈俗呼參條魚長而小時浮水面（廣雅）鮆鯈也（疏證）埤雅云鮆魚形狹而長江淮之間謂之餐魚（按集韻亦作鱭）

旁皮兒魚 紅眼兒魚（爾雅）鱊鮬鱖鯞（注）似鮒子而黑俗呼魚婢今蘇人謂之旁皮魚（按通俗謂之旁皮兒魚（通州物產志）鰱俗呼紅眼魚（說文）鱒赤目魚（詩九罭之魚鱒魴傳）大魚也（按鱒爲大魚而赤目者非通俗云紅眼兒魚也通俗云紅眼兒魚即旁皮兒魚故又謂之紅眼旁皮兒魚

黑魚 烏魚 烏鰂魚（爾雅）鱧大鮦（說文通訓）按即鱧也蘇俗謂之黑魚（廣雅）鱺鰻鮦也（疏證）埤雅云鱧其首戴星夜則北向今人謂之烏魚（按即黑魚也（說文）鰂烏鰂魚也（段注）腹中有墨能吸波潠墨令水溷黑自衛吳都賦作鰂他書作鱡

黃魚（通州物產志）石首俗名黃魚江海並產產於江者尤色爍如金（廣雅）石首鯼也（疏證）嶺表錄異云石頭魚腦中有二石子瑩白如玉小者名黃花魚

《南通方言疏证》正文

此书每卷收有若干词目，如释天、释时、释首、释手、释人事、释罪辟、释服、释女饰等。所谓“释”，即解释之意，如“释亲”条中的“保保”是这样解释的：“今人爱惜其子，每呼曰宝宝，言如珍宝，亦曰保保，当是保护意耳。”解释相当详尽，每个词目后还有出处。综观《南通方言疏证》1 670 个词目，孙氏对其中的 1 119 个词条进行了音释，为近代南通方言研究提供了丰富的语料。

我在南通报社工作了将近 17 年，缘分不浅，因此对南通有着一种难言的亲切感。不过，在那里生活了这么多年居然不会说南通话，一者自己的语言能力低下；二者难学，不会说但能听懂。南通话在中国的语言学中是个很特殊的地区，被称作“方言岛”，是一种需专门研究的语言。现在南通人讲的南通话早已有了变化，而这本《南通方言疏证》，可能连现在的南通人也未必弄得清楚。我收此书，主要目的是为了探求南通乡土之源。

著者孫錦標肖像

孙锦标肖像

当年，鲁迅先生和《南通方言疏证》还有一段轶闻：他与江南水师学堂出身的南通人季自求交往密切，两人曾多次结伴到琉璃厂购古书。有一次，鲁迅向季借阅这本书，《鲁迅日记》1915 年 1 月 17 日记：“午后季自求来，以《南通方言疏证》、《墨经正文解义》相假，赠以《百喻经》一本。”鲁迅认真读了一个月才归还。之后，鲁迅一家到上海生活，周海婴出生，鲁迅曾雇一个 50 多岁的南通人许妈，许妈与鲁迅一家一起生活，直至鲁迅逝世。周海婴在他的著作里还专门谈到了这位经常领他到“底层社会”的保姆。鲁迅与许妈的语言交流，是否可能因为曾看过《南通方言疏证》而更加便利一些，不知。但鲁迅与这本书的缘分，也增添了我淘取此书的一种决心。

与此书的缘分，源自与南通的缘分，假如我是在苏州工作，也许就不会去关注南通的事，更不会想方设法淘取与南通有关的旧版本——由缘分产生的缘分，有时往往有着内在的关联。

搜寻《爱俪园全景之写真》

在外公留给我的一批书中，有一本书名叫《爱俪园全景之写真》的摄影集，它是我在家中小阁楼里经常翻看的一本书。之后已经记不起是什么原因，这本沉甸甸的书不翼而飞，后来猜想，极可能是被人借去，从此也就黄鹤杳迹……不知为何，一想起这本书，我就会牵肠挂肚，感觉很不舒服。一位学心理学的朋友告诉我，这是焦虑的一种表现。那么，我在焦虑什么呢？焦虑的正是与此书的缘分，缘分尽了，也便消失，但又很不情愿……

记得此书是深红色布面精装，右翻竖排，开本近似方形，全书收摄影照片80幅左右，单页照片，双页文字，照片印得十分清晰，文字是毛笔写的手迹，照片与文字都排得相当疏朗，视觉感舒服，在书末好像还印有“非卖品”的字样。这些关于版本的术语，在儿时是根本不晓得的，只知此书是由外公遗留下来的，后来问起母亲，她也居然不知，只告诉我：“你外公开车、骑马都会，到哈同花园去那是常事……”

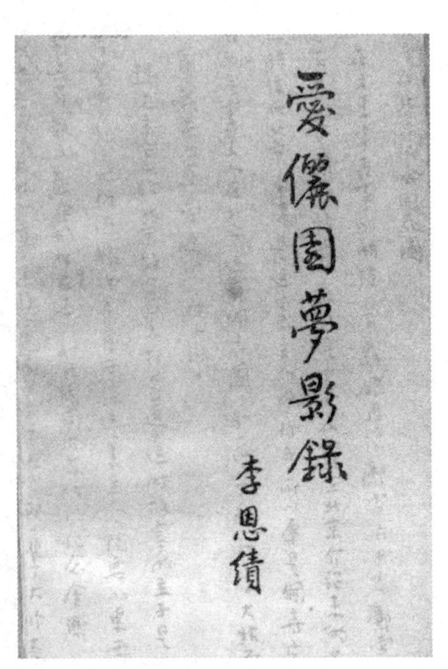

《爱俪园梦影录》封面

母亲说的“哈同花园”，就是“爱俪园”。可在当时并不知“爱俪园”即“哈同花园”，也不知“哈同”是个在“冒险家乐园”上海发了大财的外国人。更不知自己曾经经过多次当时已是破败不堪的“哈同花园”——那时，我住在西区的法华镇，从法华镇到静安寺，就像是从乡下到城里；从静安寺再朝东走就是外滩、黄浦江，记得在那个岁数还从未到过外滩，走得最远的地方便是现今南京西路、铜仁路和陕西路一带，而这一片正好就是“爱俪园”的旧址所在地。记得那时只见灰黑色的竹篱笆内大树参天，有一种神秘感；夏天听得一片蝉声，在神秘之中平添了几分俗意……在小学同学中有一位据说是哈同花园主人后裔的远房亲戚，他领着我们经过那里，都会带我们从被挖开的一个竹篱笆洞中钻进去，在“神秘”的天地里奔跑、踢球和抓蟋蟀……只记得在那里未见过其他什么大人，只见粗树密草，也从未见过有什么亭台楼阁，因为那时我还浑然不知这就是大名鼎鼎的“爱俪园”！

《爱俪园全景之写真》封面

直到我对版本有了一点觉悟时，这才记起曾经相伴我多年的《爱俪园全景之写真》，在“失落感”的驱使下，自己曾暗暗下决心要重新搜寻这本摄影集。

准确地说，这种搜寻是从 1963 年至 1964 年间我在番禺中学读高二、高三时开始的，因那时口袋里好像还有几个“闲钱”，才有此“胆量”买旧书。那时我经常会去的地方是静安寺、徐家汇、曹家渡等方园十几公里之内的旧书店或旧书摊，到城隍庙和福州路，那是相当“乃掰”（上海话稀罕意）的事情。当时的旧书确实不少，人们似乎也从不为奇，然而在一两年中居然从未见到过这本深红色封面的版本。在此过程中，我一再地回忆这本书中的照片与文字，照片的形象似乎还能隐约记起，而文字则一点儿印象也没有。在当时想找与此相关的资料也不见，信息的阻塞与不畅通，正是那时文化的最基本特征。

直到 1986 年，我已从贵州调到南通日报社多年并主持着专刊《星期刊》了，有一次在南通文庙旧书市场中，偶尔见到了一本李恩绩著长篇小说《爱俪园梦影录》，其背景就是爱俪园。此书 1984 年 5 月由三联书店初版，时隔两年便流入旧书市场，流失率极高。当一见到“爱俪园”三字，还并非是自己想要找的书，居然也会莫名地兴奋起来。记得最后是用 5 元钱收入囊中。这 5 元的唯一价值，是从中看到了一些对爱俪园景物的真切描写……

哈同夫妇

在不少资料中，把此书作者“李恩绩”误写为“李恩续”，那是绝对错了。李生于光绪三十三年(1907 年)，14 岁就跟随在爱俪园当画师的父亲进园学画就读，曾在园中仓圣明智大学就学，后在园中为文海阁编藏书目录，平日写字作画，这便给他研读古籍，发挥书画、词章和古文字的学养提供了研习的机会。研究者认为，李恩绩是最有资格谈论爱俪园风物和历史的人，他留下的文字甚至可当作信史来读，此话不无道理。

之后，总算看到了这本摄影集。那不是在旧书市场中，而是由父亲从朋友处借来的，这朋友是谁，他讲过我也忘得一干二净，反正是艺术界的朋友。借来的书已经破旧，封面的深红色已经褪去，蒙上一层灰色。然而书中的照片与文字却还那么清晰，当时就想：摄影的器材和印刷的技术都相当高超，否则不可能有如此效果。可惜在书中的任何一个部位均未留下摄影者与印刷者的姓名，更未留下由谁出版和出版时间等等。一种版本未留下任何版权事项，就如同一个人站在面前，脸上不见五官，一片空白，那不只是遗憾，而是有点“可怕”——因为这类版本最容易消失。借来的书，看过也便归还，留下的是暂时的影像，挥不去的仍是那种莫名的焦虑。

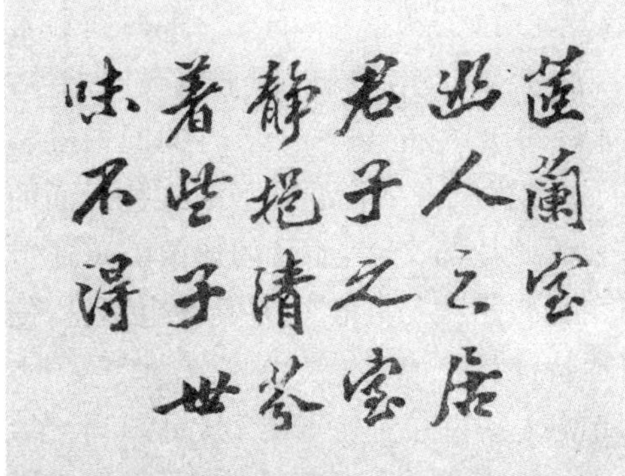

《爱俪园全景之写真》正文之一

其实，那时好像还没有“扫描仪”之类可以留存图片的设备，否则也便可减轻我的一些焦虑。直到我从南通调回上海，才又从一位国外归来的章姓朋友那里借到一本品相极好的《爱俪园全景之写真》，借来后做的第一件事便是全书扫描，终于留存了“影印复本”，虽然不见“初版本”，但也相当酷似，焦虑从此烟消云散：缘分从此以另外一种形式续存！

再之后又从各种书报期刊中找到了与“爱俪园”有关的信息，输入电脑后，与扫描得来的影印复本一起刻盘保存，以另一种形态入藏。这些资料很多，只能摘要留存其中的要点——

1901 年，上海当时的地产大王——犹太人赛拉斯·阿隆·哈同

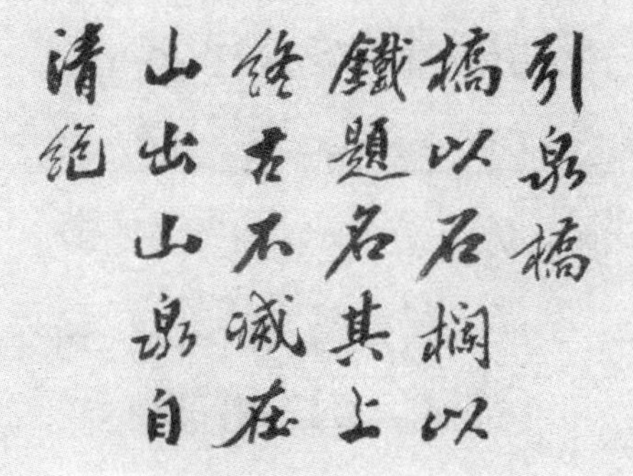

引泉橋
橋以石欄以
鐵題名其上
經古不識在
山出山泉自
清絕

《爱俪园全景之写真》正文之二

（又名欧司·爱·哈同），他的妻子是长在上海的中法混血犹太女子，中文名罗俪蕤，号罗迦陵，人们都用后者称呼她。

哈同买下静安寺东南边近300亩的土地，原想做地皮生意，罗迦陵却反对，而想在这片土地上建造一座花园别墅，以遂衣锦荣归之愿。于是，哈同请清末著名僧人黄宗仰来设计花园。园名是从哈同夫妇名中各取一字组成，从欧司·爱·哈同中取"爱"，从罗俪蕤中取"俪"，而上海的百姓却习惯称之为"哈同花园"。

这位设计者黄宗仰值得介绍：他生于1865年，江苏常熟人，一名中央，别号乌目山僧。自幼博览群书，工古诗文辞，旁及释家经典。19岁出家为僧，曾在罗迦陵处主讲佛经。1902年，联络章太炎、蔡元培等发起"中国教育会"，次年成立"爱国学社"，收容南洋公学等因反对学校当局压制而退学的学生。"苏报案"发生后，黄避日本，1904年回上海，专事重刻日本宏教书院佛藏。1909年主编《商务日报》。中华民国成立后，离尘世而归佛山，1914年任江天寺首座，1920年任栖露寺主持，被拥之为"禅师"。爱俪园开工于1904年，历经6年落成，分内外园，外园有渭川百亩、大好河山、水心草庐等三大景区，景点不下60多处。园内假山玲珑，小溪碧波，楼台金碧，亭阁古色，景色宜人。爱俪园逐成"十里洋场"的"海上大观园"。爱俪园建成后，黄宗仰应邀主持园中特辟的"频伽精舍"讲授梵典，弘扬佛法。从1908年起在爱俪园发起主持近代民间规模最大的《大藏经》校刊工程，最终成就了中国近代第一部用铅字排印、标点断句，具实用价值的通用大藏经。

爱俪园是哈同夫妇长期居住的地方，1922年，71岁的哈同与59岁的罗迦陵曾在园中做"百卅大寿"，名流趋附，盛极一时。罗迦陵因笃信佛教，在园内创办过中国最早的佛学大学华严大学，之后还创办过近代颇具影响的佛学大学圣仓明智大学。爱俪园全盛时，园内有管家、警卫、仆人、和尚、尼姑、教师、学生近800人。哈同夫妇无后，在园内却收养了不少孤儿作为养子养女。1931年哈同

歐風東漸大同之世風會交通揭此四字於楣用存祖國觀念非僅作内園之界也

《爱俪园全景之写真》正文之三

去世，葬在园内。1941 年罗迦陵去世后，园林渐成荒芜。太平洋战争爆发后，哈同花园被日军占领作为营地，园内建筑破坏殆尽，到抗战胜利时，爱俪园中仅剩几间洋房。建国之后，上海市人民政府在爱俪园旧址建起中苏友好大厦，也就是今日延安中路 1000 号的上海展览中心。大厦从 1954 年 5 月 1 日开工，1955 年 3 月 5 日竣工，占地面积达 3.2 万平方米。

我还隐约记得去过中苏友好大厦落成后召开的第一次苏联的大型展览，当时这一展览在上海轰动一时。记得我还想在里面找出自己曾经抓蟋蟀的地方，结果徒然，一些去过哈同花园的老人说，中苏友好大厦内的喷水池，还有点爱俪园的风格……一切都烟消云散了，原先的中苏友好大厦，变成了如今的上海展览中心，每年的上海书展在此隆重举行，每次去参观，我都会想起爱俪园，想起爱俪园的“影子”：《爱俪园全景之写真》，想起了我的焦虑，以及我对它的苦苦搜寻……

一种版本的真正价值，并不只在于版本，更为珍贵的是在版本之外的所有情感乃至历史：这大概就是搜寻旧版本的精髓！

旧版本拍卖记

如今，我们已处在一个实体与虚拟并存的时代，这是谁也无法否认了，既无法否认，而且还会不自不觉地"被陷入"这个虚实世界之间。

版本收藏者的"搜书"，便是处在这样一种既狭窄又宽广的境地。这种境地的最大特点，就是"时空"的转换。过去的搜书是实对实，迈开双腿，或走路，或乘车，到旧书店旧书摊，对我而言，就是每周日从浦东到浦西老西门文庙旧书市场淘书，人与书，人与书贩，面对面交易，讨价还价，有谈成的，也有谈崩的，一切都实实在在，付了钱，从别人手中取书，一切又都在同一时间与空间内完成，虽辛苦，有时还会生出些懊伤与后悔，但乐此不疲，得到的是一种实实在在的兴趣，不是感觉，而是感受……

在网络的冲击下，卖新书的实体书店首当其冲受到层层压力，卖旧书的（准确说是卖建国前的旧版本）更是受到无情的挤压，文庙内已经少见"看得上眼"的旧版本，版本收藏者早已远离这块曾经的"淘书宝地"。不过，旧版本因其价格较高，因此就占了"无论在哪里卖都一样"的优势，而放到孔夫子旧书网上卖，又因打破了"时空概念"而在一刹那间就能获得而显得得心应手和游刃有余，淘书的兴趣，成了极度的兴奋与懊恼，这是网络把人推向"极致"的一种功效。

上海文庙的旧书市场，我已经有七八年未光顾了，据说如今每周日还是人潮涌动、摩肩接踵，来的大多是买"旧书"的，而非买"旧版本"的，这一区别也便把后者推向了"孔网"和拍卖会。我就是这批人中间的一个，并且还找到了一个"经纪人"——我的儿子张浔。他的爱书，是在潜移默化中形成的，当然也是在看了我写的不少有关民国版本书籍之后的一种开窍，如今他的版本知识已经不亚于我了。在这样的情况下，我们合伙开了家网络旧书店："南浔子书屋"，干起了卖旧版本和我自己写的书，以及上拍一些我的旧藏版本的"事业"，彼此还规定了收益的分成比例，旨在提高做事的积极性。

关于旧版本的"聚散"与"买卖"，我已经悟到了一个道理，这个道理并非所有藏书者都能悟得的：人到七十要散书，也就是可以“卖书”了，因为要记住一个“真理”：聚散皆为缘。散书与卖书，是为了帮书“找到”一个好人家，一个爱书与惜书的人家。决不能到了自己“讨厌书”或眼睛一闭“管不了书”的时候被活着的人草草处理掉……出于这点，我在66岁开始就在“南浔子书屋”向外散出自己珍藏有几十年的旧版本，不过仍在收益所得中取出一部分投入到“最后的聚书”中。所聚之书并非一般旧版本，而是珍贵且可资收藏于久远的版本，比如“现代文学线装书”等等。为爱书的后辈留藏几部值得“夸耀”的版本，那正是一个爱书人最后可以做得到的遗愿。

这种悟到的道理，也便有了我们在网络的“试水”，同时还开始了“被试水”：参与当地或外地的实体拍卖会，以及不限时空的网络拍卖。前提是要见到符合“遗愿”的心仪版本，只要有，我们都会亲临拍卖预展会鉴赏，并亲自举牌参拍，时有所获；北京的一些拍卖会虽无法亲临，那就采用限定一个买入价以电话委托的方式参与，也时有所获。特别让人感到欣慰的是从北京德宝的一个拍卖会中，通过电话委托拍得林语堂英文签名的《大荒集》线装本上下册。此书在2005年有书友向我兜售，品相一般，开价昂贵，不记得那是在什么样的闪念间错过的，之后一直耿耿于怀，才导致一掷千金从北京拍得了这种“耿耿于怀”，颇有悲壮的意趣。

当然，亲拍也会有遗憾。有一次在上海的拍卖预展中见到20多种“捆绑拍卖”的民国旧版本，其中有两种较为珍贵，然而它的“珍贵度”就在这种捆绑中被减弱，导致“失拍”，终成后悔。

网拍虽有它的优势，但遗憾也不少，最大的遗憾是错过时间。参与过两三次网拍，到了最后几分钟，却因忙于其他事情而“遗忘”，终于错失获得的机会，让人有一种“懊门痛”(上海话“极度疼痛”)。另有一次，在网上拍卖旧藏期刊《世界月刊》，被人拍得后发现缺页而退货。这就让人长了一个心眼：上拍的版本或期刊，必须事先认真查阅是否缺页，虽然这样做的“佐证力”不强，但总比什么证据都没有要好。又有一次从孔网某书店拍得《鲁迅书简》甲种本，那是自藏品中的缺项，书寄到后发现内中三处缺页，为了退货还颇费了一番周折，这次却长不出“心眼”：因为这种情况很难证明这是“原缺”还是“撕缺”，买卖双方看来只好以良心为证也！

看来，在虚拟的搜书中，核心价值并非等同于价格，而应是带血带肉的“良心”。

大学“逍遥期”读书记

1970 年初春至夏，也就半年不到的时间，在复旦大学校园内，“一打三反”运动已经结束，除了吴中杰等“小集团”人员“继续做六面碰壁的居士”仍被严管外，其他被关的大多已放出，因此整个政治氛围相对平和，日常生活的气氛也开始滋长，我把这段时期称之为“逍遥期”。

所谓“逍遥期”，即相对“自由”的时期。这时，在校驻扎的“工宣队”大多已“调防”回厂，替换的队员也显得有点“知识”，态度也较温和，不像第一批队员那样大老粗式的凶神恶煞。学校所剩学生已经不多，正在等待着被分配，在这真空时期，外地学生大多返家，在异地等待分配消息，于是学生宿舍空出不少，上海学生大多仍住校，两个人就“霸占”了一大间房间，自由自在过起离校前短暂的逍遥日子。

《群狼》封面

逍遥日子其实并不好过，除吃饭睡觉就是“无聊”，鲁迅先生曾说过“无聊才读书”，这种体验真的只有在这种氛围中才能切身体会。那时，在手边的书只有毛选，还有一些“文革”中出版的图书，翻得已经厌倦。于是住在同一宿舍的同学便从家里带些尚未被抄走的图书，我家的图书大多已被抄，剩下的只有可怜的几册，记得其中有两种是贺之才译“罗曼·罗兰戏剧丛刊”《丹东》和《群狼》，这两部著作在当时反复看了几遍早已全然忘记，甚至

《贝多芬传》封面

压根儿不知《丹东》首次发表在《半月刊》是六七十年前的1901年。更不知罗氏前期作品主要是取材于法国大革命的《革命戏剧集》，其中包括《群狼》、《丹东》、《七月十四日》等8部剧本。这些剧本在以后淘书的日子里大多经眼或收入囊中，封面设计划一，很有图案感。记得有一天我独自在寝室看《群狼》，一个男性"工宣队"员未敲门静悄悄地推门进来，我猛抬头看到，心里咯吨一下"这下好了，要闯祸！"只见他走到我面前，把书拿过去，面带微笑地翻看着，并说道："噢，在看罗曼·罗兰的书……不过在学校里最好不要看。"说完后并未把书没收便走了出去……之后他看到我继续在看这些书，也不再劝我回家看，居然还和我聊了起来："其实我也是很喜欢看书的，比如罗曼·罗兰的《托尔斯泰传》，我就看过不止一遍。"我把书朝他扬了扬说："你想看我就借给你……"他笑笑摇摇头说"我怎么能看？……"之后我们更是肆无忌惮地带"禁书"到校，无聊而读书成了一种突破禁锢的欢愉，这种滋味是从未体验过的。就在这段时间里，我看完了同学带来的罗曼·罗兰的三部英雄传记作品：《贝多芬传》、《米开朗基罗传》和《托尔斯泰传》，封面和书页虽然都已破损，但并不妨碍我埋头阅读。记得这三部著作除《贝多芬传》外，都是建国后的版本，直到进入淘书期，我才把骆驼书店版、傅雷翻译的另外两部搜全。三部书除《贝多芬传》外后来都在搬家中丢失，书中细微末节早已忘得一干二净，能想起的却是逍遥期偷偷读书的氛围以及那位爱读书的工宣队员的容貌。

无聊才读书，然而读书并不无聊，产生的是一种突破无聊的精神享受。记得这种享受在我身上最为显著的表现是开始喜欢罗氏的名言警句，一时间收集了不少，抄了一小本，如"从来没有人为了读书而读书，只有在书中读自己，在书中发现自己，或检查自己"。"生活最沉重的负担不是工作，而是无聊"。"生命是弓，弓弦是梦"。"先相信自己，然后别人才会相信你"。"世上惟有一个真理：便是忠实于人生，并且热爱人生"。"有了朋友，生命才显出它全部的价值"。"一种理想，就是一种力！"……后来，我终于悟出了一个真理：人生，其实最不应看轻的是“语录”，不要小看片言只语的震撼力，它在某些特定时刻会像原子弹一样为你爆炸出一个崭新的思想境界。

在这无聊才读书的时期，还有着一些有趣的插曲，构成了这时期的斑斓色彩。

在大学中，我有一位特别喜欢“玩”的同学，他成了我除书之外的一个伙伴，看书之余便与他厮混在一起。有一天下起大雪，校园顿时覆盖在一片白茫茫中，我们就到五角场买来一只大竹匾，来到校园最西边的墙边树丛，在竹扁边缘先挖一小坑，垫上一块砖，再放些米，边缘撑起小竹杆，再在竹杆上系五六米的绳子，手拉住绳子，人躲在墙后，目不转睛地盯着竹匾里的动静……那些饿极了的麻雀和斑鸠围着竹匾打转，就是不中圈套。时间过了将近半个小时，仍不见动静，就把插在裤袋里的《贝多芬传》拿出来看，看它几页再看一下竹匾，几番周折后，有两只麻雀终于耐不了饥饿，跳将进去，用手一拉被擒住了，一阵欢呼，居然喊出“罗曼·罗兰”的名字，把书一扔就跑过去，抽掉砖头，伸手进去一逮一只。半天下来共获麻雀和斑鸠十来只，顺手拣回破损被扔的桌椅脚，回到寝室找出破脸盆生火烤麻雀，再找点酱油盐，边烤边蘸着吃，香喷喷、热乎乎，美不胜收！正吃得高兴时才想起被扔在雪地里的那本书，赶紧找回，已经全都湿了。这本书至今还躺在我的书柜里，书页的一边还留有被雪水渗湿的水渍。

这样的生活直到夏天宣告结束，8 月中旬结束了期待毕业分配的厌倦，带着曾经看过的书，以一种极其复杂的心情离开让人产生怨恨的母校，从此踏上一条“生命是弓，弓弦是梦”的漫漫长路。

下乡催粮读词谱

题目中的“下乡催粮”，估计现在生活在城市里的年轻人是弄不明白的。

其实，对于我这个刚从大学毕业20多岁的人来说，也是一头雾水。上世纪70年代初在我供职的贵州省盘县特区教育局，业务虽是“教育”，但每年夏秋两季县里组织的下乡是无法逃避之事，我又是个外乡人，单身，无牵无挂，每年的下乡对象十有八九榜上有名。那时好像也并无什么反感，反正下去跟着局长大人也用不着操心吃饭睡觉问题，如果伙食差劲的话，还可到附近的学校“打牙祭”嘬它几顿……

第一次下乡是到乘汽车一个多钟点路程的忠义区，四人合住在大队的仓房楼上，空旷一大间，几个大木床，撑起帐子便是睡觉的地方，老鼠胆大到会在你的头边跑来跑去，悠然自得。床边的柜子上放着一只有玻璃灯罩的煤油灯，把灯芯调到最大也只是鬼火一点，想看书只能凑上前去，一不小心还会把头发烧了。记得当年下乡我就带了两本填词的书，一本是《白香词谱笺》，另一本是《填词百日通》，后者由金铁盦编著，大通图书社1937年5月初版，这是我从上海带到贵州的少数几本民国版图书，竖排，字小，看起来十分费力。局长见我还在看书，便说：“早点休息，明天还得起个早，要跑几个生产队，休息吧……”我问道：“您说，‘催粮’是什么意思？”局长笑笑：“今天不说了，明天你就自会明

《填词百日通》封面

白。”此时，我正读到《海棠春》最后的两句：试问海棠花，昨夜开多少。局长不说，我又去问谁呢？

《白香词谱笺》封面

第二天一早就跟着大队干部到最边远的一个队，到那里时，在场上已经散落着三三两两的人，站的，蹲的，坐的，抽烟的，打哈的，调笑的，场边还站着四五个人，低着头耷拉着，队长说这是“四类分子”，即“地富反坏”。队长见人来得差不多了，就嚷了起来：“今天县里也来同志了，你们大家都听好了，国家的农业税是非交不可的，你们生产队没交税的有80%，这对得起毛主席吗?！你们也不要以为我们只能对付‘四类分子’，对你们贫下中农没有办法，办法有的是，就看你们老实不老实，忠心不忠心！……蔡国忠，你回答我，你交了吗?”人们的目光都盯着一位抽着旱烟老实巴交的庄稼汉，他抬起头说：“没有，我交什么？我连裤子也要没穿啦！”一阵轰笑，连“四类分子”也在一旁窃笑。“那你呢，王小妹?”队长又指着一个正在喂奶的妇女说。那女人先是不吱声，随后大声说道：“钱没有，粮也没有，奶有的是，你想吃吗？……”笑声差点掀掉了旁边草屋上的稻草，此起彼伏，差不多过了10多分钟才停下来。局长上前拉了拉队长的衣角，示意他可以正式开会了……接着是宣布县里关于农业税收的地方政策，随后是做报告，谈大道理，站着、蹲着和坐着的人开始骚动起来，有的偷偷地朝外走，有的索性打盹，我坐在主席台旁，正襟危坐，强忍着不敢笑，心里却在想：开这样的会，还不如看我的《填词百日通》！

阶级斗争的弦虽然绷紧了，但贫下中农并不买你的账，他们并不是不想交，而是家里穷得叮当响，实在是交不出啊。在回家的路上，我提出了这个问题，队长只好叹苦经，是啊，我们这里穷，我也很同情阶级兄弟啊，那又有啥办法？每年任务摊派下来，不完成就要挨批，弄得不好还要丢乌纱帽。局长却说，交农业税是国家在1958年全国人大第96次会议通过的条例，农业税又是国家的主要税收来源，不摊派，国家吃什么？我们又吃什么呢？是啊，大道理套中道理，中道理套小道理，分摊到每一个农民身上，份额虽小，聚在一起就大了，大到我们这些干部都有了饭吃……想想，想笑，又实在笑不出，突然记起了昨晚读温庭筠的两句词：摇落使人悲，断肠谁得知。断肠啊，税收……

半个月的时间，我们一行人走遍了全区 20 多个生产队，虽然也取得了一些税收小成绩，但缺口仍然很大，如何去补这个缺口，就不是我们下乡催粮队的事情了。

在回县城的汽车上，我始终在想：隐隐作痛而又乐观幽默的现实，这种意境难道不就是中国诗词的意境吗？真像，突然记起了辛弃疾的《菩萨蛮》：玉阶空伫立，宿鸟归飞急，何处是归程，长亭连短亭。

“长亭连短亭”，一直“连到”了距我到贵州乡下催粮后 50 年的 2006 年 1 月 1 日，中国的农业税条例才正式取消。看到和听到这一消息时，我是坐在上海家中柔软的沙发上，看着大屏幕的高清电视，之后又看到不少报道，说是“这个崭新时代的突然到来，农民和乡镇干部们都措手不及！农业税像一根链条，曾经将他们紧密连接，如今这链条说断就断了，习惯了‘被管理’的农民刚开始很不适应，而作为‘管理者’的乡镇干部们更是无所适从。他们迷惘、苦闷、失落、忧虑，不知道明天该干什么，明天能干什么。”

这时，我想到了忠义的那个队长，不知他现在在干什么在想什么，我也真想把已读熟了的那本《填词百日通》寄给他，希望他能从头到尾读上 10 遍，也许能从中慢慢地感悟出今后的路在何方！

我的第一本著作《南浔随笔》

此文写于10年前，如今虽有不少想法已经被“跨越”，但不忍作大的修改，仅删削了一些多余的话，仍保留原来面目。

在我文人生涯的前半生，仅出版了一本著作《南浔随笔》，想来也觉惭愧。

我从上海复旦大学中文系毕业后，从事过教书、宣传工作，之后在南通日报社和江海晚报社工作了18年，除采访写稿外，绝大多数时间是在为他人做嫁衣裳，确实也顾及不了为自己出版一本集子。看到不少文友在我主持编辑的报纸上发表文章，都先后结集出版了自己的散文集或杂文集，心中确也痒痒的，总想有朝一日也能出它几本。手头虽有不少随笔、散文和小品的手稿，但终因时间不允许或还感不成熟之故搁置下来。直到1996年要从南通调回上海前，才下定决心要出本随笔集。

这些随笔都是我在报社时所写的，有近200篇，足可编本书。但当时要出版一本书也非易事，出书要有“书号”。那时盛行“卖书号”，价在万元左右。其实此法在解放前也较为普遍，比如鲁迅就曾用过这种方法为自己或他人出书。可现时想为自己出版一本著作虽比不上上天之难，但也够费脑筋的。

一个机会终于降临。文友沈文冲了解到我要出随笔，就介绍了另一位文友钦鸿。沈兄告诉我，他的随笔《梦羊集》就是通过钦兄的关系，以新加坡赤道风出版社的刊号出版的，不妨与之一谈。钦鸿是专门研究华文作家与作品的研究者，他的不少文章曾在我主编的报纸副刊发表。他曾对我说，他是欠了我不少“人情”的。当时，我只对他笑笑，并开玩笑似地对他说：“那你就记牢，到时候我会向你讨的……”有一天，钦鸿来报社，见面就说：“看来，我还你情的时候到了……”我有点摸不着头脑。他笑着说：“我听文冲说，你想出本随笔集，可又不肯出那冤枉钱，是吗？”我点头称是，他又说：“不瞒你说，我确实认识不少新加坡出版社的朋友，他们也曾为我用新加坡出版社的刊号出版过几本集子，文冲的那本集子就是我帮他弄到书号出版的，你如有此意，我一定帮忙……新加坡的书号还未列入管理范围，我设法帮你弄书号，你自己找印刷厂印刷，但动作要快。”我一听，此想法正合我意，便立即答应。由两位文友热心相助，心愿便成功一半，也便决定了随笔集出世的命运。

于是，我抓紧编书，从200多篇文章中选择100多篇，重新在电脑中修改、补充。在即将完成手头工作时，钦鸿也把新加坡赤道风出版社的书号及总编辑的一封信送到了我的手中，并嘱我：“必须先拿出版著作的决定文书送市新闻出版局登记，经同意后，开具准印单，方可找大陆印刷厂出版印刷，否则属违规。”我心想，只要有书号，新闻出版局这关并不难，我在报社工作，与之同属一系统，局里也有不少人是熟识的。之后正如所想，管出版准印的正是老熟人，他的不少文章也曾在我主编的副刊发表过。当他知道事情后二话没说就答应了，待办完手续后，他说：“现在新加坡的书号还未列入被管理范围，你还真有运气！”

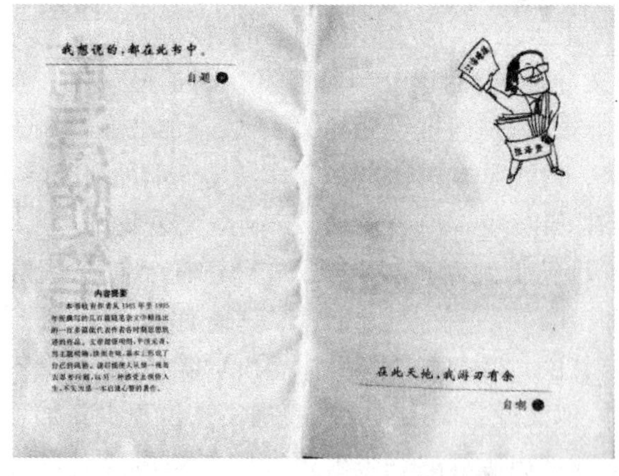

由我设计的《南浔随笔》封套及扉页后的插页

随后便是整理完所有书稿，请报社印刷厂的“小朋友”帮我排版。请南通摄影界的前辈季音为我拍了张站在报社大楼阳台上的“标准像”，还请报社美术编辑丁鸿章画了幅漫画像，请画院余曾善刻了方“南浔随笔”白文印，我自己写了篇“小传”：

张泽贤(笔名南浔)，1946 年生，浙江南浔人。从复旦大学中国语言文学系毕业，到贵州盘县特区工作。异乡的十年，既是荒废的十年，又是养精蓄锐的十年，十年中从没停止过思考，也从没停止过写作。正因如此，才得以使自己在 1980 年调到南通日报工作时，有了那么几块“敲门砖”，虽然一开始还显得有些笨拙，但一旦摸到了“门道”，总感到也不像有些人说得那么深奥与神秘。十几年来，当过记者、编辑，专攻副刊与星期版，似乎还“游刃有余”。曾当过专刊部主任，现在还担任《江海晚报》的副总编。在这期间，还一直在自我耕耘和为人做嫁衣裳，总算对得起报纸和读者……

所有的事做完后便去找出书的印刷厂。当时南通境内小印刷厂极多，厂际间的竞争相当激烈。有些印刷厂不知从哪里知道我要出书都找上门，并拍胸脯说质量一定保证，否则就不要钞票云云。经再三考虑，我还是选择了通州日报社印刷厂。因是熟人，在印刷费与纸张费上都打了折扣，最后谈妥的价格少于买书号的钱。这让我领悟到一个道理：人活在世上，实在是少不了各种类型的朋友啊！

我的随笔集就这样“出生”了，粗看起来还有那么点意思，大 32 开本，精装印了 200 册，平装印了 800 册。精装本几乎全部作为签名本赠送给关心我的朋友。我供职的《南通日报》和《江海晚报》都发了消息，当作一件“大事”宣传，标题做得极有意思：《近十年观察与思考的积淀　张泽贤〈南浔随笔〉出版》。报社同仁是这样，那些社外朋友更是把它作为一种“喜事”来庆祝，不少朋友写信来，写诗的，写文的，着实让我“受宠若惊”了一阵子。沈文冲兄在《南通日报》发表题为《南浔随笔品读随想》，老报人丁弘在晚报上发表了《天马行空　潇洒恣肆　读南浔随笔》，文友王雪飞写来一诗：你是侃侃而谈的导游，带我在你用十年心血，精心构筑的南浔大观园，作了一次“心理散步”。感受了文人的“经济脑”，看到了书生的“平常心”。南通师专教授徐应佩来信，恭贺大作出版，但我更看重的是他对书中一些因校勘粗疏而导致的差错，指出五六处。虽他说以后再版时可纠正，又谈何容易啊！但我从内心感谢他。

热闹之后，我又趋于平静，也为一些文字差错而后悔。看来，要完美完成一部书的出版，还真的要在技术细节上保持谨慎，决不能把遗憾留给读者，留给自己！

这就是我出版第一本著作的甘苦，值得回味！

《民国奇人张静江》夭折记

张静江的"标准像"

张静江（张增澄）是我的伯祖父。我的先祖张颂贤生有二子：张宝庆（字质甫）和张宝善（字定甫），分别称为南号和东号。南号仅有一子，那就是大名鼎鼎的张石铭（张钧衡）；东号张宝善是我的尊祖父，生有八子，张静江是三子，我的祖父张增谦（张让之）是五子……

有关南浔张家的谱系，在我心目中虽有个大概轮廓，但很多祖父辈或父辈的直系与旁系的细节已经无从查考，随着长辈的逐年离去，这些细节也便随之消逝。

对于自己祖辈的历史，我还是从"文革"中对父亲张乃鸠的批斗材料中知晓的，要点有二：祖上是浙江南浔的大户，国民党元老张静江是我父亲的三伯父，结论是"家渊反动"，父亲被挂上了这层历史，也便"反动"无疑。我也因父亲的"反动"而受株连，大学毕业后被"发配"黔地也在情理之中。

从那时起，在我心中便萌生出一个想法：要把我以及父亲辈和祖父辈的历史搞清楚。但要由想法变为现实也很不易，在资料匮乏的年代，人在黔地无法与张家嫡系沟通，种种因素令我只有想法而无任何实质性的进展……1997 年，我从南通调回上海之后，这种想法才算真正萌发了，其中有两件事对我有所触动，其一，读到《文史资料选辑》（政协文史资料研究委员会编，中国文史出版社出版）中关于张静江资助孙中山仗义疏财的史料；其二从我称之为"仲伯"的叔叔那里得到了一份不全的"张家谱系字号"，仅 10 字，而且其中还有误写。之后读到了完整件，那是宋路霞、张文嘉所著《民国才子张乃燕》中张乃燕手书的谱系字号，共 20 字："鸿宝增乃泽　嘉谟树懋勋　文章传奕世　孝友励同群。"传至我辈，

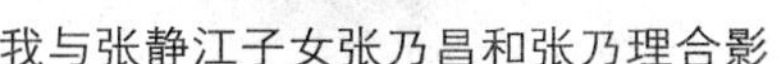
我与张静江子女张乃昌和张乃理合影

我与张静江之女张乃琛合影

字号为“泽”，再下一辈已经很少用此谱系字号命名了。随着改革开放的深入，原来封存的史料逐渐解禁，所见相关史料越来越多，最终的焦点似乎都集中在了一个人身上：张静江。

于是便有了要以南浔张氏后裔的身份来为张静江立传的想法，且定下书名：《民国奇人张静江》，时年 1998 年。在当时，中国大陆还没有一部张静江的传记，设法能见到的是大多是台湾版著作，如《张静江先生百岁冥诞与回忆》（赵曾珏著，1976 年版）、《民国张静江先生人杰年谱》（杨恺龄著，1980 年版）、《毁家忧国一奇人——张人杰传》（张素贞著，1981 年版）、《中华民国名人传·张静江》（蒋永敬著，1984 年版）等，还有一些是纪念性文章，从而对张静江有了一个“基本概念”。

我在南浔张静江故居门前留影

张静江在中华民国的历史中是个很奇特的人物，充满传奇色彩，一生与民国历史中两个关键人物孙中山和蒋介石的关系密切，也便构成他一生的“传奇”。在结识孙中山后，便竭力支持革命，并给予经济支持，被孙中山称之为“革命圣人”。最为传奇的是，他与孙中山刚相识，便告之以约定汇款的暗号 A、B、C、D、E，分别代表 1、2、3、4、5 万元，之后还从未食言。即便在自身困难的情况下也变卖家产来支持孙中山的革命；蒋介石从羽翼丰满到独揽大权，全都仰仗张静江的鼎力相助，被蒋介石称之为“革命导师”。特别是

张静江故居中的懿德堂

1924年5月黄埔军校成立，张静江向孙中山力荐蒋介石当校长，从而使蒋有机会发展自己的力量，并为其一生发展奠定了坚实基础。南京国民政府成立后，张静江主持建设委员会工作，但在围绕对建国后国家如何发展的问题上，张蒋始存分歧。之后在“剿共”和建设方面的分歧越来越大，张终被排挤出中央执行委员会，30年代中后期淡出中央政治核心……

张静江的一生，便是由这三个阶段组成，我所要写的《民国奇人张静江》就是以此结构的，所见资料虽然不多，但这些“传奇”足以勾勒出传主在其特定的历史氛围中的言行举止、精神气质。经过资料的搜集整理和撰写，最后润色，初稿于一年内完成。然而，要使书稿成为出版物，在当时并不容易，曾委托多位朋友打探与疏通，都未能如愿，主要原因是其时大陆尚未到能出版如国民党元老张静江之辈传记的“气候”。最后一稿是托在《文学报》供职的小舅子疏通的，其间虽然露过“曙光”，但稿子在放置一年后还是被退了回来……之后，在一次张家后裔的小聚会中，我见到了张静江与续弦朱逸民所生的子女张乃昌、张乃理和张乃琛，曾又再次萌生继续完成传记的想法，可是因工作繁忙而未能重新执笔，以致至今仍束之高阁，实际是半途夭折……

随着民国历史的“吃香”，大批民国军政要人的传记出笼，张静江的传记虽不多，但也总算面世了。我最早见到的是潘荣琨、林牧夫著，中国文联出版社2003年初版的《中华第一奇人——张静江传》，之后是张建智著、湖北人民出版社2004年初版的《张静江传》和张南琛、宋路霞著，重庆出版社2006年初版的《张静江、张石铭家族：一个传奇家族的历史纪实》。最近还见到过两种：《蒋介石“导师”张静江传》（团结出版社2008年版）和《蒋介石的幕僚军师：张静江传》（作家出版社2011年版），那只是前两种的重版本。这些传记我都在第一时间购买和阅读，发现全书结构大体与我的划分类同，甚至在某些段落的组织和字词的摆布上颇为相似，让人感到有一种被愚弄感。唯独宋路霞所著令人钦佩，所写不落俗套，文字与照片都以第一手资料和第一手采访对象为依据，因此有着一种“新鲜感”，甚至令我这个南浔张氏后裔也有点吃惊。就是在那次小聚会上，宋女士也参加了，那时她的大作尚未面世，正处在资料收集的艰苦时期。最近几年，宋女士的著作接踵而来，其中还有一种是《民国才子张乃燕》，是张静江之哥张弁群之子的传记，仍保留着“翔实丰满”，实在值得称道！从而也悟出了一个道理：族人的传记，不该由族人所写也！

《游踪心迹——自说自画》孕育记

《游踪心迹——自说自画》一书，是我从2000年开始撰写的一部著作，全书框架早已拟定，主要以国内为主，怀有的雄心壮志是要写上下两卷，国内上卷，国外下卷。国内部分还完成了一些篇目，且配了插图，国外部分连影子还没有，只是纸上谈兵。文字为“说”，插图为“画”，充分“发挥”了我的特长，这也正是我写这本书的最初动机。

从我开始工作的1970年至2000年的30年间，我通过出差、探亲、开会等形式，除新疆与西藏之外，几乎走遍了“整个”中国。所谓“整个”，实在是夸大其词，只不过是“点到为止”，到过某省某城或某省某名胜古迹而已。记得在贵州盘县教育局工作时，几乎每次出差都是我，我便利用这个机会，从东西南北四个方向出发，沿途曲曲弯弯绕了不少当时无暇到及的地方，访古寻迹，不亦乐乎！不过，我有个习惯，每到一地首先做的事情是购买当地的地图和相关图片与文字资料，趁空隙之时仔细阅读，俗称“做功课”，目的是在踏访之前做到心中有数，从而确定游历的重点，哪些属走马观花，哪些属细细琢磨，使踏访的效果达到最大化。回到家后，重新翻看文字与图片资料以及随手记录的文字和立马提笔的速写和拍摄的照片，资料的重新整理组合，随后是一气呵成的提笔写作。写好后置于一边而不顾，待到一月有余再翻出来阅读，进行第一次润色，成其初稿，再置于一边，成稿积多后，开始为其配图，画成正方形的黑白稿，插入文字之中，才算完成了最后一道工序。

然而，在撰写《游踪心迹——自说自画》过程中，我的兴趣却转到了搜寻民国现代文学旧版本上去了，根本无暇顾及此书的写作，书稿也便藏于书柜之中，甚至还把它给忘了。好几次在翻检其他资料时发现了它，真想重新拾起，可惜实在是无时间再做第二件与搜寻旧版本思路各异的事情，只好再次藏了起来，让它在书柜中自我“孕育”，看最后是否能孕育出斑斓的色彩……

人的一生可能会游历很多地方，有人见过看过后也便全部遗忘，正像有人对

我在各处游历的身影

国外游所调侃的："上车睡觉，下车尿尿，景点拍照，回来全忘。"而有人看过见过后却永远不忘，记住的是经过整理组合的文字，即"游记"。在现代文学版本中，有很大一块是作家的"游记"，著名的有冰心的《冰心游记》、胡适的《庐山游记》、孙伏园的《伏园游记》，以及郁达夫的《达夫游记》、《半日游程》和《履痕处处》等等。即便不是"作家"者，如冯玉祥的《川南游记》，张志和的《峨眉游记》和黄炎培的《黄海环游记》等，也都是脍炙人口之作。因此，游记文字并非只是作家"专利"，只要想记录美好事物者、想真实记录自己言行情致者，大多可以反观于游记文字。游记文字，实乃个人写照！

我的《游踪心迹——自说自画》，正是个人写照，既自说，还要自画。说相对容易，画就不简单，如无一点绘画水平，实在是千斤之担压在肩。还好自己年轻时学过画，还在父亲朋友开的画室里从素描开始学了将近一年，岂不料如今在撰写《游踪心迹》时派上了用场。这些画都是根据当时简单勾勒的草图、抓紧时间拍摄的照片以及相关的印刷品重新复制的细笔速写，这种速写虽与当时当景所画的不同，失去了灵动感，但更具对象的准确性。此文所选择的四幅速写，正是这样的产物，分别配以四文：《龙门感慨》、《天上飞来悬空寺》、《丰宁漫笔》和《雪中乐天墓》。

看来，这部“自我写照”不能就此丢掉，还得把“孕育”于书柜多年的旧稿取出来，要用双手亲自把它栽培，至于是否能长成参天之树，是否能变成铅字、变成版本而问世，那就只能靠运气了！

我为《游踪心迹——自说自画》所画的插图四幅

《民国书影过眼录》重见天日

《民国书影过眼录》是我从南通报界调回上海浦东新区史志办后出版的第一本有关民国版本的图书。从报纸新闻到史志旧闻，虽为一脉相通，但仍有个职业的转换过程，转换很顺利，迅速得心应手，而且还生出个“副产品”：民国版本收藏与研究。

上海文庙的旧书市场，以前回上海探亲度假是必去之地，而回上海工作后第一次去旧书市场却是为了搜寻黄炎培主持编纂的《川沙县志》，此书线装，11 册，但在两三年之内却不见踪影，直到五六年后才得到，品相并不佳，有两册稍有破损，那已是后话了。

当年《川沙县志》未得，却得到了不少现代文学的版本。从 1997 年之后的七八年，在文庙内还能搜寻到现代文学的旧版本，到 2004 年之后便逐渐销声匿迹。我把这时期称之为“黄金尾期”，而“黄金”初期中期则是在 80 年代初至 90 年代初，只要当年跨进此门，且大肆寻觅的，大多成了大藏家。我辈只能在夹缝里面觅“尾货”，而且所费银子与当年相比真的多了不少，我靠的就是单位当年所发不菲的奖金填补这个“资金空白”，采取的策略是“高举高打”入市场，从而吓退了一些斤斤计较于一二十元的讨价还价者，大量的现代文学珍本善本大多是在这时期搜进的，现在回想起来，仍感欣慰！

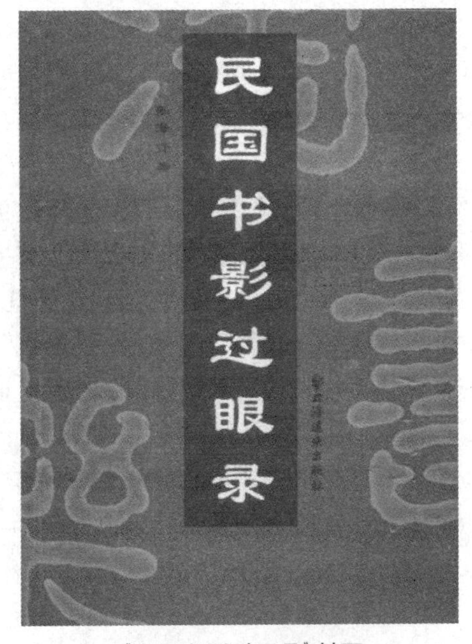

《民国书影过眼录》封面

由于是记者、编辑出身，动笔在纸上留下痕迹似乎成了积习，一天不写上几个字，晚上睡在床上就很难过，如同没有吃饭喝水……有了电脑之后，也便基本断了手写习惯，每次从浦西拎回浦东的一二十本旧版本，对购书全都作了详细而不成文的记录：时间、气候、书贩、摊位、价格、场景、版本特征等等，几年下来打印成册的厚本达到五册之多，超过 50 万字。那时的资料积累，还没有想到要为以后出书作准备，一门心思想的却是要写一部鲁迅与新兴木刻的书，另一部张静江传也已经开始动笔……

机会往往不在预料之中，想要得到的没有，不想要的或暂时不想的，却不期而至，《民国书影过眼录》便是这样悄悄而来的。2003 年冬天，上海远东出版社编辑黄政一先生到寒舍小聚，闲聊叙旧，持螯小酌，谈着谈着就进入了主题，拿出《鲁迅与新兴木刻》书稿和《张静江传》框架草案，让政一兄过目，因限于图书出版的规定，前者因需一级级审查而被否定，后者也以同样命运被否决。政一兄不好意思地笑笑，问："还有其他书稿或设想吗？"思忖片刻，取出五大本版本资料记录，封面"书名"是"淘书偶得"。政一兄匆匆一阅，拍案叫好："就是这个，谈民国版本的！"他喝了一口西塘黄酒，说道："就以这个为基础成文，以版本为切入点，加上书影。"问他为何一眼便相中此书，他说："此前'远东'出过一种《书影》，上下两册，出版后被专家'骂死'，问题不少，这次我们要吸取教训，以淘得的旧版本为出发点，谈版本，有故事，是给初涉版本收藏者看的！"

一个月之后，我把书稿交给出版社，从此也便没了音讯，自己而且还不好意思经常去询问，因为这毕竟不是一件主动权掌握在自己手里的事，偶然问起，回答干脆：还在审，没消息……有几次说有点希望了，伸长脖子等得有点酸，还是没有消息。我想，这大概就是对于想出书者最大最残酷的"惩罚"吧。之后便是"麻木"，感觉像是读寓言《狼来了》的受骗感，但我每周日还是照样去文庙旧书市场，照样会不辞辛劳背回两三十斤重的旧书，太太见后依旧会说："又被你占去 0.01 平方米！"听后只好苦笑，心里却在想，只要出版一本书，估计占它个几十平方米是没有问题的……直到我不再想这本书的时候却来消息了：领导已签发，可以签合同了！当我签完最后一个字，心里想到四个字："重见天日。"一块石头总算落地，感觉特轻松——一个媒体记者、编辑，见报的文章万千，也编过、出过几十本书，居然还牵肠挂肚，如此看重一本写民国版本的图书，这到底是一种什么心态？当时真还没有认真想过，如今可用一句话概括：这是一张进入民国版本研究之门的入门证！

虽然这本书写得还相当幼稚粗糙，但毕竟进门，从此开始拥有一定的话语权，而且"话语连珠"，从一本到 10 本，最终突破 20 本，话语仍在"说"下去，这当然是后话，但这些后话都是从这本牵肠挂肚的过眼录开始的，真的好让人"幸福”!

朱镕基先生在翻阅我的赠书《民国书影过眼录》

为了让人分享我的“幸福”,我四处赠书,算是“我在上海出书”的宣告。有一年,当太太的叔叔朱镕基先生和夫人劳安在上海西郊宾馆接见亲戚时,我也带了一本签名本相赠。当他在翻阅此书时,儿子拍了一张遮住我半面脸的照片,记得当时朱镕基还围绕此书说了一些赞扬与勉励的话,像是在为此书的出版作了一个总结……

就是在此基础上,以后便每隔两年出版了《民国书影过眼录》续集和第三集,后两种过眼录弥补了第一本的一些不足,特别是在每文后记录所得版本的“五项原则”:时价、来源、时间、品相、尺寸。尤其是公布当时购进时的价格,这在当时可以称得上是“勇敢的举动”。

写类似这样的“过眼录”,实在是可以一直写下去,因为民国时期出版的现代文学著作版本量实在太大,个人收藏虽随之“扩张”,这是写“过眼录”的实物保证,但毕竟有限。不过,此类文字一旦写多了,是会让读者生厌的,因此我在写完第三集后就此断然“煞车”,但这并不意味就此搁笔,而是想换个角度写——写,是永远无止境的。

《民国版画闻见录》脱胎记

拙著《民国版画闻见录》，2006 年 4 月由上海远东出版社初版，只印了 3 250 册，从印数看，流传不会太广，不过想见到这类版本的人，大多都购买并认真阅读了，特别是那些木刻版画家的后代，读得更为仔细，而且还写信、打电话来进行沟通，同时还寄来不少自费出版的木刻版画集，提供了不少他们知道的被埋藏或遗忘的木刻版画家及作品——一本有关版画和版画家的书，早已超出“书”的范畴，具有了更为广泛的现实意义。

此书初稿的书名是《鲁迅与新兴木刻》，着眼点在“鲁迅”。当时写此书是有原因的，那是“还缘”。“还缘”有二，其一是家父的嘱托。家父张乃鸩，笔名铁婴。年轻时师从著名雕塑家张充仁学习雕塑、绘画，美术功底较为扎实。后在苏北鲁艺担任木刻教员，曾与赖少其、吴耘、莫朴、杨涵、沈柔坚、芦芒、吕蒙及贺绿汀等共事或相识。在木刻创作方面，家父早就受到鲁迅木刻思想的熏陶，在鲁艺又受到这些秉承鲁迅木刻思想的作者的影响与帮助，曾创作过不少反映现实的优秀木刻作品，散见于当时的报刊，但存世却极少。家父在新四军时，还当过赖少其的助手，一起编过《抗敌画报》。这份画报在“文革”前还保存过几期，后来被抄走就不知去向了。更为遗憾的是，家父在“文革”中受尽折磨，导致左身瘫痪，右手书写也有

《民国版画闻见录》封面

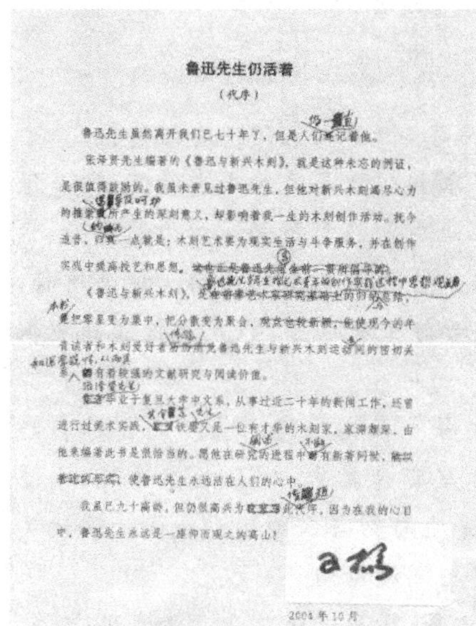

鲁迅先生仍活着

（代序）

可扬

2004年10月

鲁迅与新兴木刻

可扬

杨可扬为《鲁迅与新兴木刻》写的序、书名题签和便条

困难。家父的去世，也便把他的所有“资料”一起带进了坟墓。家父在世时常与我谈及木刻版画，也很想写一本自己参与木刻创作经历的书籍，甚至已把书的结构框架也拟好了，可惜后来都成了泡影。家父在最后日子里，一再与我提到这一写作宿愿，希望我能完成类似的书……有了此书的初稿，也便有了“还缘”之二。初稿完成后，苏州一家出版社“答应”出版。我在此情况下，请木刻界老前辈杨可扬先生写序。杨老与我的相识既是偶然，也是必然。那时我在南通《江海晚报》当副总编，与美术界朋友很熟，其中就有在南通少年宫当美术教师的杨以磊先生，他是杨可扬的公子。通过以磊，我还专门采访过可扬先生，写了篇专访在报上发表，于是结下“初缘”。其实，可扬先生与家父早在上海美协时就已认识，彼此的关系又加深了一层。之后杨老只要有画集出版，都会签名相赠。这次，我通过以磊请耄耋之年的扬老写序，他没有回绝，不顾年迈欣然应诺，写下了自己的感受，这令小辈感动。同时还附有一份横书的书名题签“鲁迅与新兴木刻　可扬”还留有一枚朱文印。并有留条，上书：

泽贤同志：

因为我没有读过原稿的论述，情况不了解，只能从鲁迅先生对木刻艺术的倡导所作出的贡献，写一点意见。有不合实际的文字，请修正。因手抖，写小字特吃力，有的字不知认得出否？匆匆祝好！　可扬　10月30日可扬先生的序写于2004年10月，还在打印稿上作过修改，文题是：《鲁迅先生仍活着》：

> 鲁迅先生虽然离开我们已七十年了，但是人们仍一直记着他。
>
> 张泽贤先生编著的《鲁迅与新兴木刻》，就是这种未忘的例证，是很值得鼓励的。我虽未亲见过鲁迅先生，但他对新兴木刻竭尽心力的推崇、倡导及呵护所产生的深刻意义，却影响着我一生的木刻创作活动。抚今追昔，归纳为一点，就是：木刻艺术要为现实生活与斗争服务，并在创作实践中提高技艺和思想。
>
> 《鲁迅与新兴木刻》，是鲁迅先生当年在指导艺术青年的创作实践过程中思想观点的归纳与总结，本书把零星变为集中，把分散变为聚合，使现今的年青读者和木刻爱好者体验鲁迅先生与新兴木刻运动之间的密切关系和浓厚感情，从而具有较强的文献研究与阅读价值。
>
> 张泽贤先生毕业于复旦大学中文系，从事过近二十年的新闻工作，还曾进行过美术实践，其令尊铁婴先生又是一位有才华的木刻家，家渊颇深，由他来编著此书是很恰当的。愿他在研究阐述的进程中不断有新著问世，使鲁迅先生永远活在人们的心中。
>
> 我虽已九十高龄，但仍很高兴作此短序，因为在我的心目中，鲁迅先生永远是一座仰而观之的高山！

短序拿到了手，出版社方面却没了“声息”，一再催问，杳无音讯，真不知在目前的出版界，这类“哑巴”式出版社有多少？实在令人困惑。

困惑了大概有一年，有一次，上海远东出版社的朋友黄政一先生来家小聚，看到了我的这部书稿，他马上说：“这类书稿送审相当复杂，何不把思路扩大，以民国版画为契入点，囊括鲁迅及其支持的新兴版画？”就是这么一句话，把原来以为堵死的路又重新打通了。这一思路实在高明，把新兴木刻放在民国大背景下审视，更会给人以茅塞顿开之感。又经过一年的努力，《民国版画闻见录》面世，并在此书的跋中刊登了杨可扬先生的这篇原本已经废弃的序。此书如今读来，仍有一定的现实价值。它的出版，使我还了两缘，特别是“还缘”于杨可扬先生，总算没有留下“食言”之恶名。

此书分为12章节，基本囊括了民国版画的各个时期，每个章节选择较有特色的版画家和木刻版本，最后还附有一篇我写的《民国版画的版本价格》，以及附录《民国时期出版的版画、木刻著作书目》。

其实，此书的写成，主要是依赖于我历年对民国版画与木刻版本的搜寻，这

民国时期出版的部分木刻版画版本

既是自己的一种偏爱，同时也是为重新收齐父亲原有版画藏品曾暗下的一个决心。而民国版画与木刻版本的搜寻还真不容易，一者少，二者价格昂贵，没有一点魄力是不会有显著成绩的。然而，民国版画和木刻的著作版本，在民国时期出版的浩如烟海的书籍中只能称其为“一流”，未见之版本还相当多，因此此书只能以“闻见”而命名。

《民国版画闻见录》就是这样“脱胎”的，虽无剧烈疼痛，却让人感到：任何生命的诞生，都会伴随着历史与现实的纠结，就看能否绕过这一切而到达彼岸……

《书之五叶——民国版本知见录》三印记

写书往往来自于偶然而至的“灵感”。

某日，我躺在椅子上翻阅刚从文庙旧书市场以1 500元淘得的周作人著《苦竹杂记》，此书是赵家璧主编的“良友文学丛书”第23种，1936年2月初版，在这套丛书中此书最为难得。布面软精装，封面压模，书脊文字烫金，前后衬页有“播种人”图案，书前有扉页、版权页；正文书页文字竖排，13行，每行32字，页眉双线内印有书名和页码；布面精装外有封套（也称护封），封套正面为周作人像，背面是《爱眉小札》广告和徐志摩遗照及原稿缩影一页……无论从外观到内页，它

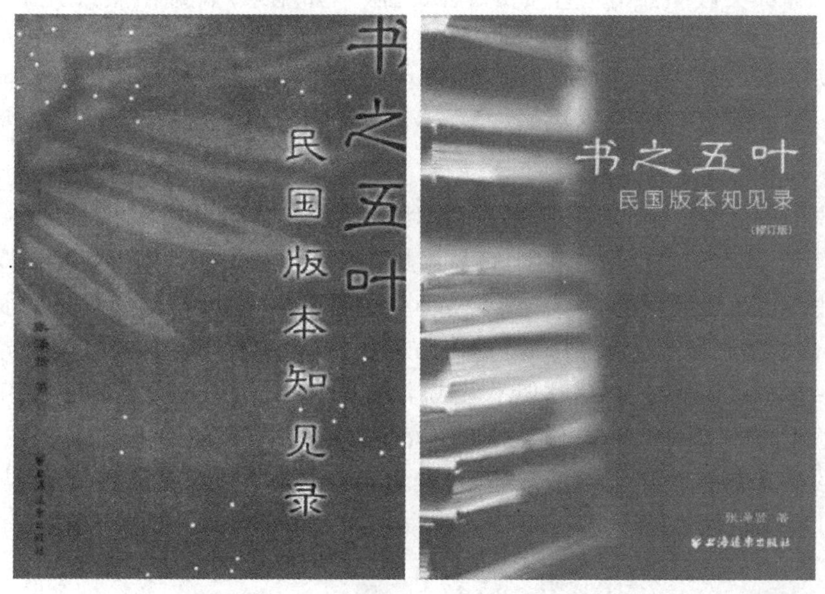

《书之五叶——民国版本知见录》两种版本封面

的装帧可以称之为“上乘”，版本“含金量”极高，眼前顿感闪亮，心中立马跳出四字：版本元素。

此时，正好抬头望见窗外那棵茂盛的银杏树，树枝冒出五片新叶，在阳光下随风闪闪发亮……心中跳出的“版本元素”，顿时变成了另外五字：“书之五叶”。

灵感形成的过程，实在难以言传，联想、跳跃、糅合、构建、变异，种种形态都是在一瞬间形成，最终的形态往往与第一思维不同，那种奇妙感，只有身在其中者才能感悟！

灵感的想象语汇，要变成现实的理智语汇，那是一种版本加经验积累的催化结果，对“五叶”的认同是反反复复的，最终选定了：封面设计、书籍插图、出版标记、书籍广告、版权之页。“五叶”基本囊括了书籍版本的核心元素，书名定为《书之五叶》，加了一个副题“民国版本知见录”，限定于“知见”，不敢妄谈。之后我的写作方向也便以此为路径，逐渐向纵深推进，那已经是“后话之后话”了。

此书一出版，第一时间给我反馈的是上海图书公司的书友陈克希（笔名虎闱）先生，他给了我很多赞扬与勉励的话，之后我又见到他所编《民间书香》中的话：“泽贤兄的新著实在让人刮目，与一年前的书话集相比，很难相信是出于一人之手。我立即掏钱买下。这次，他独辟一径，《书之五叶——民国版本知见录》从封面设计、书籍插图、出版标记、书籍广告、版权页等五个方面谈民国出版物。我下午便打电话向泽贤兄祝贺……”

第二时间的反馈，来自从未谋面的北京书友谢其章先生，《旧书信息报》2005年3月7日头版头条刊登了他的《〈民国版本知见录〉新近出版》，其中说道：“《民国版本知见录》与前书堪称姊妹篇，所不同的是，《知见录》的叙述角度有根本的改变……全书框架清晰，特色突出，纲举目张，夹叙夹议，为民国版本研究的叙述方法提供了一条崭新的思路，摆脱了略显陈旧的‘一书一议’的书话模式。全书最后专辟一章‘民国版本价格浅见’，大胆议论民国版本在现今旧书市场上所体现的价值与价格的辩证关系，尤其对旧书爱好者有很强的现实指导性。”

其实，我看重的也是书后的这篇“浅见”文字，这是上海远东出版社编辑黄政一先生一再怂恿我写的，虽为“浅见”，但为了写好它，思考与写作都花了很多时间，突破的是心理上的一个障碍：历来在谈民国版本或其他版本时，读书界与收藏界大多忌讳谈购进价格，这似乎已成“潜规则”。然而我却反其道而行之，公布购进版本时的“时价”，那是作为版本研究与收藏的“历史”记载的，这样做可让现时的收藏者有个比照，是“吃药”还是“捡漏”，心中自明；而我想得更远的是让50年或100年后的收藏者窥探到某一版本在某一时段价格的“史料价值”。

第三时间的反馈，是北师大教授、新文学版本权威研究者朱金顺先生，他于2005年10月10日以“乐文”笔名在《旧书信息报》第五版刊登《〈书之五叶〉失误示例》。有关这一反馈的前后情况，读者可以参见本书《与朱金顺书》篇。

三位给我“反馈”的书友，都可称之为“老法师级”书友，一南两北，一熟两生，一见两闻，居然都会在较短时间内以“关注”给予评价，也便给此书定下了“基调”，这让我受宠若惊，备感兴奋。出版社也感“兴奋”，居然在 2005 年 1 月初版第一次印刷发行脱销后，于 5 月、12 月接连又印了两次，总数达 8 600 册，之后的“压库”也成定局。记得当时我在自藏书扉页写下过一段感慨：“由此可见，虽然此书属入门类书，但销路有限，且发行渠道狭窄，导致卖不出去，也属情理中事。”出版社之后想尽办法改印封面，且在书前加印 64 幅彩色书影，只改正了个别错字，在原《自序》和《自跋》加上“补记文字”，于 2008 年把此书再次推向市场，但效果并不显著……

由此，我和出版社都悟到了一个道理：谈民国版本的图书，如果在全国范围内能够畅通发行，那么它的印数也只在一万册之内，这是“铁杆收藏者”的数量，书价哪怕再贵，他也会毫不犹豫地掏钱购买！反之，能够销到 3 000 至 5 000 册，已属“上帝保佑”，大幸中之大幸也！以此而言，写作此类图书者，绝对不能“感觉太好”……

还是再谈谈“后话之后话”吧。对我而言，“书之五叶”是研究基点，由此跨出的主要两步是“中国现代文学版本闻见录”和“民国出版标记”两个系列，前者计划准备完成 13 种，仍以“一书一议”的老办法，旨在真实介绍版本(特别是那些未闻未见版本)的全貌；后者则动了一番脑筋，精力主要花在“搜寻”上，费了精力和财力，以点滴积累，稳步推进，从而能在间隔三年时间内完成了出版标记的正集续集，之后如果还有机会，可把手中存有的资料及新发现标记再写成第三集乃至第四第五集。当然，除这两种之外，“后话”还有不少，希望自己能够“长命百岁”，像周有光一样并不厌倦文字地一直写下去，并以此为基点稳步推进，这基点就是“书之五叶”。

因此，我要欢呼：“书之五叶”万岁！

中国现代文学版本闻见录系列“慢笃记”

上文已提及中国现代文学版本闻见录系列，此文就来谈谈。

上海有个名菜叫“腌笃鲜”，其实腌笃鲜是苏帮菜，但苏沪同帮，也便成了上海的家常名菜。此菜主要原料是春笋、鲜肉、咸肉，口味咸鲜，汁浓肉酥，笋香脆嫩。“腌”，即咸，“鲜”，即新，“笃”，则有焖的意思，其关键词是“笃”。

不过如果单独把“笃”拎出来解释的话，“焖”只是其中一意，更多的是引申意，如慢火“笃”，颇费时间，意在“火功”；另有“吊鲜”意，不用味精，而是靠原物原汁原味的“新鲜”。此文题目取“慢笃记”，就有着“功夫”与“新鲜”之意。

从2008年6月出版第一本闻见录《中国现代文学翻译版本闻见录1905—1933》开始，到2012年8月《中国现代文学小说版本闻见录1906—1949续集》出版，跨越4年多时间，其间儿子结婚，孙子降生，我也跨入了“六六大顺”之年。另外还有两种闻见录(散文与翻译续集)如果要出齐的话，那就可能把我直逼“古来稀”了——时间正在侵蚀生命，对书而言却体现了一种慢功出细活的“笃功夫”。“笃”出的是原汁原味，这正是此套丛书最为引人注目的地方：介绍的版本大多不见，或基本少见，而且还附有版权页；作者更是前所未闻，大多是名不见经传者，这些版本和作者，虽是从地下很深处被一个个挖了出来，但他(她)们的“新鲜度”并不亚于当今出版的新书，会让人激动万分、兴奋不已……

在写此文时，现代文学闻见录系列已经出书11种：诗歌两种(1920—1949，1923—1949)分别出版于2008年9月和2009年8月；戏剧两种(1912—1949，1908—1949)分别出版于2009年2月和2010年1月；散文两种(1921—1936，1937—1949)分别出版于2009年6月和2011年4月；翻译两种(1905—1933，1934—1949)分别出版于2008年6月和2009年1月；小说三种(1909—1933，1934—1949，1906—1949)分别出版于2009年6月、2010年6月和2012年8月。

《中国现代文学小说版本闻见录(1909—1933)》封面

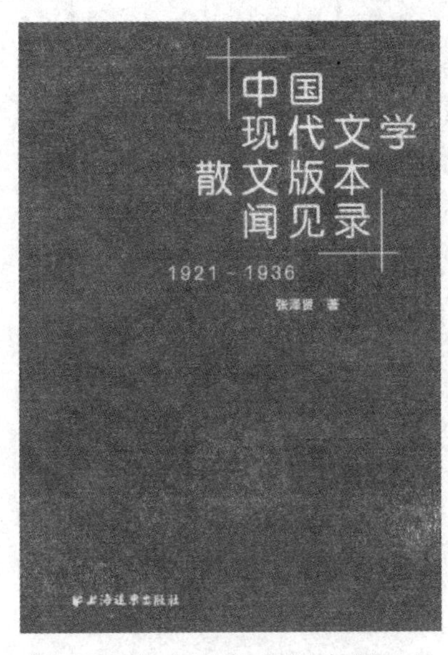

《中国现代文学散文版本闻见录(1921—1936)》封面

另外还有散文和翻译的续集两种，可能要在《我与书的自传》之后出版，总数为 13 种，闻见也便至此为止，“慢笃”也会戛然而停，我的“版本写作”可能将会进入另一个新领域，这会让读者期待，也会让我倍感欣慰！

记得，在三种过眼录系列图书出版后，手头还存有不少现代文学版本的资料，弃而不用，实在可惜。而此时正好从文庙扛回一本 1 162 页、厚达 6.5 厘米的贾植芳、俞元桂等所编《中国现代文学总书目》，仔细拜读后，发现了它的核心点是把“中国现代文学的历史，除理论批评外，就作家作品而言，应由诗歌、散文、小说、戏剧和翻译文学五个单元组成。”这一新提法，与我过眼现代文学版本达到一定数量后的想法不谋而合。有了这一依据，我便着手开始以“五单元”整理手上版本，并以总书目的书目开始在私人收藏或公共图书馆中查阅版本资料，投入了大量的精力与财力，最先的成果便是整理出版了《中国现代文学翻译版本闻见录 1905—1933》。也许，是找到了出版图书的一个新生长点，我和出版社都比较兴奋与紧张，致使书末索引部分漏印了页码，有书名而无页码，成了一个“不可饶恕”的错误。在 1934 年后的翻译版本续集出版后，我在书末《自跋》补记中写过一段话：“已出版的《中国现代文学翻译版本闻见录 1905—1933》中有个大遗憾：音序索引居然漏印页码，让人再一次‘不知方向’，实在抱歉。不过，仔细一想，也非‘坏事’，待全书看完，再来做个‘填字游戏’，不也很有趣吗？读者可对照书前目录页码，依照头个字的音序，再在索引中找出相应的书目，随后填入页码。这‘游戏’并不亚于如今盛行的各种‘填字’、‘填数’的小玩意，因此完全可以把它看

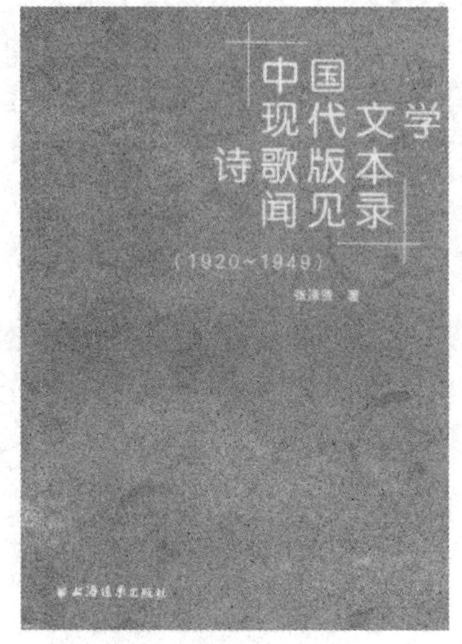

《中国现代文学诗歌版本闻见录（1920—1949）》封面

《中国现代文学戏剧版本闻见录（1912—1949）》封面

作是一种有益的自嘲。”之后出版的闻见录系列，从此便没忘记所犯的这个“错误”，非但没有忘记，还有点矫枉过正，书名索引成了文字索引，比如要查《逃亡》，就会查到所有“逃亡”的字眼，其中当然也包括版本《逃亡》，这就有点“脱裤子放屁——多此一举”了，但已经既成事实，我也只好自嘲地称之为“自嘲之自嘲”。

一套类似丛书、每本都厚达六七百页的图书，在其编辑出版过程中难免没有差错，但这大多是技术层面的问题，虽然书出后会成为误导的“遗憾”，但要改正也只能期待再出修订本了，可惜这样的机会实在难得……

类似朱金顺式的“指谬”反馈，在这套系列丛书前几种出版后我也收到一些，但大多如朱先生一样出自善意，其中有些批评虽相当尖锐，但温文尔雅，很有水准。不过，也有些并非如此，而且还出自名家之手。其中之一就是四川的某先生，此先生之大名，我早有所闻，只要他出的书，我一本也不漏地购买阅读，心中也曾升起过崇敬之意，还把他当作自唐弢、阿英，乃至姜德明、倪墨炎以降的知名研究者来分析，以补自己的“先天不足”。可惜的是，当我的拙著《中国现代文学诗歌版本闻见录 1920—1949》出版后，朱金顺先生在《藏书报》发表了奖掖后进的文字，却遭到某先生的指责，在博客和民间报纸发文批评，文字除了殃及我，还无故牵涉了北京的于润琦和方继孝，可谓“一箭四雕”。有关此事的一些幕后背景或情绪感慨，读者可参见本书《与朱金顺书》篇，或读一下我在《中国现代文学小说版本闻见录 1934—1949》的《自跋》，在此无须赘言。

不过，对于某先生曾在一文中提及的事，倒是可以作为存史而复述的。某先生说："我与他在上海有过一面之雅。是在一次集会上，围着会议圆桌一圈的20多个与会者，被主持人逐个介绍，而且我还被要求不限时间地说了话，张泽贤不可能不知道我，但作为土著主人，他没屈尊来与我说话，我当时忙着跟熟朋友交流，就也没主动去向张泽贤请安。"这次"集会"，实际是个新书首发的座谈会，上海书友陈克希出版新书《旧书鬼闲话》(河北教育出版社2005年5月初版)，上海图书公司为此邀请本市及江苏、四川等地的同好雅聚上海，记得被邀请的有周振鹤、徐雁、陈子善及某先生等人，我作为陈克希的书友，也被邀参加了这次座谈会，并得到克希相赠的编号43号毛边签名本，记得那天我还是从单位"溜"出来的。座谈会以长方形排座，分前后两排，而非圆桌。我与克希、韦泱等熟人打过招呼后便在第二排就座，并与认识不久的《上海新书报》主编汪耀华先生闲聊。当座谈会开始，主持人介绍了该介绍的出席者后，我发现了坐在对面靠左的某先生，因会议已经开始，也便不会有我这个"土著主人"的"屈尊"说话，和某先生主动的"请安"。会议发言开始后，记得是徐雁先生在笑谈他的大作《中国旧书业百年》时，我接到单位电话，要我马上回去处理一下《浦东年鉴》送审区委的图片，于是我与陈克希打了个招呼便离开，也便没有了我与某先生"说话"的机会。事情就是这样简单，如果这会引起不快，从而导致挖苦与讽刺，那么我只好在事隔多年后向某先生说明情况与道歉。从内心讲，当年看到某先生指出拙著中的"硬伤"时，并无反感，因为他指出了我的不足与研究"稚嫩"。不过我一向又很注重批评方式，比如我不同意朱金顺先生在彼此熟悉的情况下以笔名著文公开指谬，当然更不会同意某先生以挖苦讽刺的形式进行批评，事情也就是这么简单。在中国的文化氛围中，特别是与私人打交道时，还是温良恭俭让、温文尔雅点为好，如果某先生不同意，那么我也只好随他而去了……

《中国现代文学翻译版本闻见录(1905—1933)》封面

一套类似丛书的图书，慢慢地"笃"了将近四年，"笃"出了我的不少感悟，也"笃"出了自己不少"软档"；"笃"出了友情，也"笃"出了怨怼，好像事情也就这么简单。

不过，简单的事往往都是好事，只是如今再来复述，总感觉早已是"明日黄花"，不再会有当初的新鲜感与兴奋激动！

我与《民国出版标记大观》

我这个人，对于图案特别敏感，正因为这种敏感，才让我对图书封底印有的出版标记由一分关注进而到十分关注，并由情感关注到辛劳梳理，关注与梳理的最终结果，才有了《民国出版标记大观》的正集和续集出版。

如今读者见到的版本有三种，第一种是绛蓝色封面，横排书名，左竖排作者名和出版社名，朴素简洁的设计，曾让我有点陶醉，因为这同我所一再追求的“素洁”相吻；第二种是精装本，实际是第一种的“改头换面”，内容无异，只是改作了精装硬纸封面，图案繁复杂驳，并不是我所喜欢的一路。改装的起因是因要出版《民国出版标记大观续集》精装本，要使前后两种版本匹配起来，因此实际存世的《民国出版标记大观》有着平装与精装两种版本；第三种是精装本续集，灰色底，素雅沉稳，文字与色块图案搭配得相当和谐，总体风格近于第一种的素洁。

《民国出版标记大观》(平装本)封面

起初，我对印在旧版本封底的小图案(当时还不知这是出版标记或出版标识)并不留意，那时手中所藏民国旧版本也不多，所见无非就是常见的商务、中华、世界、大东、开明等几家称霸前几位的出版机构标记，直到有一次见到《出版史料》中的一篇介绍几种出版标记的文章，有几种标记是我从未见到过的，如耕耘出版社、现代书局、良友图书印刷公司、北新书局、新月书店、天马书店、儿童书局和正中书局等，标记图案“五彩缤纷”，设计理念各异，有含蓄深刻的，也有

《民国出版标记大观》(精装本)两种封面

浮浅通俗的，更有如同看图说字式的低级图案，所有这一切都让人开始有点“着迷”，也开始思考这样一系列的问题：民国时期出版机构到底有多少？到底又有多少出版机构有着出版标记？出版标记与出版机构的关系是什么？等等。问题虽然提出了，但当时的我根本无法正面回答，也不知道如何去回答，处在一种“朦胧”时期。直到《书之五叶》开始写作，并把“出版标记”作为其中之一章介绍，这才全面关注起这一命题。

记得有一次，我和上海远东出版社的编辑黄政一在上海思南路的“东来顺”吃涮羊肉，外边飘着大雪，坐在紫铜火锅前，边涮羊肉边饮黄酒，话题居然是与涮羊肉绝对没有关系的《书之五叶》中的出版标记。黄兄问我：“除了已经介绍的标记，手头还有多少新发现的标记?”我说：“不多，但只要搜寻下去，估计数量不在少数!”“大概有多少?”“没数，因为还未见到所有出版机构的图书，只有见到了，才能在图书上发现标记。”“也就是说要看到尽量多的旧版本才能发现尽量多的出版标记?”“绝对正确!”一番对话后，便是干杯，并预祝此事从“东来顺”开始，争取用它二至三年初见成效……那年是2005年飘着大雪的冬天。

之后的三年，其实我并未把“出版标记”作为主攻方向，而是费尽全力地完成了《民国书影过眼录》的续集和三集、《民国版画闻见录》、《现代文学书影新编》和《现代作家手迹经眼录》等。但在查找和研究这些版本时，偶尔也会冒出不少从未见过的出版标记，有着“蓦然回首，那人却在灯火阑珊处”、“踏破铁鞋无觅处，得来全不费工夫”的意境！到2008年，上海远东出版社在江苏南通举办的“第一届远东收藏系列图书年会"时，所得到的出版标记图案已达 310 多种，可称之为"蔚为壮观"！原上海远东出版社社长兼总编辑张跃进先生在年会上以兴奋的话语向与会者宣布：张泽贤先生费时三年辛苦搜集整理的《民国出版标记大观》即将出版，这是"花了三年之功的力作"！这对我来说，无疑是一种鞭策与激励。更让人感到欣慰的是，与会的陈克希先生当即表示，愿意将自己搜集的一些出版标记无偿奉献给我，大家对他的义举报以热烈的掌声。

之后，我便停掉手上的其他工作，除每周两次到上海图书馆查阅资料外，便一门心思投入到出版标记的撰写中。为了弄清和核实当年福州路"书店圈"的情况，以及时至今日的改变，2008 年 3 月的一天，我与黄政一先生用了一个上午，手持当年"书店圈"的地图，从南京东路朝南走，经九江路、汉口路、福州路和广东路一路走来，记录拍照，并在曾经挤满了书店和出版社的小弄堂门口"怀旧"，仔细的查访与考察，那里的居民还以为我们是专门搞动拆迁的……

《民国出版标记大观》终于于 2008 年 11 月出版，16 开本，723 页，书前附有书影 32 幅。当我拿到样书时，便在扉页上题签："此书 2005 年开始撰写，经三年成稿并出版。开始搜集标记仅四五十种，后增至三百多种，可称大观也。亦可看作笔者著书之里程碑。然此数量仍不完整，离'大全'尚远，还有众多标记仍淹没在尚存的版本封底，搜全有待时日，也盼后来者续成。"

其实，这个"后来者"还是我自己。因为大观出版后，使我的关注达到极致，只要眼睛一闭，眼前就是各种式样的出版标记，甚至敏感到每见到一种旧版本，首先就翻看封底和版权页，希望能够出现"惊喜"，甚至敏感到在旧版本发现一种与标记不相干的图案，也要仔细研究一番来确认取舍……太太说我有点痴，黄政一说我"渐入佳境"，我则说"一步跨出，永不回头"！

之后的三年，虽然我的主攻方向是完成中国现代文学版本闻见录系列，副攻方向便是在搜寻闻见录图书时觅取新的出版标记，争取获得"一箭双雕"之效。这方法还真的很奏效，不到两年工夫又搜寻到出版标记将近 200 多种，时过三年已经超过 300 多种，同时还发现不少出版机构和作者的版权印，以及丛书丛刊标记等，其数量之大，让我大吃一惊：出版标记包括其他印记难道就如此浩瀚？在有生之年到底能否掌握到一个准确的数字？看来极难，因为靠一人之力量是绝对无法看到摸到所有民国版本的，即使看到摸到，也无法把所有资料都归于囊中……这个遗憾就这样一直带到《民国出版标记大观续集》出版之时，留下的却是又一批无法入书的各种形态的标记，从而也便"预留"了又一次的发展空间：三年之后再出版一部《民国出版标记大观三集》，甚至还可能会带出其他一些副产品，比如《作者版权印》、《丛书丛刊标记》等等，这似乎正应了我在《民国出版标记大观》序言之末所预言的：这是一块还刚刚被开垦、却有着无穷魅力的"处女地"啊！

我编“浦东文化丛书”

在我的有生之年，确实编过不少丛书，但大多是应景之作，或是被人硬拉去凑数的，因此没有一种是至今仍能被记住的。

而有一种却让我“刻骨铭心”，那就是在我退休前开始，退休后仍在编纂的“浦东文化丛书”（第一辑，上海远东出版社出版）。之所以称之为“第一辑”，那是因为还想继续编下去，第二辑，第三辑……丛书的第一辑共四种，分别是：《上海浦东民间收藏》、《浦东石建筑踏访记》、《浦东古旧书经眼录》和《浦东名人书简百通》，丛书主编是浦东新区地方志办公室原主任柴志光。

柴先生原在浦东新区档案馆供职，2005 年调任浦东新区史志办，那时我在浦东新区史志办任《浦东年鉴》的执行主编，他是我的顶头上司。对他的了解，之

《浦东石建筑踏访记》封面

《浦东古旧书经眼录》封面

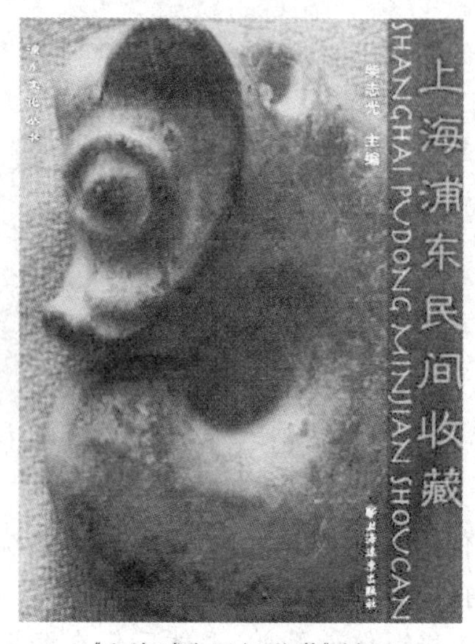

《上海浦东民间收藏》封面

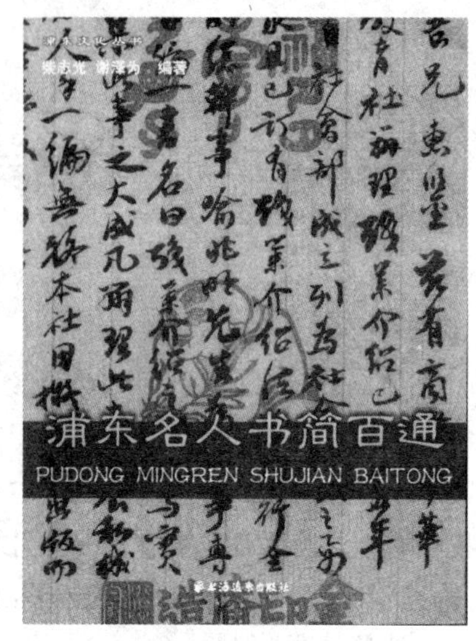

《浦东名人书简百通》封面

前早有所闻：复旦大学图书馆系毕业，为人谦和忠厚，有一定文化底蕴，是个纯粹的读书人。后经一段时间的交往与接触，更加深了我对他的认识：是个干事的人！

对他的这个定位很重要，因为我也是这样的人，需要和这样的人合作，去干一些能给后世留下点"遗产"的事业。自从我从南通报界调到上海后，几年干下来，对浦东史志有了一定的了解与认识，对所任工作都能得心应手完成，其中最为得意的是在我主政《浦东年鉴》后，以年鉴规范化和杜绝差错为切入点，在同仁共同努力之下，使《浦东年鉴》彻底改变原有的旧面貌，从而一跃而跻身全国年鉴的先进行列。直到我退休，《浦东年鉴》几乎年年都被评为全国年鉴编校的先进，后来者对我说，这都是你打下的基础，对于这样的嘉勉，我是首肯的……然而，从内心讲，我并不满足于这种"重复的先进"，一直想要把准浦东史志的"脉"，从较深层的角度去挖掘和探索隐藏于高楼大厦和轰轰烈烈背后的文化底蕴……特别是"浦东"，这个被世界称之为中国改革开放的前沿，在历史文化的纵横交错之中，她并不只是个无依无靠的空白点，而是个有着深厚文化底蕴的"弄潮儿"！要揭示这一点，这正是搞史志者不容推卸的责任。这个想法，我是在很早就已经提出，但是历届领导对此并不热心，直到柴先生到任，与他一谈，彼此的默契，用不着多说一句，也便一拍即合。俗话说"得一知己足矣"，那确实是很难用一二句话能说清楚的，完全在不言之中。

最初一种是《上海浦东民间收藏》，以此作为第一辑，原本意在"试探"，以先易后难为原则。文化历史的积淀，往往表现在民间的收藏之中，而浦东的民间收藏，在上海乃至全国都是屈指可数的，以这种通俗形态去揭示浦东深广的文化底

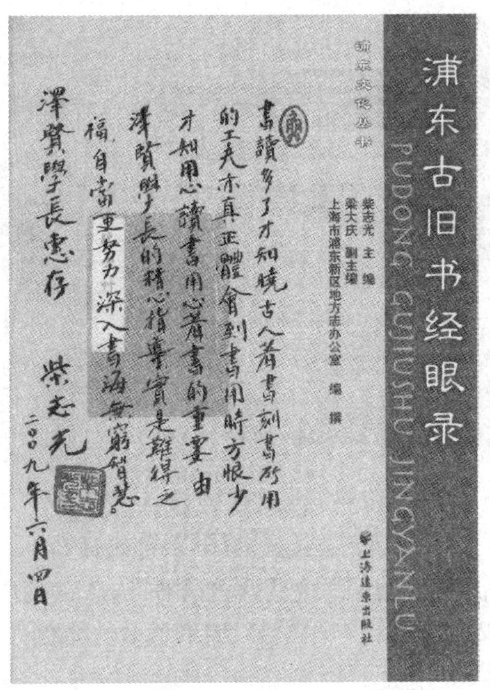

柴志光在《浦东古旧书经眼录》的题签

蕴,不失为良策。我和柴先生一开始就有这样一个共识,因此接下来的编纂工作也便相当顺利,采访相关人员,收集相关资料,最后四种丛书大多以较短时间和较好质量成稿,当年时任浦东新区区委办公室主任、之后任浦东新区区委宣传部部长的陈高宏为之作序,提升了丛书的"现实含量"。

在编纂《浦东石建筑踏访记》时,柴先生嘱我与之多次踏访,每次踏访都使我从他那里获得不少以前从未知晓的常识与典故,受益匪浅。对于浦东石建筑的寻访与考证,正是柴先生在从事档案工作多年来的主攻方向,除石建筑,还有碑刻,上海所有现存的石碑,柴先生都亲历踏访,并一字一句的记录,还拓印了不少碑刻,意在"抢救"。如今,他正在着手整理和撰写有关上海碑刻遗存的著作,也想作为"浦东文化丛书"出版。

丛书第一辑四种几乎是每年一种,面世后反响不错,这让我感悟到了"编书之道":一个有着文化底蕴的合作者,一种尊重与不干涉编纂理念,一种行之有效的撰写方法,三者合一,此事必成矣!

在"编书之道"上,柴先生又与我一拍即合,默契异常,所以他都会感慨地在每种丛书的扉页上为我题签,在《浦东古旧书经眼录》上他题有:"书读多了,才知晓古人著书刻书所用的工夫,亦真正体会到书用时方恨少,才知用心读书用心著书的重要。由泽贤学长的精心指导,实是难得之福,自当更努力深入书海无穷

我与柴志光

智慧。泽贤学长惠存　柴志光　二〇〇九年六月四日”。

其实，“难得之福”是我与柴志光先生的合作，合作的精髓在于“信任”！

真希望还能与柴先生一直合作下去，编出更多的“浦东文化丛书”……

叹朱东润

想到朱东润，只有叹息！

朱东润先生，是我进入复旦中文系时的系主任，那时他已70岁，平时很少上课，只是带几个研究生。有一次，他为新生开了一课书法讲座，目的是想提高学生书写能力，这也是学中文者需有的一项基本功。他从书法的历史讲起，讲得很生动，这对书法艺术不甚了了的新大学生来说，真是佩服得五体投地。至今，朱先生讲的丰富内容早已忘得一干两净，但隐约还记得："写字要写60年，才能写出个样子，15年练篆字，15年练隶书，另外30年练楷书、行书和草书……"而清晰记得的是他讲的"霸王体"，这实际只是一种借用，是想说明有些人写字龙飞凤舞，让人看不懂，而在书法体中好像并没有这种"体"。后"文革"一起，朱先生首当其冲被校党委作为"反动学术权威"抛出，于是革命小将便把他的"霸王体"牵强附会地拉扯到了"伟大领袖"身上，定性为诬蔑攻击，经过一番上纲上线，"霸王体"也便成了"反党反社会主义"罪证。现在想想，实在可笑，但在其时顺理成章。扭曲的时代产生扭曲的理论，令人记忆犹新。我对大学的最初印象，一开始便是与朱先生联系在了一起，虽与朱先生无面交之缘，但只要一想到朱先生，想到他那副浑身被泼满墨汁、跪在搓衣板上却又死不低头认罪的倔强样子，便会想起"霸王体"，见到"霸王体"三字，眼前出现的却是朱先生的一双怒目，于是便会深深叹息：人之际遇，往往产生于一刹那……

朱先生的著作版本，我最先得到的并非他早期版本，而是那本采用托名方式为亡妻立传的《李方舟传》(上海远东出版社1996年9月初版)，这版本是从福州路旧书店淘得的，品相很好。一开始我还真不知这是托名之作，总认为这只是既有作传实践又有理论的朱先生之新作，却不料这是苦楚年代中为已亡亲人作的传记。书末的那首诗，至今读来仍觉伤感："忆昔与君初觌面，下车三揖都且妍。生则同室死同穴，有如皎日矢云天。自谓身世永相保，岂知一夕摧风烟。呜呼！此身虽在复何补，到老负君泪如泉。"

有关朱先生与亡妻邹莲舫的事情，还是我的中文系学兄、与朱先生有着密切关系的顾仁荣告诉我的。当年，朱先生23岁，在南通中学任英语教员，且是在包办之下与比他小4岁邹莲舫成婚。记得我在南通报社工作时，就有老先生知道我是复旦大学毕业的，便告诉过我朱的这段历史，可惜当年并未留下什么印象。真正留下印象的是在“文革”风暴席卷复旦校园时。朱先生站在贴满大字报前决不肯低头，甚至要与押他的人扭打起来的样子，至今仍在眼前飘浮。而在大字报栏中，有一张就是刚烈的邹莲舫为朱先生鸣不平的大字报，经人指点这是朱的夫人所写，记得感觉像被一束闪电击中，至今仍感震撼……

从那之后，我便专注于搜寻朱东润先生的著作，然而他在建国之前出版的著作见到的极少，大多是建国后的，旧版本前后只见过三种：《中国文学批评论集》（开明书店1941年1月初版）、《中国文学批评史大纲》（开明书店1944年1月初版）和《张居正大传》（开明书店1945年12月初版），而真正收入囊中并藏之于至今的只有《张居正大传》，所藏为1947年的再版本。此书封面由民国元老吴敬恒（吴稚晖）题签，盖有白文印“稚晖八十之后书”。此书价格不菲，有封无底，原藏者或摊主用牛皮纸重加装订，书脊处还自写书名。全书虽不缺，但书页边缘纸张早已发脆，多翻后纸屑便会如同雪花飘舞……一般碰到这类旧版本，我大多是翻过后便丢弃，而此书作者正是朱东润，见到书之面貌，也便想起朱先生之形象，再破再烂的书也要收进，收进的不只是书，而是朱东润不屈的灵魂！

记得我在文庙得到此书后，坐在文庙殿堂前的石阶上，对着蔚蓝的天空长叹

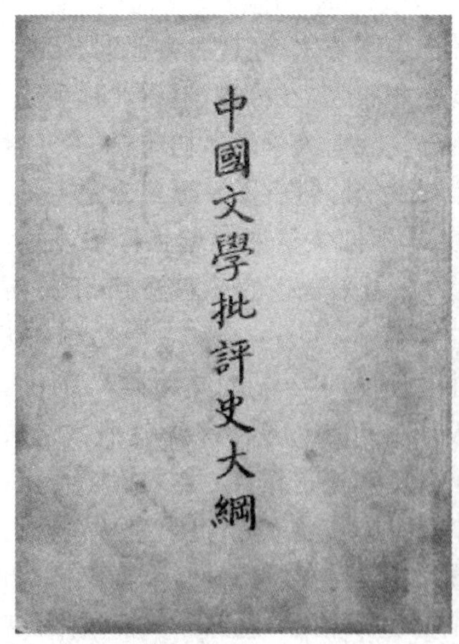

《中国文学批评史大纲》封面

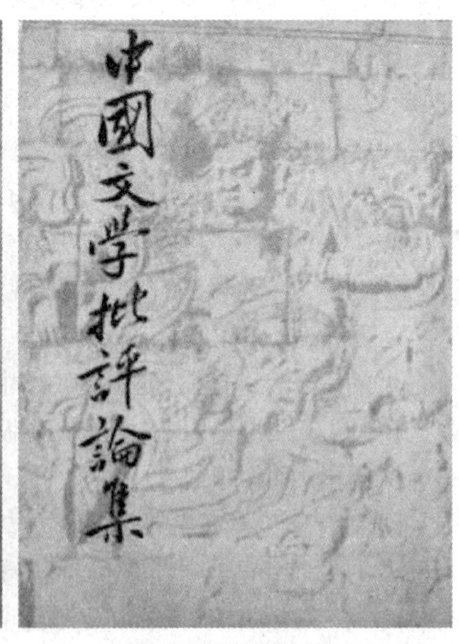

《中国文学批评论集》封面

了一声：书比人长寿……

淘得此书，除了想招回朱先生的灵魂外，更看重的是朱先生作传的理论。1943年8月朱先生在重庆柏溪寓斋写的序中说："我们对于古人的著作，要认识，要了解，要欣赏，但是我们决不承认由古人支配我们的前途……现代中国所需要的传叙文学，也许只是一种有来历，有根据，不忌繁琐，不事颂扬的作品，关于取材有抉择、持论能中肯，这是有关作者修养的事……传主的时代太远了，我们对于他的生活，永远感觉到一层隔膜；太近了，我们又常因为生长在他的阴影下面，对于他的一生，不能得到全面的认识……"最后，朱先生决定选择张居正作为传主，并说像张居正那样划时代的人物，实在数不上几个。传主选定之后，便是搜集材料。但在当年动乱的岁月，相关资料十分欠缺。手上有的材料，在叙述上多为文言，撰写时要进行"语言转换"，困难也不小，但从《张居正大传》看，作者在语言上确实花了极大的工夫，不得不让人佩服。

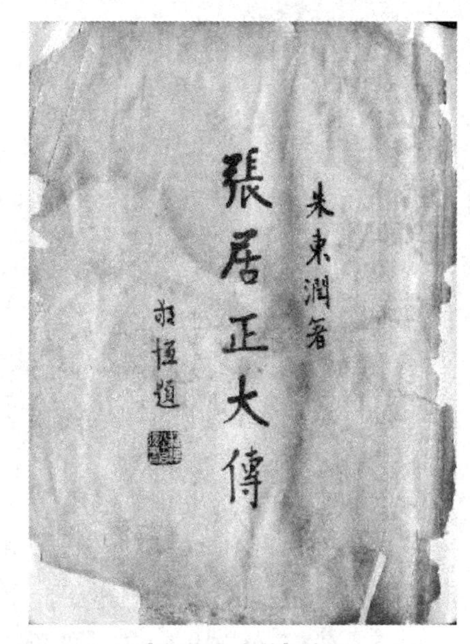

《张居正大传》封面

关于用"大传"之称，朱先生说："传叙文学里用这两个字，委实是一个创举。大传本来是经学中的一个名称，尚书有尚书大传，礼记也有大传，但是在史传里从来没有这样用过。不过我们应当知道，中国的史学是发源于经学的，130篇的史记，只是模仿春秋的作品：十二本纪模仿十二公，七十列传模仿公羊谷梁，'传'的原义，有注的意思，所以释名释典艺云，'传传也，以传示后人也。'七十列传只是七十篇注解，把本纪或其他诸篇的人物加以应有的注解。既然列传之传是一个援经入史的名称，那么在传叙文学里再来一个援经入史的大传，似乎也不算是破例。"读后不得不让人拍案叫绝！

《李方舟传》封面

忆赵景深

在整理藏书时，发现了一页民国版《小说戏曲考》的封面，封面陈旧，内页已失。好在于文庙淘得同一版本，才知此书是世界书局1943年10月的再版。此书勾起了我的回忆，想起曾赠予此书的已故复旦大学中文系教授赵景深先生。

那还在“文革”中，中文系的教职员工同赴宝山罗店农村，接受贫下中农的“再教育”。赵先生和我同分在一个生产队，并有幸与之同卧一室，并睡在我的旁边。室内无床，只是在泥地铺上厚厚的稻草，上铺棉絮被单，挂上蚊帐，也算是有了自己的一方天地。人睡在里面，感觉还真有点像睡在席梦思上。

有一天深夜，我睡过一觉醒来，听见旁边发出用牙齿咬东西的声音，声音断断续续，像是在咬脆麻花。我还以为是“梁上君子”光顾，便竖起耳朵仔细听着，最后确定这声音是由旁边赵先生铺中发出，我没去打扰他，猜想他是肚子饿了在吃零食吧。第二天在田间，见无旁人，我便问起昨夜的事。他先是一愣，然后就神秘地叫我不要声张，并不好意思地苦笑说：“白天没有吃饱，我又要少吃多餐，只好趁夜深人静时享用了……”“享用”两字引得我要笑出声来。后来，我才知道赵先生患糖尿病多年，平时不敢多吃米饭，一旦饿了就吃点零食充饥。他这么一说，我倒真的很同情他了。心想，对他这样身处逆境的“反动学术权威”来说，夜深时偷偷摸摸，还真要有点冒被批判的勇气，他的自我保护和求生的机智令我佩服。

平时白天劳动，师生都在一起，当身边没有“工宣队”和“军宣队”队员时，学生与老教授和年青教师完全打成一片，有说有笑，还相互开开玩笑，幽默一下。在这种时候无任何顾忌，算是在紧张氛围中得到了松弛。平时的劳动不算太吃力，无非是拔拔棉秆、拾拾麦穗。休息时，大家三五成堆地聊天说笑，可赵先生却喜欢独坐一隅，手中拿着一根青草，目视前方，像是在回忆和憧憬着什么。即使有时和他人坐在一起，他也不参与说笑，从他有点茫然的眼神中，还能看出烙有时代印痕的余悸。我则喜欢与他靠近着坐，因为平时睡在一起，他也便没有什么顾忌，见我走过来便客气地点点头，示意和他同坐田埂。起初只是沉默，拔棵小草，默默撕着，随后说些农活和天气，等心理上的屏障渐渐消除，我便与他谈起了文学和戏曲。赵先生深厚的戏曲功底，那是我在一进复旦校门就耳闻的，可惜当时无缘聆听。据说，他会唱20多种地方戏，曾被誉为复旦“四大文学戏曲教授”之一，其余的三位是洪深、卢冀野和余上沅。他们对复旦剧社的发展都曾有过不可磨灭的贡献。那时，我对评弹很感兴趣，也便趁机向他请教，并一起探讨，他能如数家珍似地说出“子丑寅卯”，让我听得目瞪口呆、刮目相看。我们有时也谈昆曲，其典雅与古朴，时常令我倾倒。但对这一艺术，我确实一窍不通，而赵先生则是公认的行家。见旁无人时，我请他小声哼唱几句，他答应了。我发现他在笑，眼里闪着光芒，像是被火点燃似的。他朝四周小心打量后，便轻轻哼唱起来，记得他哼的是《长生殿》中的一段，虽然嗓音有点沙哑，但韵味十足，至今仍让我难以忘怀……

有时，我们也会与这些名气很大、但当时却低声下气的教授们开个小玩笑。赵先生一睡下就会打鼾，呼声时有韵律，但有时却声大如雷，闻者为之侧目。见他口水从嘴角慢慢淌下，神态极为安详，在旁的人谁也不忍心去打扰他的好梦。有一次午睡，他又打起鼾来，声音很大，把大家都吵醒了。于是，我们便拿来一只不太紧的木夹子，把他的鼻翼夹住。开始他还没感觉，等到他发现了，连忙带着歉意地道：“啊哟，不好意思，不好意思……”他并未怪罪我们，还和我们一起痴笑起来。我发现，在他脸上洋溢着一种久未见到过的天真童趣。而这种在特殊年代具有的师生“情谊”，既是扭曲的，又是温馨的，既苦又甜。

后来，师生陆续返校“复课闹革命”，乡间的无拘无束随之而失。但我与赵先生仍保持着一种特殊时期的友情，虽然不常见面，见面也只是点头示意，说明彼此并未忘了罗店的同屋。我那时住在重庆南路上的“三德坊”，他就住在淮海中路边的“四明里”，近在咫尺。现在，这一片里弄都因建造成都路高架而被拆除了，连一点旧有的影子也没有了。虽然我们住得很近，但为了不使他为难，我都未上门拜访。直到后来形势趋于“宽松”时，我才去见他。一见面就谈起罗店的趣闻轶事，他笑得很愉快。后来，我曾多次到他家，与他谈起文坛掌故，谈他的经历，也谈我的追求。他则用一种平和的口吻对我说：“要多读书啊，做学问的目标定要选好选准。开始时不要贪大，要专心，要有韧劲，从现在做起，从点滴积累……”这些经验之谈，使我在异乡的生活中受益非浅。当他知道我被分配到贵州时，他从书柜里取出《小说戏曲新考》，但现在已记不起扉页上写的是什么，实在遗憾。随后他说，我在年轻时就以研究戏曲为目标，除拜名旦尤彩云和张传芳为师外，还专心看戏唱戏，刮风下雨也坚持，回家后还要认真整理资料，研究戏曲理论。他语重心长地对我说：“坚持必有成果啊！”这是他和我说的最后一句话，一直在我耳边响着……从那以后，直到赵先生逝世，我就再也没有见到过他。

創作新刊
文壇憶舊
趙景深著
上海北新書局印行
創作新刊
文人印象
趙景深作
北新書局印行
文學新刊
銀字集
趙景深
永祥印書館刊
讀曲隨筆
趙景深作
小說論叢
日新文藝叢書
趙景深著
荷花
趙景深著
金雨
格林童話全集

赵景深的九种旧版本

赵先生是我在复旦读书时接触最多的一位名教授，虽然那是在非常岁月，但他的音容笑貌与平和质朴，并未因岁月的流逝而消失。

有了这段交往史，我便特别关注于赵先生的旧版本，只要见到的，不管价钱如何一概收进。在文庙有不少书贩都知道我在搜寻赵景深的版本，于是也会经常收得来自各方的信息，特别是当我得知一位身有残疾的书贩家中有不少赵先生的旧版本，于是便“紧追不舍”，从他一人处就得到过10多种……有时，把这些书摊在桌上，静静地目视，总感到眼前浮现出的仍是赵先生的憨厚的笑容……

读刘大杰

记得吴中杰先生在记刘大杰先生时，用的题目是《刘翁得马，焉知非祸》，实在准确精致。其实，也许还并非仅仅“得马”与“非祸”，刘先生的一生以及留下的著作版本更值得后人一“读”。

刘先生一生致力于文学史的研究和教学，曾任不少大学的中文系主任，解放后在复旦大学中文系当教授。虽然他在文学史的研究方面成绩卓著，一部《中国文学发展史》，使他成了这方面的权威。但他在文学创作等方面也不是等闲之辈，他创作的小说有《支那女儿》、《昨日之花》、《三儿苦学记》。还创作过剧本《她病了》、《十年后》。译作还有《高加索的囚人》、《两朋友》。他的《红楼梦思想与人物》、《魏晋文人思想论》也是扛鼎之作，真可说是个多才多艺的文化人。

我在复旦大学中文系读书时，曾与刘先生有过一段时期的小接触，彼此虽无深交，但也感觉交往中的愉快。当年，毛泽东说过一句“复旦还有个刘大杰”，致使刘在“文革”中没有吃到什么大苦，算是个幸运儿。特别是在“文革”进入“平稳期”后，也就是在我们产生“运动疲乏症”又即将毕业被“赶出校园”的前夕，刘先生在校园中的“自由度”也较大。那时我在校园宿舍中，不是看书就是拉琴，有过一段闲暇时期。有一次，我在3路有轨电车上碰到他，他见我拿着小提琴，便与我攀谈起来，说他在年轻时也学过琴，拉得还很不错，他还问在拉什么曲子，我说还只是练习曲水平。他笑着说：“提琴家都是从拉练习曲开始的嘛！”他的这句“恭维”话至今还牢牢记着。又有一次，我在宿舍拉琴，他正经过便走了进来。我请教他，他就拿起提琴，摆出了一个具有专业水平的架势拉起来，虽已生疏，但琴声还很悦耳，这声音至今还留在脑中。其实我早已听说他年轻时的浪漫，因为复旦的大字报栏中，到处称他为“风流才子”……彼此交往多了，也便放松了说话警觉，他关注我们的毕业去向，并告诉我们，以前复旦毕业的大多是进入国家最高级的文化机构，如今看来只有“四个面向”，只好凭命运摆布啦……而我关心的却是他著译的旧版本，他见我感兴趣，顺口说了几种，都是我当时从未听说过的。

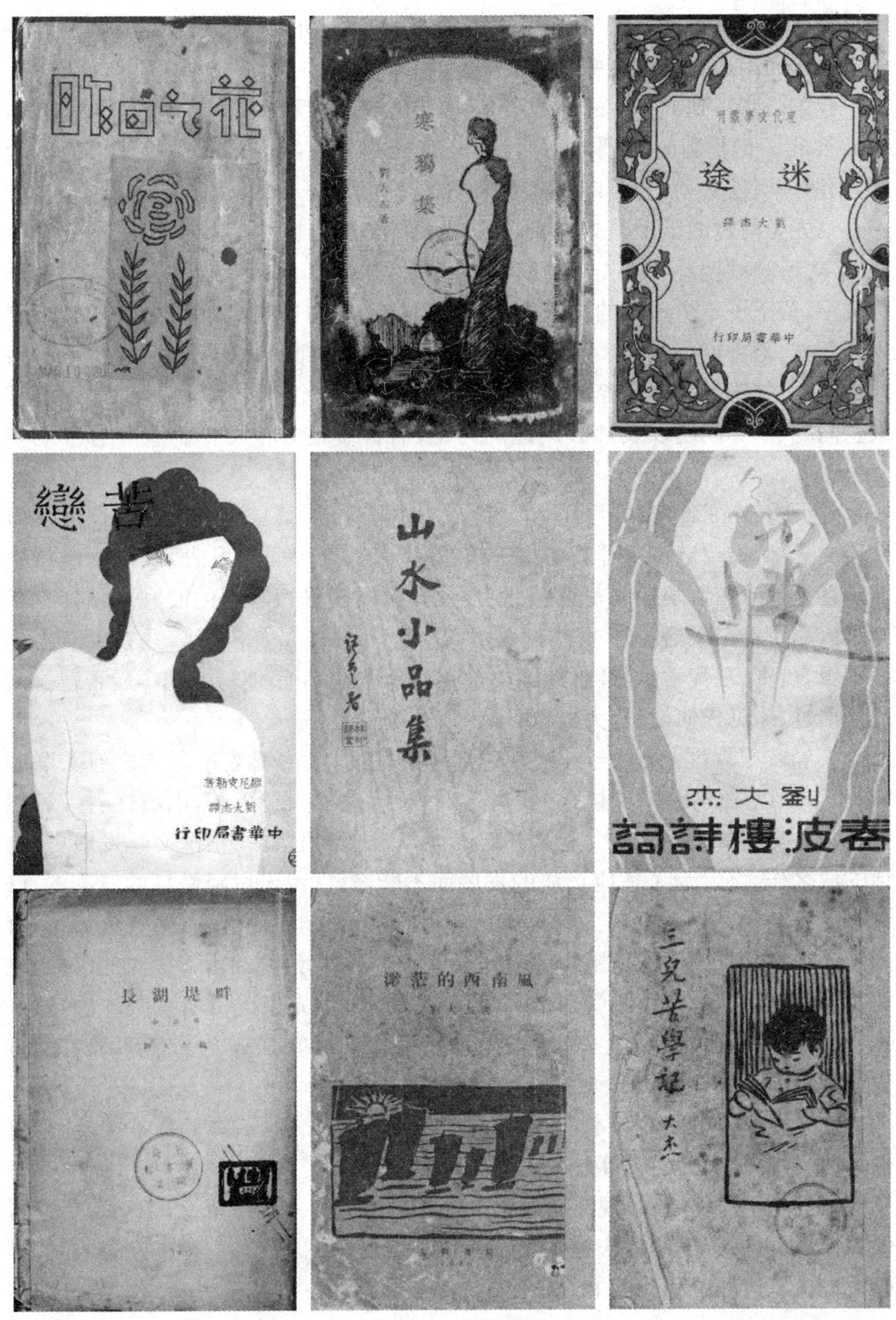

刘大杰的旧作九种

他说，以前出的书家中都藏有，现在没了，以后还不知是否能再见……我请他在纸上写下著译书目。这张写有10多种著译版本书目的白纸一直保存着，直至我从贵州调回南通时随几箱书一起丢失。

我第一次得到刘先生的旧版本是《昨日之花》，北新书局1929年12月初版，2002年得。记得当时见到此书时，不经意谈到刘先生曾是我复旦读书时的教授，书贩一听便来劲了，开口价就很贵，再还价也无济于事，只好“吃进”。记得此书在刘先生写过的纸上是排在前三位的，看来这是他心中不会遗忘的一个“宠儿”。之后陆续搜寻到刘先生的旧作20多种，除了自著，还有不少是为人写的序跋文字，留下了不少珍贵的文坛史料。记得最真切的是他于1945年10月12日为舒新城、刘济群所著《十年书》所写的序，其中讲到的一段话至今记得清楚：“《十年书》并不是一本纯粹的情书，他们写信的态度相当严肃，并且时时不忘记人生问题、修养问题以及社会问题的讨论，有许多地方很可作为青年修养的参考书。”

刘大杰于1926年初赴日本留学.先是补习日语，第二年考入早稻田大学研究科文学部，专攻欧洲文学。在校三年写些短文寄回国内发表，以稿费维持生活。甚至他还在留学期间写有两部戏剧剧本《白蔷薇》和《死的胜利》，估计也是为了以稿费补贴生活。1930年回国后，出版了《她病了》等著作，并在大东书局任编辑，负责《现代学生》杂志外国文学和翻译作品，至于他写的剧本是否曾排演或演出过，未见任何记载，大概也只是“纸上谈兵”吧……

人确实很奇怪，只要与自己有过接触交往的，大多喜欢搜寻与之有关联的“东西”，供以后的捉摸“阅读”。我对于刘先生，这种兴趣更浓，内心怀着一种想弥补与之交往贫乏的缺陷。于是开始读他，1940年出版的《中国文学发展史》是他的成名作，之后为了适应形势的发展而不断修订，曾出过经修订的三卷本，修订本受批判后，只好再修订，修订的反复，使他的影响反而大了，名气也大了，直到毛泽东在“文革”中与他围绕此书畅谈了4个小时，给领袖留下很深的印象，也便有了刘先生在“文革”中受保的高级待遇。读过刘先生此书所有版本后，就好像在读刘本人，扭曲的人生，糅合浪漫的个性，却又要在强势之中应境，实在是难为刘大杰了。

刘先生那些早期的版本，虽然还透露出一些稚气，但不失天真本性，读来更像是在与刘先生面谈，也算是一大幸事。

像刘先生这样的人，现在已经很少了，去一个少一个，虽留下“子女”一大串，但如果不再重版，也便越来越少见了，真可谓读一本少一本——文化的悲哀，早已展现在了读书人和非读书人眼前……

想施昌东

提到施昌东，我就会“想”，想他的人，想他的书，那是一种对挚友的想念。

我在复旦大学中文系读书时，曾与施昌东先生有过一段较深的交往。那时中文系全体师生到上海宝山县罗店镇农村，美其名曰“备战疏散”，其实是把师生分散到农村，生怕窝聚在校园里会生出“麻烦”。平时，我们干农活，还不时学习“最高指示”和中央文件。下雨天则在农民家中看书、闲聊。我与施先生同住一屋，他就睡在我的旁边。施先生是个沉默寡言的人，一口温州普通话，开始还真的有点听不懂，但听惯了也感到十分亲切。我与他什么都谈，谈家常，谈家庭，谈情感，谈事业，谈学问……我也从他的谈话中知道了他的坎坷经历，这些经历吴中杰先生在《海上学人》都谈到过：他年轻时为了考高中，曾向别人借了一张普通初中的毕业文凭。“施昌东”本不是他的名字，而是文凭上的人名，从此他舍弃本名“施昌骥”而改为“施昌东”。此人是“托派分子”，而施昌东背着托派嫌疑犯却不知。直到1955年被卷入胡风案件才知有此事，待问题全部弄清楚，他已在监狱关了一年多……但是，讲到这些往事时，施先生却显得相当平静，似乎从没发生过。

施昌东著《“美”的探索》封面

我们在一起也谈他致力研究的美学，他还偷偷把两厚本《“美”的探索》书稿从军用书包中取出给我看，因怕被人发现，我只粗粗看了开头几篇文章，最终遗憾于没全部看完。当时我就问他：你吃了那么多的苦头，为何还不放弃对美学的研究？他爽快地回答：“生活虽然很丑……”丑恶二字未说出，随即改口："……坎坷，但我对美的探索是不会改变的！"他很警觉但说得平静。那天晚上，我失眠了，始终在想一个问题：丑恶的现实与美好的精神，在某个层面是可以完全剥离的，就像地狱与天堂……他完全摆脱了现实地狱，以及从地狱到天堂的中间地带而直接进入了精神天堂。像施昌东这样的人很少，哪怕他死了，也还是在天堂！

后来，师生全都返校"复课闹革命"。此时离我毕业分配也已经很近。等我回到学校后，不知何故很少再见到在中文系图书馆工作的施先生。等我得知自己被分配至贵州省盘县特区后，我和施先生在校园里见过一面，当他得知我的分配去向时，只是默默点头，记得并没有说什么勉励的话，好像只记得说过如果书出版，就送一本给我留念……他还说自己正忙着查阅资料，是在为下一部书收集资料……从那以后，我就失去了他的音讯。直到我调回江苏省南通日报社，担任复旦大学南通校友会秘书长时才回过一次母校，并得知施先生早在几年前就离开人世……隔了多年，才知死讯，内心不免难过而愧疚，责怪自己为何不与他保持联系？何况他还曾托人打听过我的一些近况……一想到在罗店时的朝夕相处，想到那部美学巨著的手稿，我的眼睛湿润了。我特地来到中文系旧楼前，为一个有个性有才华的美学家英年早逝而祈祷：你是属于"精神"的，直至永远！

从那之后，我一直想得到施先生的《"美"的探索》，然而几年来杳无音讯，得到时却纯属偶然。那天我到上海图书馆翻阅资料，在返回时突然想要到瑞金南路新文化服务社，脑子里居然会闪出一个念头：在那里可找到施先生的著作。我在书架前来回找了很久都无结果，正要离开的一刻，突然发现《"美"的探索》就在手边。此书上海文艺出版社 1980 年第 1 版、1981 年第 2 次印刷，共印 2.5 万册。一阵兴奋，书没拿稳掉在了地上，当我把书捡起时，只感到那是"缘分"，是施先生在"天堂"的一种召唤！

从"出版说明"中，我还得知了一些未知的信息："作者长期以来，利用业余时间写成的一部关于美学问题的论文集。……作了较为系统的探索和研究，提出了自己的见解。同时也对我国有些美学研究者的观点提出了一些商榷的意见。我们本着'双百'方针的精神，将本书出版了。希望它的出版，能对活跃学术空气，深入展开美学问题的讨论起些促进作用。"可见，当时出版此书还存有不同看法，但毕竟是出版了，这对施先生来说是最大的支持。施先生在后记中也讲到自己写此书时已患绝症，但仍坚持着把书完成。他说，书籍出版后，受到读者欢迎，有读者写信关心他的身体，并把一些治疗癌症的中草药方寄来，他是流着眼泪写完此书的……看到这里，我也忍不住地流下了眼泪……

从那以后，我着意搜寻施先生的著作以及藏书，几年下来仅搜得两种他签名的藏书：《文学概论》(本间久雄著，章锡琛译，开明书店 1930 年 8 月再版)和《新

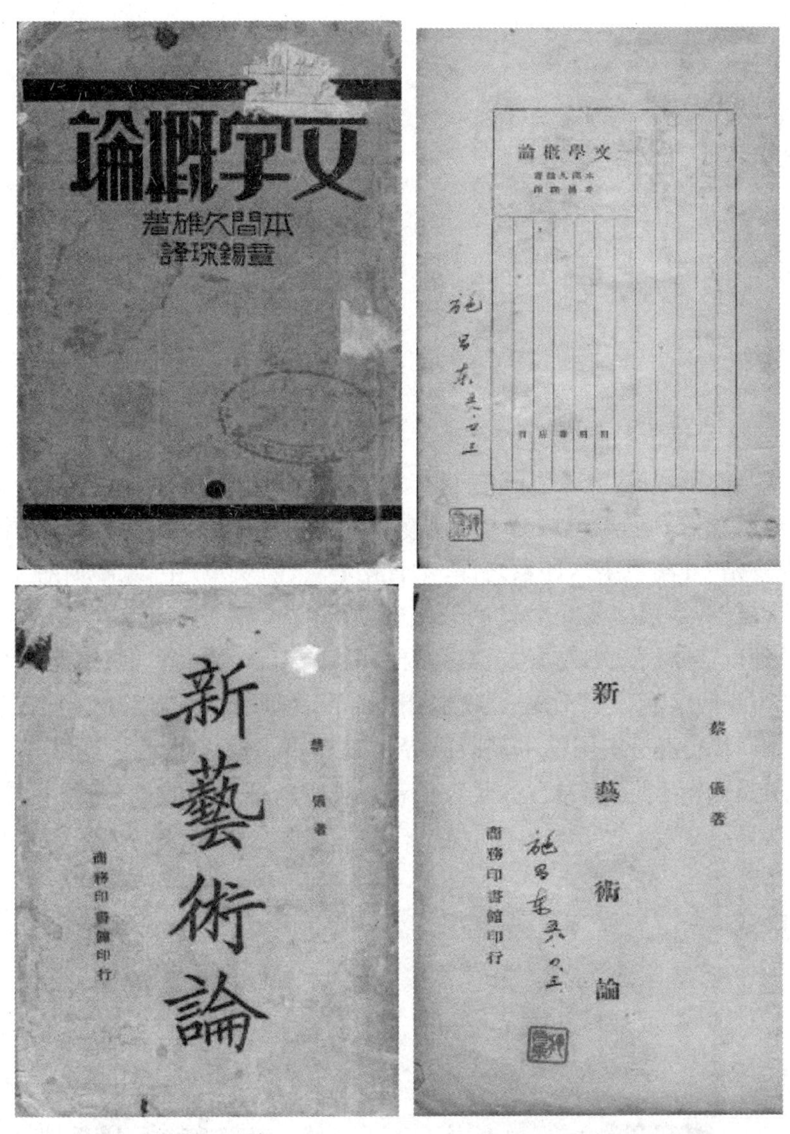

施昌东自藏的《文学概论》和《新艺术论》封面及签名盖章的扉页

艺术论》(蔡仪著,商务印书馆 1946 年 9 月上海初版),扉页上题有“施昌东　五八.四.三”,并盖有朱文印“施昌东”,猜想是他同时收藏、同天题签的,25 年后的 1983 年他离开人世,又过了 20 几年,他的藏书到了我手上。

在我手上,既有施昌东自己写的书,也有他收藏过的书,对一个藏书者来说,绝对是一种完美——我拥有了一个完整的“施昌东”……

可扬版画

在我与旧版本的“交往”中，较早接触的是木刻版画的版本，这与父亲有关，他是一位雕塑家、画家，同时也是版画家，家中曾藏有几乎所有木刻版画的旧版本，我也算是“耳濡目染”，印象之深，刻骨铭心。在“文革”中，家藏所有木刻版画旧版本全被抄，等最终发还时只剩一些破损的版本，其中就有杨可扬的《新艺散谈》以及他以“阿杨”之名与野夫、克萍合著的《给初学木刻者》，两书均属“新艺丛书”。记得当时父亲说了不少有关木刻版画的话，原话早已忘得一干二净，大体意思还能回忆得起：中国的木刻版画界也是有不少流派的，像杨可扬等人是中国木刻用品合作工厂“出身”的，是在艰苦环境中磨炼出来的；李桦等可看作是南

新藝散談

版權所有 · 不准翻印
民國三十三年八月出版

作者：阿楊

發行：中國木刻用品合作工廠
福建崇安赤石

出版：中國木刻用品合作工廠
福建崇安赤石

印刷：東南合作印刷廠
福建崇安赤石

實價國幣

《新艺散谈》封面和版权页

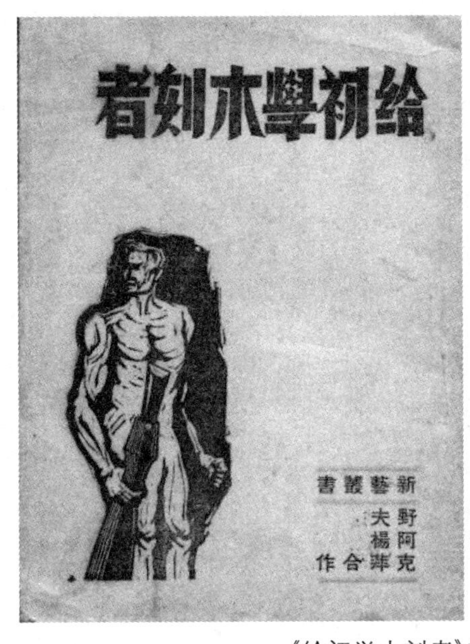

給初學木刻者

版權所有・不准翻印
民國三十五年二月出版

作　者：	野夫・阿楊・克萍
發　行：	中國木刻用品合作工廠 福建崇安赤石
出　版：	中國木刻用品合作工廠 福建崇安赤石
印　刷：	東南合作印刷廠 福建崇安赤石
實價	元

《给初学木刻者》封面和版权页

方“现代版画派”；古元等则是“延安派”，北方味极浓，《北方木刻》主要收入了他们创作的作品；说到他自己以及莫朴等人，则归之于“新四军派”……这样的分类是否准确，姑且不论，记得当时我还处于未启蒙的阶段，只是洗耳恭听，最终的结果是把这些残本全都收入囊中，这些版本从此也便成了我的第一批木刻版画藏本。

杨可扬的这两种旧版本就此开始随我周游了半个中国，最终回到了上海，并以此为起点，开始了新一轮真正的搜寻木刻版画旧版本的历程。

在版本收藏中，似乎有一条不成文的规矩：带图的书比文字书要贵，即使是文字书，如果其中有几幅插图，也会贵于纯粹的文字书。因此，我在搜寻木刻版画版本时所费的“银子”实在不少，且还不可能全部搜全，但一些公认的好版本是不会漏掉的。如鲁迅等编辑的五种“朝花夕拾”，良友版的木刻连环画四种，以及《英国版画集》、《法国版画集》、《苏联版画集》、《抗战八年木刻选集》、《新木刻》等，直至搜寻建国初的一些版本。其中有一种就是大东书局1950年版的两人合集《可扬延年木刻选》。“可扬”即杨可扬，“延年”即赵延年。当时收进的价格已是500元，如今肯定翻倍。收进此书后，我就请与我同期从南通调回上海的杨可扬的公子杨以磊携书，请其父补题扉页，杨先生的题字是：“五十年后见到此书，完好如新，弥足珍贵。可扬　二〇〇三年十月”，并盖一枚朱文印。之后，我还获赠题签本《杨可扬画集》、《可扬藏书票》等，这样也便把杨可扬的“版画历程”串了起来。而从内心讲，我最为钟情的还是那两种出自艰苦时期的土纸本，感觉到了沧桑，也感觉到了粗糙的纸张如同杨老额上的细细皱纹……

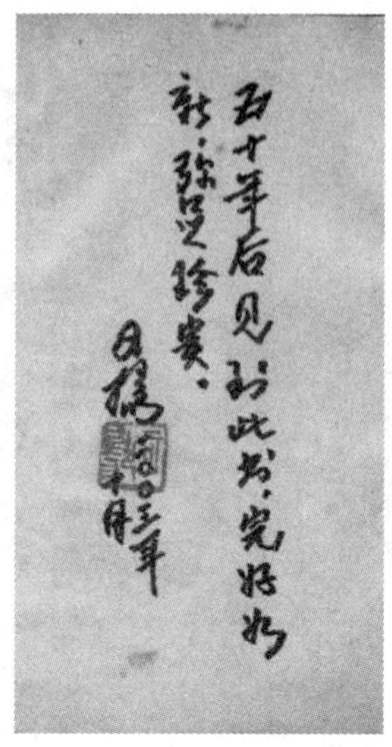

《可扬延年木刻选》封面及补题签

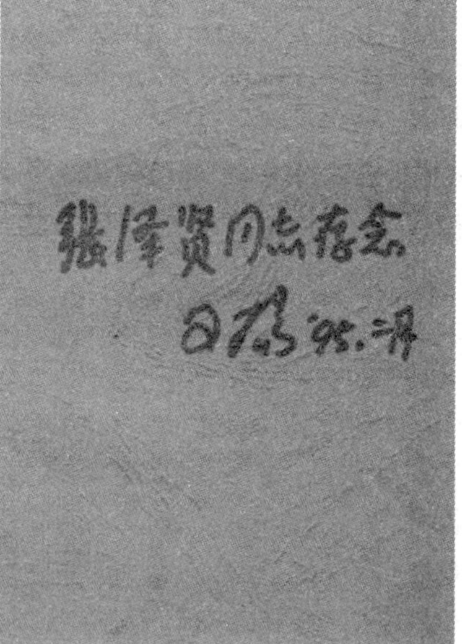

杨可扬赠《可扬藏书票》封面和题签

当年在南通，我以《南通日报》“星期版”编辑的身份，在以磊家中拜见了正在南通度假的杨可扬夫妇，并采访了杨先生，发表过一篇“专访”。记得那时的杨先生虽已 70 岁出头，但看上去只有 60 岁，脸上好像连皱纹都没有。专访的内容已经记不起来，刊登过的报纸手头也已经不存，记得杨先生生于 1914 年，浙江遂昌人，原名杨嘉昌，笔名“阿杨”，自幼酷爱绘画，靠自学成才。1937 年师从马达学习木刻版画，之后加入中华全国木刻界抗敌协会，并与野夫等在浙江丽水、福建赤石创办了中国木刻用品合作工厂，从事木刻用品生产。1946 年到上海，被选为中华全国木刻协会理事专职驻会办公。1949 年后专事美术编辑出版工作……记得在交谈中也提到过这两种土纸本，说到《新艺散谈》时尤为感慨：“我很少好好读过什么艺术理论方面的书，自然更谈不上研究。但当一个人生活在实际工作中时，不免要遇到困难，为了不使工作受影响，不免要设法克服它，就在这不断遇到困难和克服困难的过程中，获得经验和知识。我平常很喜欢写写，于是就凭着这些零碎经验和感想，写下了这 20 几篇小东西。主要是为了给自己留个小纪念，并为刚开始从事木刻工作的同志以一点参考。”

中国藏书票艺术的历史相当短，从叶灵凤发表《藏书票与我》和《藏书票之话》的文章起，到现代创作版画研究会李桦、唐英伟等人刻制的藏书票，前后只有几年时间。当年我在采访杨先生时也曾提到过这个问题，记得在以磊家中的墙壁上还挂有一幅李桦刻制的藏书票。那时杨先生已经开始创作藏书票，并为一些文化名人如巴金、施蛰存、林放、贺友直等制作藏书票。当以磊拿出父亲为他和太太以及女儿刻制的藏书票，摆放在一起时，也便形成了对比强烈的装饰感，构图的简洁洗练，线条的粗黑有力，套色取法于民间艺术的单纯和亮丽，无疑形成了杨氏的独特风格。杨先生当时是否说了什么精彩的话，已经难以记起。后来从其他资料上发现，这句精彩的话应该是：“在日常生活中发现原始朴素的美，在此基础上经综合、集中、概括和提炼，并赋予积极的社会意义！”

那次采访是我第一次见到杨可扬先生，现在回想起来，留下了两个遗憾：一、没有请杨先生为我刻制一枚藏书票；二、采访时未带上《给初学木刻者》和《新艺散谈》，失去了请杨先生重新补题的机会，之后虽有几次机会，却都又错失了。待我调回上海，请杨先生补题《可扬延年木刻选》时，却又怎么也找不到那两种土纸本，等找到时杨先生已住进了华东医院，之后就一直未出来……

也许，我与杨可扬的“缘分”仅此一回，余下的“缘分”会由他的公子杨以磊“续缘”。我的一枚“南浔藏书”藏书票，就是由以磊先生为我刻制的，图案是民间玩具“竹节蛇”，如今已经少见。至于以磊先生为何选用“竹节蛇”为藏书票的图案，我好像从未问过他——也许，不问更具神秘感。当年以磊共印制藏书票 10

杨以磊刻制的“南浔藏书”书票

枚，全都编号签名，之后我又印刷了一些，贴在了我的一些藏书上。

如今，杨可扬先生已经仙逝，留下了一大批令人爱不释手的藏书票；他的公子杨以磊和太太远涉重洋到美国，在为孙辈的日常生活而操劳。

可扬版画，可扬藏书票，可扬版本，可扬命运……看似彼此独立，却又有着内在关联，命运之悠长，唯有版本，哪怕是木刻版画，还是版画藏书票，只要给后世留下痕迹就好！

与朱金顺书

在现代文学研究学者中，我有些崇拜者，其中最让我记挂的是北京师范大学教授朱金顺先生。

我与他从未谋面，仅有十几通书信的“交往”，如此的“崇拜”，已经超乎于一般相知层面而达到“神交”。朱金顺的大名以前曾听说过，但决无一丝一毫的形象概念，而真正形成概念的交往来自于阅读。2007 年 3 月 26 日，我在上海福州路上海古籍书店购得河北教育出版社“书林清话文库”中的《新文学资料丛话》，作者便是朱先生，书名称为“资料”，朴实到了极点，绝无当今那种“拉大旗作虎皮”之唬人状，直觉作者是个极其低调者。书前有作者演讲照一帧，像在座谈会发言，形象朴实，是个走在大路上随时都能见到的形象。之后从网上购得朱先生的另外两种代表作：《新文学资料引论》和《新文学考据举隅》，再之后得到朱先生的签名赠书《朱金顺自选集》，读过所有文字，行文朴实，内容厚实，绝无蜻蜓点水之形，也无故弄玄虚之态，更无文过饰非之情，是个老实学者在做老实事！

朱金顺先生给我的书信和明信片 13 通，从 2004 年始，大多一至两页，最多者 10 页，所谈大多是我与他之间的私事，有时也言及他人他事，这些“他人他事”一般讲需避讳而隐去，但从现代文学版本研究的存史角度言，却又是十分珍贵且必须留存的，而且这些文字在《我与书的自传》中也是不可或缺的一章。不过，信中如直呼其名时，仍隐真名而以“某某”代之，采取“就事不就人”的老办法。

此文虽取名《与朱金顺书》，但因篇幅关系不可能所有通信都公诸于世，而只能选择五通较为典型的刊登（第一通为全信，其余四通为摘要信），并作注，以揭示我这个学生与老师之间的关系及彼此间的差距，并想给读者一个印象：交友，哪怕是不见面的“神交”，也都要选择比自己水平高出起码两至三个台阶者，这将终生受益！

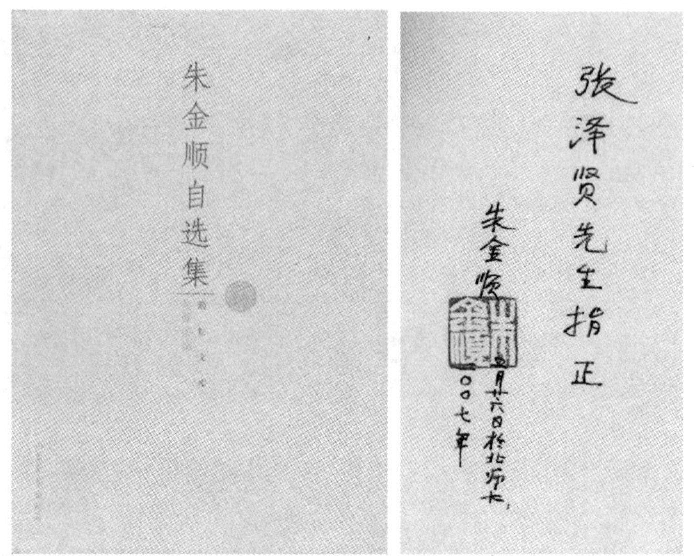

《朱金顺自选集》封面及题签

2004年4月26日全信：

张泽贤先生：您好！

我是您的大著《民国书影过眼录》的一个读者，读后冒昧地写这封信，原谅我的打扰。读大著后，感触良多，新文学版本中较好的，竟然都这么贵了，这真是想不到的。我如今已68岁，是北师大中文系的一个退休教师。当年我也热衷买新文学书籍，那时是多么便宜呀！如今涨钱是应该的，但涨这么多，却想不到。

大著读后，有几点奉告：(1)我有《忏余集》，是完整的，从目录到书本，都不缺《沪战中的生活》一文，您那本缺它，恐非"被审之删除"。我猜您所藏可能是售书之店家或此本之前一个藏者所为，因抗战期间之避祸吧，不知对否？(2)第61页刊布之"开明文学新刊"目录，所缺不少。我有《栖凫村》(阿湛著)一书，也是"开明文学新刊"之一种，为1949年4月之再版本，此书书后，有"开明文学新刊"目录两页，今复印寄上，可参考。但是此目录上并非该丛书之全目，仅40年代末又重印之品种也。这个丛书前后出了近20年，收入之品种甚多，而且前后并不一致，如《背影》、《倪焕之》等，开始并不属于此丛书的。还有巴金的《梦与醉》也是丛书之一种，两份目录上均无之。"开明文学新刊"极好，有志收齐它，很好，努力吧！(3)《冰心小说集》为"冰心全集"之一；《冰心散文集》为"冰心全集"之三，看版权页可知；您缺《冰心诗集》，为"冰心全集"之二。因为您的《冰心散文集》为精装本，否则封面是一样的。1932—33 年所出之"冰心全集",有收藏价值,找所缺那册吧,32 岁就编"全集",少有呢!(4)第 86 页讲《雪》,有些小误。1933 年初,巴金写了《萌芽》,8 月由现代书局初版,2000 册没卖完就被禁了。巴金重写结尾,还改了几个重要人物的名字,改名《煤》,交开明书店出版,登出预告,就被通知停印。巴金不服气,买下纸型,改名为《雪》自费印了一版,委托生活书店秘密发行,版权页上署美国旧金山平社出版部,时间为 1935 年 1 月初版。后来,图书杂志审查委员会因"闲话皇帝"案停顿时,《雪》才交文化生活出版社出版,使用的还是上述那个《雪》的纸型。列为文生社的"新时代小说丛书"之一种,1936 年 11 月初版。这就是您收藏的这个版本了。它与托名美国平社的那个版本,虽为一个纸型所印,但毕竟不是一个版本呢。文生社这个《雪》的初版本,也很珍贵了。

请原谅我的啰嗦。我也曾是一个新文学版本的热心收集者,虽然现在体力和经济条件都不允许这么做了,但见到热心收集的朋友,不免引为同调,说了以上该说和不该说的话。

草草此上,并颂

近吉!　　　　　　　　　　朱金顺 2004 年 4 月 26 日

注:拙著《民国书影过眼录》出版于 2004 年 1 月,4 月便收到素昧平生的朱金顺先生的来信,既作了自我介绍,也感叹了旧书价格之昂贵。书中主要内容是对我所介绍的四种版本的指谬。这四种版本的情况确实有点复杂,如在未见所有版本之前,十有八九是要豁边的。而我在写这些文章时,确也心虚,有点拿捏不准。果然一下笔就出了错,还好得到了朱先生的指正。读了这通来信,第一感觉是:他是个送上门来的老师!

2005 年 11 月 9 日摘要信:

大札并致王雪霞函,今日收到。读后,知您对我那短文,极为不满,认为不适用此形式讨论。我倒认为,这种学术讨论,并无不可。我并无恶意,只是提出些商榷而已;我想先生可以平常心对之,书出版了,文章发表了,有些不同意见,不是很正常吗?我常写些短文,也常收到不同意见,我都是欢迎的。读大札后,再次表示歉意;但我觉得并无什么欠妥的,您似不必生气。

大江书铺版《艺术论》封面,前些日子我也看有文章说是冯三昧设计的,好像还有一个动人的故事(忘了什么报刊上发表的,老了!)但我依据的是钱君匋《忆鲁迅先生》,似也不算无根据。"艺术论"三个美术字,没有根底者怕写不出，因之我相信钱说。当然，您也可以相信冯说，大约也是回忆吧？那么，我们恐怕是各自有一半可能，也许竟是第三者呢！但我想，不是鲁迅先生设计，咱们不是看法相同了吗？这种讨论，应当是允许的……

说到《旧书信息报》上那短文，是这样的。大约在年初，读到报上说您的新著《书之五叶》出版了，我就想起了您那去年8月13日信上，说是有本暂定名"书之五叶"的大著要出版，"如能出版的话，定请先生指谬"。后来，托沪上友人设法买了一本。读后，感到选题很好，有新意；但写得粗了些，有不少错的地方。我向来认为，考据是琐细的，但也是来不得半点疏忽，切忌随意性。后来，写了些札记，又想，反正书已出版，写信告诉您，只一个人知道，写篇短文，告诉作者和读者不更好吗？

注：从2004年的第一通书信始，到2005年11月前，我与朱先生大约互致书信五六通，彼此所谈甚欢，也无多少顾忌，信中谈到"讲古代版本，学术界、收藏界看法较一致，到了新文学领域，就不易统一了，也难成系统"；讲到"北京人民文学出版社的《新文学史料》，那叫什么，光发表回忆录，简直是在制造假史料呢"；讲到"书话"有两个问题："第一，书话虽宽泛些，但并非什么都是书话的，目前不少书评，都入了书话书中，那怎么行呢？第二，书话中之史料错误不少。往往是谈手头那本书的，不错；谈到其他，就错了。讲版本，讲史料，一是一，二是二，来不得半点推测；使用第二手、第三手材料，也往往有错误呢！"

2005年1月，拙著《书之五叶——民国版本知见录》出版，10月10日见《旧书信息报》五版刊登署名"乐文"的《〈书之五叶〉失误示例》，"乐文"是谁，不知，只好于13日致信王雪霞编辑，询问作者情况，以求当面聆教。后得知"乐文"即朱金顺先生，于是于27日致函朱先生，并提出我的看法："您我并非不相识，而是早在书信往来中有所了解，原本可以直接写信给我，指出书中的错误，以便再版时可作修改。如今，您通过这种'公开'方式，虽然我并不忌讳，但作为'学生'来讲，确实很希望能得到老师更多更直接的教诲，用这种'公开'的方式，未免是见外了。"我之所以这样写，那是因为在这之前已经收到几位陌生读者指正的函件，陌生者尚且能以函批评，相识者难道就非用这类可能会被曲解的方式呢？上述那信便是朱先生的复信。阅信后，我对指谬的方式仍保留自己看法，但对信中所说"考据是琐细的，但也是来不得半点疏忽，切忌随意性"，还是极为认同，它也成了我在以后的写作中的警钟之鸣，时时回响耳边。

2009年8月18日摘要信：

在7月6日《藏书报》我写了篇介绍您那《中国现代文学诗歌版本闻见

录》的短文，想您见过了。没想到，四川某某先生在《书友》上为文批评，不知见过没有？批评我，也连带了您，告罪，告罪！今将两文复印件寄上，请一阅。

某人此文，是对我来的。前两年，他写文为《玉君》鸣不平，实则是借说鲁迅等人抬自己。但他文中讲《玉君》版本处，则是错的。我为文指出，这样结了怨。

我说明如上，请勿在意也！

9月3日摘要信：

我1959年毕业于北京师范大学中文系，毕业留校，工作了一辈子。按学校规定，1997年61岁退休，因手头工作没结束，又返聘了5年。如今已74周岁，退休在家，有时写点小文章，算是找个事做，打发日子。常为《藏书报》写短文，讲讲民国版旧书，写写书话，倒没有遇到什么麻烦。也写过些挑别人硬伤的文字，好像也没有如某某这样的记仇者。他忘了我过去的好处，也忘记了他给我之信中那些吹捧！

9月25日摘要信：

近年您写了这么多大著，令人钦佩。您送我的十一册，加上沪上友人替我买的五册，共十六册。这巨大工程，几年完成，太感人了。您这些著作，太好了。尤其是七册"闻见系列"，向读者展示了那么多新文学书籍的封面和版权页，这对研究中国现代文学的青年朋友，可太有用了。我已74岁，这些封面我还有不少是第一次见到；我是从年轻时就关注新文学版本，那么一般研究者，恐怕就要少见过了。您的书中，注意版权页，将它影印出来，这对学者太有用了。总之，谢谢您对中国现代文学研究界做出的贡献！

来信中讲到了"硬伤"，这么多著作，又是几年来完成的，我想，硬伤是难免的。认真做学问的人都知道，学术著作中是不可能没硬伤的，有了改就是。同行中互相商榷，是正常的，大家都该欢迎。但如某某那样讽刺、挖苦，是不必要的。

注：上述三通书信的摘要，其实是在讲同一件事，因此放在一起作注。这件事是：朱先生于2009年7月6日《藏书报》"新书品藏"栏发了一篇评论拙著的文章：《〈中国现代文学诗歌版本闻见录〉很有价值》，结论是"张先生这类书越写

越好，为广大新文学研究者和收藏者，提供了珍贵的资料。作为一个从研究新文学版本路上走过的老头儿，我说一句：感谢张先生的撰述，希望他不断写下去”！之后，有人在博客和民间报纸发文，以挖苦、讽刺的口吻指责朱先生，连带着我，并把北京的一些作者也一起刮进，笔锋所指，所向披靡，但因心态与口吻不对，让人感到好笑。被挖苦与讽刺者，全都三缄其口，懒得回应。我则有点“忍不住”，在当年新出版的《中国现代文学小说版本闻见录 1934—1949》的《自跋》中“发泄”了一下，读者如果感兴趣，可以当作“遥远的故事”来读。之所以这样说，原因有二，一者时间已过三年多，人老事旧，没了新鲜感；二者时间虽过很久，但新文学版本的研究界好像并没有什么大的改观，营盘照样壁垒，好心的评论者虽以绅士气派超然评判，却未想到评判之箭会成为营盘的枪，把正常的批评与反批评变成了一场混战。“正常”，在批评界看来永远是“不正常”，更何况朱先生也曾对某某进行过表扬，时过境迁，一切又都倒了过来，似乎什么也没有发生，或者说发生了所有的一切，对此我是很感慨的，不知朱先生作何感想？

因此，我仍持老观点：“公了”不如“私了”，写封信比公开发表为好（除了非公开不可的），因为这样更符合“不正常”的潜规则，也更具新世纪的人情味！

《季修甫文集》

季修甫

前几年收到南通朋友万瑞荣转寄的《季修甫文集》三册，文集封面范曾题签，丁芒题扉页，中国文联出版社2005年7月初版，读后想起与季老的交往，当时就想写点文字，可惜一直忙于杂务而未能如愿，如今趁写书之际，附上《我与书的自传》中不可或缺的一篇。

季修甫先生，并非名人，但他在南通一方土地上名气却很大，人称“老古董”。他对南通历史名人的“吃喝拉撒”大多知道一二，对纵横交错的老街上的名人故居也了如指掌，因此他对保护老街倾力最多、呼吁最疾，为了表达自己的意见，除在报刊上发文，还油印材料分送市里的“四套班子”，因此官方、民间从上到下都知道南通有个仗义执言的“季胖子”。

与季老的相识，真可谓“不打不相识”。1985年，《南通日报》创办“星期版”，我负责编辑副刊“广玉兰”，有一次收到一篇杂文稿，署名“庥圃”，已记不起稿件的内容，好像是谈城市改造的。一纸稿件，蝇头小楷，有些字潦草不清……老编辑告诉我，作者叫季修甫，“庥圃”是其笔名，此人有个怪脾气，别人改动他的稿件会很恼火……我看过稿件后认为可用，但错字要改，潦草字要写清，某些措词要微调，改得更通顺些。稿件在副刊上发表后，这位会很恼火的季先生出现在了我的面前，一副“兴师动众”的样子，让我这个年轻编辑有点“吓丝丝”。经过一番“较量”，他对我的说法有了认同，态度也变得委婉多了。临走时他扔下了一句话：“我的稿子别人不敢改，就你敢改，我佩服你！……不过，改得对，我还是很高兴的。”我一直把他送到门口，嘴里不停地说：“冒犯，冒犯，请原谅！”这之后，他的稿子源源不断送来，我编的副刊也接二连三发表他的大作。有一次，我在报

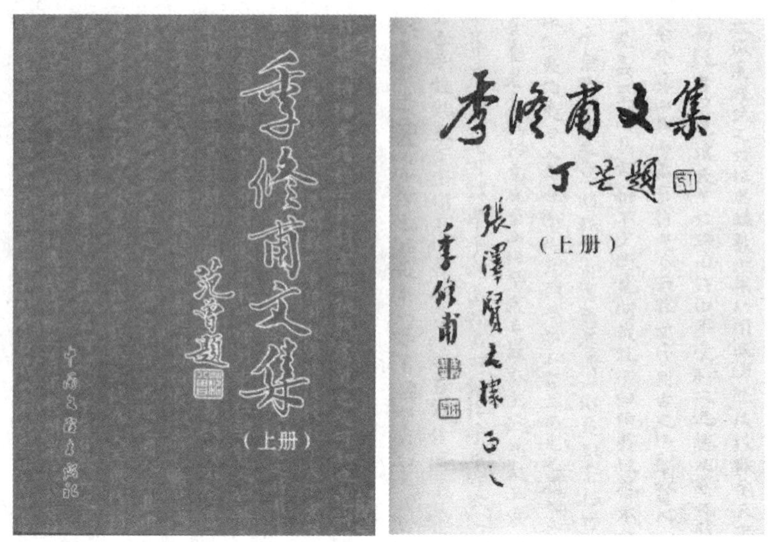

《季修甫文集》封面和扉页题字："张泽贤老棣正之"

社走廊碰到《南通日报》总编辑，他拉住我说："季修甫在我面前表扬你呢，说你是编副刊的料子……他这人很少说人好话，看来你得到了他的认可！"

从此，季老三天两天地朝"星期版"办公室跑，一坐就是老半天，叙国事，聊家常，谈物价，叹拆迁，虽是一些老生常谈，但他以自己独特的思维方式和别样的见解，让人耳目一新，每次与他一席谈都受益良多。之后南通日报社创办《江海晚报》，我担任副总编同时还兼编副刊"夜明珠"，他得知消息后立即赶来祝贺并表达"高兴"："当了官还编版子，是个好现象……你看叶圣陶等人，在未当官前作品层出不穷，之后寥寥无几，那是反常。"从此，"夜明珠"上经常出现他的"身影"，从豆腐块到大块文章，特别值得一提的是发表于 1994 年 6 月 18 日《江海晚报》二三版的《寺街畅想曲》，我还在文后配了评论《挽救寺街》。文章一发表，引起一阵小"轰动"，也触动了相关部门的敏感神经，总算暂时阻止了无知的蛮干。这两篇文字，季老都把他收录在了文集的第一册中，有趣的是他在文后加了一段当时发表时没有的文字，现在读来更觉有趣："此文原题为《愿寺街与南通城区同寿》，编辑将近 6000 字删改，并改今题，在一周后，再发一文，虽非余意，然亦见其苦心，但期保存南通文化，其余则无所谓也。"——看来，他至今仍耿耿于怀我改他的文章……

在《江海晚报》的圈子，我们的作者有"晚报十大怪"之称，10 人中唯季老有资格拔得头筹，因为他的"质量最重"，肚里的老古董也最多，底蕴也最深厚，是当之无愧的"晚报第一怪"。这一称呼，我已经忘记是否告诉过他，他听到后是什么反应，我好像一点儿印象也没有，估计他也会"耿耿于怀"——人老而有童心，那是世上最美的事情！

之后，我调回上海工作，从此大江所隔，彼此只能书信往来，从字里行间看到季老的音容笑貌。我们之间通过几回信，我也已经记不起来了，有些信早已消失得无影无踪。至今保留的只有两通，称我为“老友”和“老弟”，信的内容大多是嘉许与勉励，也谈到文集：“自留 1000 部，多分送友朋，学生，新华书店售去 90 部，据云销路不错。”又谈到“范曾为人所惑，与余在去年‘断交’，余亦任之，唯不置辩，辩亦无聊”。更谈到“余虽老衰，记忆力大减，但心态仍健”，“‘生老病死’正常规律，我也已不在乎了”……

一本书好像已经翻到了最后几页，其实翻过最后几页，仍然可从头再翻起。

想到季修甫先生，就想到了一本永远翻不完的书！

草根作者

“草根作者”，是我在郑州召开的上海远东出版社“远东收藏系列”第五届年会上讲到的：“培养‘草根作者’不易，要设法聚拢，不要让它散了！”言下之意是：经过 10 年，就一个专题开了五次年会，全国少见，“草根”也成了大树，业余也成了专业，写手也成了专家，这便是“草根作者”的顽强性和进取心……

我们原本都是些酷爱旧版本的业余爱好者，爱到极致后，心得也便成了文字。文字经出版社精心培育，也便成了“草根大著”，抛到社会中去经受考验和磨励，接受赞扬、鼓励，同时也忍受批评、讽刺，“草根作者”就是在这两种“营养”中从没“偏食”地成长发育。

我所认识的 20 多位“草根作者”，确实值得一记，因篇幅有限，只能选择其中五位有代表性的人物推介给读者。

吴良忠编著《中国皮影》

吴良忠，这是一位我很早就从上海远东出版社编辑黄政一先生处知道的“草根”，浙江永康人，柴油机配件商人，有着浙西山区人的性格，话语虽不多，但句句掷地有声：“我愿以毕生精力收藏旧版本！”在他的一张特殊的名片上还印有“男子汉当拥万卷书”八字宣言。我是先知其名，后阅其书，2007 年看到他与别人合著的《美术版本过眼录(1949—1965)》，之后一年一本，写到三集。那一时段的图书当时少人问津，而如今却已经相当罕见，吴良忠曾经又说过一句气吞山河的话：“我就是要独辟蹊径，填补藏界空白。”他确实成功了，下手早，收获大。据说他的藏书

沈文冲著《百年毛边书刊鉴藏录》

已达30多万册，其中1949年至1965年间出版的画册、画报就有3000多种。见到这位胖乎乎的“草根作者”，已经是2008年在南通举办的第一届“远东收藏系列”年会，当我握住他的手时，感觉是老朋友相见，他笑着说：“老哥，你走在前面，我跟着你的脚步前进！”几年之后，他的著作一本本出版，而且大多是彩印，我就对他说：“如今我们在同一个起跑线上，让我们立正、稍息、起步走……”第二次见到他时，是他作东道主，在浙江永康召开的第二届“远东收藏系列”年会，这才见到了他的“庐山真面目”：他的柴油机配件店，上下两层，到处是用纸箱装的配件，也有不少纸箱内装的是书，被他戏称为“书货混装”。那天他只拿出几种建国初期出版的大型画册和一些少见的新文学版本。据当年去过他家五层楼房的上海远东出版社社长张跃进和编辑黄政一说，20余万册书就放在那里，地板、楼道、房间，只要有空隙，除了书还是书……1987年初，吴良忠“下海”经商，手中的钱多了起来，钱的大部分买了书。他说：“我搜书的过程和其他搜书者一样，初级阶段是‘见山是山，见水是水’，不论版本、印量捡到篮里都是菜。后来总算悟到了一个道理：专注于一项，搜寻1949年至1965年带图的书，从此就有了意外收获。”这些书除了成为珍稀的收藏版，还为他以后著书打下了扎实基础，成了一座挖不尽的宝库。他一路走来的轨迹相当清晰：爱书，赚钱，买书，写书。

沈文冲，是我在南通报社工作时的朋友，也是在我编辑的副刊上经常发表文章的文友，曾用笔名孟阳、梦羊等。他的大著《梦羊小品》的序就是我执笔的，其中写道：“文冲先生是平凡的，他的著作也是平凡的，但平凡得使人‘玩味’。”平凡，这正是文冲的特色。他于1955年出生于江苏海门三厂镇，高中毕业后当过农民、村团支书、民兵营长、乡水利测量员、文书、县广播站新闻干事，南京大学中文系毕业后，在江苏南通地区行政公署机关工作，后调江苏电视台南通记者站当记者、主任记者、驻南通办事处主任兼记者站站长等职。采访摄制的电视新闻曾获全国优秀电视新闻三等奖、二等奖和特等奖。如果按照他的“发展轨迹”，当个电视台台长、广播事业局局长也都是可能的，然而他却一头撞进了“书的怀抱”，读书、淘书、著书，特别是淘书，把家中三室一厅的房间占据了一间，从地到顶全都堆满了旧书，曾著书多种，“藏书家”之名当仁不让！他曾被评为南通市和江苏省“新华书缘杯”十大藏书家之一。然而我更关注他的是著书特色，特色就是“毛边本”的收藏与研究，曾出版过《百年毛边书刊鉴藏录》和《毛边本情调》等，当仁不让地成了收藏与研究毛边本的专家。其实更值得记上一笔的是：我与黄政一先生相识，就是由文冲兄牵线搭桥的。当年政一夫妇新婚燕尔，应文冲之邀到南通一游，那日假座我一朋友开的饭店吃饭，我也正在那里庆祝五十寿辰，上海话成为名片，彼此一介绍，也便相见恨晚……之后，我调回上海与政一联系上，从此也便演绎了我写书、他编辑的“好戏”，而“好戏”开场的最先一阵锣鼓，就是沈文冲先生敲打的！

由国庆，天津人，民俗学者、传统广告文化研究与收藏家。我认识由先生是在2010年上海远东出版社在天津举办的“远东收藏系列”第三届年会上，在这之前还看到过不少他以笔名“点子”写的有关老广告文章和书籍，描写的对象大多是女性，难怪报人罗文华说他是“吃软饭的”。在年会上还看到了他的大著《老广告里的岁月往事》。书中也有不少的美女形象以及描写女性的“香艳文字”，这让我怎么也无法与眼前的“北方大汉”联系起来，粗犷与细腻，如此和谐地统一在一起，这是我没有想到并感到震惊的。他只是笑笑，没有正面回答，而是说：“您是老前辈，我和您合个影！”亲切的话语，举手抬足的温文尔雅，让人感到一种挚朴的温暖。他在此书的后记中说：“每个人都是生活的角色。我甘愿做那拾取历史碎片的淘宝者，甘愿做那爬格子的苦行僧。遗存的不断显现会让曾经的生活故事更加动听，希望这些老广告里的旧闻与美貌能给您带去温暖，哪怕只是点点光影、丝缕热度也是我高兴的事。”不要小看了这些点点光影和丝缕热度，正是这些东西填补了“中国广告史”文字史料、实物的空白部分，而这些“空白”，正是靠由先生经年不断地在各种场合和各种机会中，从散佚各处而搜寻到的广告实物。他淘得的第一件藏品，竟然是破碎穿衣镜背面的一张衬纸，纸上印着“谦祥益”的老广告，居然让他激动得半宿没睡着……他的藏品日益增多，对老广告文化的挖掘研究也逐渐深入，不过要把老广告的“历史文化特征”弄清楚，哪怕是一枚商标或一张烟画，要解读来龙去脉也非易事，而由先生凭着毅力与悟性，一点点解读了。试想，在如今拜金而浮躁的年代，如果没有一点“痴迷”和“板凳一坐十年冷”的精神，能有积沙成塔、集腋成裘的成就吗？年会之后我回到上海，还收到过他编辑的一些文字资料，其中最让人动容的是他与母亲的情感，一个孝子，白天上班，业余时还要钻研老广告，回家还要侍奉卧床多年的老母，却又有如此多的成绩，已出版的有《老广告》、《再见老广告》、《津沽旧市相》、《中国糕点话旧》、《鉴藏老商标》、《与古人一起读广告》、《老广告里的香艳格调》等，这难道不让人震惊？我在想，一个人一辈子如果能把握住钻研方向上的“细微”，坚持10年、20年，势必会修成正果，由国庆先生就是一个最佳典型！

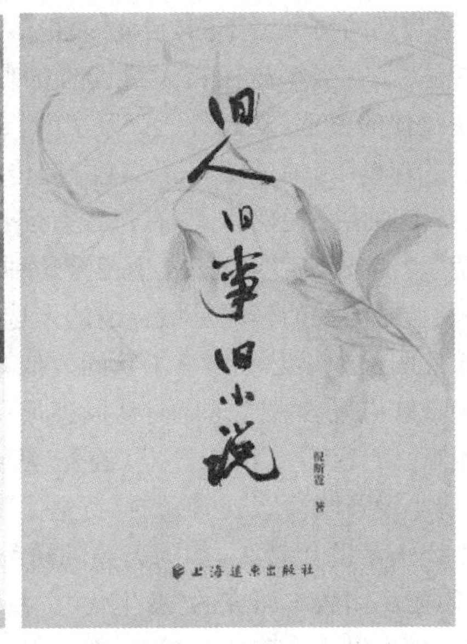

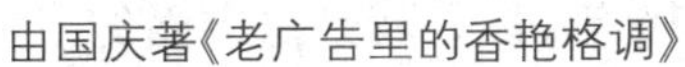

由国庆著《老广告里的香艳格调》　　倪斯霆著《旧人旧事旧小说》

倪斯霆，天津人，在上海远东出版社“远东收藏系列”天津年会之前，我对倪先生一无所知，只隐约记得在《上海滩》杂志曾见到过他的大名，因为他的名字较为特别，不过仍如同陌路，一晃而过。远东版“天津板块”图书的大规模出版，这才使我关注起这位写有《旧人旧事旧小说》的倪先生。全书一读而过，第一感觉是“大气”。文之“大气”，并不在于题材，而在于行文的舒朗和流畅，时有机智的幽默与调侃，且不落雕琢之痕迹……在倪著中，我读到了这些令人感奋的元素。直到天津年会，我才真正面对面地注视了这位令我读后会感奋的作者，北方大汉，宽脸，如同武将，长发，不落俗套——与我读后想象的感觉形象是吻合的。我同他握手的第一句话是：“您是艺术家！”他大笑，说道：“不敢，不敢，您才是老前辈！”两者的语境语感有着奇怪的间离感，令我俩大笑起来——这就是“倪斯霆”——天津形象！那天他开车来机场接我们，随后在南开大学会客厅里陪我们闲聊，我这才从他人口中知道他的“庐山真面目”：天津市出版传媒集团《书报文摘》报社总编辑，中国俗文学学会会员，民国北派通俗小说、民国报刊研究家、收藏家。研究民国通俗小说及天津近现代文学史、出版史、新闻史20余载，是已故民国通俗小说研究学者张赣生的高足。他的媒体总编身份，与我过去相仿，这使我联想到当年留有长发的我初到报社当记者，有一次随市委书记采访，他居然问秘书：那位留长发的人是谁？是谁？是倪斯霆所称“老前辈”的我，只见倪先生举杯走到我面前敬酒，笑容、长发，这让我再次想到市委书记，我直冲着他笑，举杯一饮而尽：是啊！我俩曾在某方面有相像之处……我特别欣赏倪先生的研究成果，他与别的研究者不同，目光专注于本土天津报刊和作家，探赜索隐，勾沉不为人们注意、在当年却拥有大量读者的作家，最为典型的就是掌故小说家戴愚庵。经过他的整理，刘云若近百万字的长篇小说《旧巷斜阳》再版；在宫白羽之子宫以仁的帮助下，他还撰写了《宫白羽传》……我一直认为，天津的特殊地理环境，造就了通俗小说的氛围，有作者有读者，并由北向南扩散。这种氛围就是"闲适智慧"、"侠义大度"，而倪先生正合这种氛围，因此由他来评析研究北派通俗小说，以及与之相关的其他是最合适的人选。虽然我们并未用语言交流这种感悟，但从彼此眼神中早已看出有了认同。他对我说："只有充分掌握第一手资料，在研究领域才有发言权。"这就是认同感最具真理性的话，让我折服，与我共鸣！

习斌，曾任江苏《镇江日报》编委，社会新闻部主任，现任《京江晚报》副总编辑，明清小说及晚清报刊研究的"新生代"。我之所以称之为"新生代"，那是因为他是小我一辈的年轻人，如同天津的研究者马波、王振良、王羽、李力夫、张元卿等，都属于民国版本研究的"新生代"。我曾对他们说的第一句话就是："按照你们的年龄，如果一直坚持走下去，那么不要 10 年，你们就是这方面的专家！"习斌听了我的话，连忙答道："我还刚学步，您才是专家！"其实，什么叫"专家"，只要专于某方面，坐上 10 年冷板凳而不浮躁，拥有了话语权，并非只是虚浮的头衔，这便是当之无愧的"专家"！如今，习先生只有一种大著《晚清稀见小说经眼录》闻世，但从书中文字早已透露出"老到"气息，他以自己 20 多年的丰富收藏和清晰深邃的剖析，早已占据了晚清小说研究的一席之地，一者在这领域内"草根"研究者极少；二者这块领域的研究还处在"方兴未艾"的阶段，有着极为宽广的研究空间；三者他们年轻，且掌握了电脑网络技术的能力……习斌先生是我新近在郑州举行的上海远东出版社"远东收藏系列"第五届年会时认识的"草根作者"，瘦高个，有些腼腆，话语轻声细气，脸上常带着一种淡淡的幽思，让人感觉镇江金山寺的氛围，以及与"晚清"气息的异曲同工。在豫期间，我们谈得最多的是现实工作与超乎于现实的研究间的关系，这也正是"新生代"要碰到的第一个无法回避的矛盾，因为我们就是这样走过来的：以最高的效率完成本职工作，少睡一点觉，把别人打牌、吹牛、跳舞、泡妞的时间用在研究上，持之以恒，心平如

习斌著《晚清稀见小说经眼录》

镜，那么再大的矛盾也不在话下……习先生很认同我的想法，这使我想起了附于《晚清稀见小说经眼录》书末 30 多页的《我的明清小说收藏》，此文就是一个痴迷者的自我写照，让人动容。

以上五位的经历与研究，很值得后来者借鉴。以我私见，起码"借鉴"有五：其一，痴迷，如果没有这点，切莫进入收藏与研究行列；其二，要耐得住寂寞，摆脱某些凡人的欲望；其三，心平如镜，远离浮躁，脚踏实地钻研细节；其四，认清"草根"身份，受赞扬而不虚狂，受批评而不愤怒；其五，自己的职业身份最好是媒体记者或编辑，这种职业"新"的看多了，也便最易切入旧人旧事旧版本，又有着写作的职业技能，一天不动笔会心烦。以上五位起码有四位是媒体出身，可作引证。

我所介绍的五位"草根作者"，有一定的典型性，却又有着"草根"特有的内涵："野火烧不尽，春风吹又生"，是顽强的生命力！然而，正如刘韧在《草根的感激》中所说："草根是相对的，合群之草，才有力量。"

讲得真好！一棵草，只是草，

合群之草，犹如参天大树！

附 录

“远东收藏系列”年会断想

上文《草根作者》，实际是此文的一篇“铺垫之作”。

“合群之草，犹如参天大树！”那么，合群之力来自何方呢？简言之，来自出版社，准确说来自“远东收藏系列年会”。年会，是一股催化和凝聚之力，失了它，草也便只是草，而且是棵羸弱小草！

上海远东出版社“远东收藏系列”图书的出版，屈指一数，已有10来个年头；“远东收藏系列”年会从2008年南通第一届，随后每年一届，依次是浙江永康、天津、山东台儿庄、河南郑州，明年第六届年会将假座江苏镇江，如果一切顺利的话，预计将会有第七届、第八届，乃至永久。

时至今日，很有必要对年会作个“小结”，我是“远东收藏系列”图书出版的始作俑者，年会除台儿庄第四届因故未出席都曾列席，故在此不揣浅陋，作“断想”文字以概述之。

孩童10岁

孩童10岁，已经能跑能跳，能歌能舞；“远东收藏系列”图书出版10年，跨过五个台阶(年会)，达到了一定的高度，在业界也产生了无以估量的影响。刚刚跨出第一步时，是那么的艰辛，《书影》上下册的出版，如一石激起千层浪，虽很稚嫩，但毕竟在那个时期属一种“勇敢跨出”，具有历史意义。之后，我的拙著《民国书影过眼录》虽一直处于“难产”之中，但它可以称之为由责任编辑黄政一编辑的“远东收藏系列”的开门之作。在一阵“剧痛”后，它终于于2004年1月破啼而出，“新生儿”虽不免幼稚粗糙，但它却睁开了眼睛，看见了周围的一切，并以它独特的方式，向业界有点吃惊的人们宣告：我来了！——10岁孩童，就是以这样的方式跨出第一步的。

年会路径

从2004年到2009年，出版社换了当家人，从1岁到6岁，出版“远东收藏系列”图书的速度明显加快，到 2008 年在江苏南通召开第一届“远东收藏系列”年会时，已经出版图书二三十种，而且定下了年会的基调：年会为主题，当地作者著作的首发式为副，看着刚“出炉”的新书，作者签名盖章，忙得不亦乐乎；过去几年出版的“远东收藏系列”图书一排陈列，已经开始有了一点儿“沉淀感”。之后每年一届易地召开，但这种有动有静、有新有旧的年会模式却一直沿用至今。最值得一记的是 2010 年第三届天津年会，那时出版社又有了新的当家人，但年会没有受到影响照样续开，首发式也成了“天津板块”著作的“集体亮相”。两年来远东社先后推出 10 多部天津收藏家和研究者的著作，天津实力可见一斑：张铁荣著的《周作人评议》(增订本)、章用秀著的《古玩投资实用宝典》、倪斯霆著的《旧人旧事旧小说》、侯福志著的《天津民国的那些书报刊》、由国庆著的《老广告里的岁月往事》、张元卿著的《漫拂书尘》、王勇则著的《图说 1915 巴拿马赛会——光耀世博史的中国篇章》、马波著的《浮梦旧书海》、王羽著的《太太集》等，在天津年会时还有好几部天津作者的著作如王振良著的《稗谈书影录》、刘运峰著的《藏书，因鲁迅而展开》等待付梓，一切都像“井喷”一样出现，年会也成了一只效率很高的“孵化器”：催生、培育、出生、扶着走、跟着跑！2011 年 5 月天津报人、收藏家罗文华还特地在《天津日报》发表《枳逾淮亦能为橘》讴歌“远东现象”，在出版界引起一阵轰动。

版本契入

所谓“远东收藏系列”图书，实际是个“大概念”，主要以“中国现代文学版本”为“主打”产品，其他两项是“副打”产品：“非物质文化遗产版本”和“民间收藏版本”。除此还关注围绕这些版本的延伸产品，如文学评论、文学史料、人物评传、人物传记、艺术鉴赏等。“主打”产品是对中国现代文学版本的研究，如今还只触及到“表皮”，而要从版本着手研究现代出版史和现代文学史，还处于方兴未艾阶段。存世的现代文学版本数量庞大，研究者在未看到所有版本的前提下，实质性的研究也便成了问题。因此从现代文学版本入手的研究者极少，相应成果也少。而这“空档”正是出版界需拓展的新领域，上海远东出版社就是从一本书开始，抓住一切有利时机，逐渐拓展到几本、几十本甚至百本，虽还未“填补”所有版本“空白”，但其数量足以提供对现代文学版本、现代出版史和现代文学史研究的基础。这种以版本为契入点，全方位介绍中国现代文学版本，在全国出版界也属凤毛麟角，所介绍的现代文学版本，足以重新“评估”现代文学史的偏差与漏缺，可以对中国现代文学史提供一个“形象性”的补缺。

一到一百

如今，人们很热衷于谈数字，“远东收藏系列”图书的出版量，当然也值得一谈。从2004年的一种，到2008年第一届年会的二三十种，到2012年第五届年会的近百种，以2008年起的四年计，每年平均以20多种递增，一种专题类图书，在如今图书市场“无书可做”的境况下，能以如此速率增加，那是一件相当不易的事情。当然，数量并不代表整体实力，除了数量还必须看图书的内在质量，“远东收藏系列”图书的内在质量就在于“信息”，特别是现代文学旧版本的信息丰富厚实。依我的说法，它既是给当今版本爱好者看的，同时也是给50年至100年后的收藏者与研究者阅读的，信息的“鉴赏价值”、“实用价值”和“存史价值”，正是该系列图书的真正质量！有了数量与质量，如果卖不出去，同样是无光彩的失败。然而，这些图书印数虽不多，有的还相当少，但每本定价普遍较高，就拿最早出版的《民国书影过眼录》而言，定价20元，这在当年已经吓人，然而却仍有人买；之后图书的价格大多定在50元之上，甚至还超过百元的，然而照样还是有人买。买书的人确实相当有意思，只要想买，再贵的书也会掏腰包，不想买的，再便宜的连翻都不会去翻。这些买书者，就是远东社的“铁杆读者”，其中包括个人收藏者、机构收藏者、研究者和贩书者。

政一如一

“政一”，即上海远东出版社原第五编辑部副主任、第四编辑部主任（现为第一编辑部主任）黄政一，也是当年策划“远东收藏系列”图书的当事者；“如一”，不是人名，而是“始终如一”的简称。“政一如一”，也便是黄先生认准了一个目标之后，不管风吹草动，坚守阵地，四处出击，广交朋友，通盘考虑，出版理念很清晰：在一本书出版之时，手上已经在磨第二本书，心里却早已想好第三本书……难怪，“远东收藏系列”图书能以每年20多种的速度出版。当然，只靠一个编辑是无以成全大业的，靠的还是出版社头脑清晰明智，而又有着远见卓识的当家人，没有他的一支笔，任何有着丰富信息量的好题材，都将付之东流。因此，“远东收藏系列”图书出版的成功，第一功臣应是当家人，第二功臣才轮得上编辑……而且，单靠编辑一人“始终如一”还不行，没有当家人在应对各种政策的变化中“始终如一”更是不行。可见，“如一”是群体性的行为，绝非个人的异想天开！“草根作者”的愿望是：由“政一如一”变为“远东如一”，作者与出版社一起把这项有益后世、功德无量的事做得更加完美与持久！

后劲十足

有人已经在担心或者怀疑：“远东收藏系列”图书做到100多种，是否已经枯竭？是否已经无以维继？是否到了偃旗息鼓的时候？回答是否定的，而且还可以自豪地说：万里之行始于足下，还只是刚刚开始！如此乐观，依据呢？只要对民国版本的概貌，以及它的前承后继的版本发展趋势有个较为全面完整的认识，大都会认同这种乐观。如果以上海图书馆数据库所提供的数量来看，民国时期的图书总量在37万种左右，仅以文学（包括“前承”的清末民初，“后继”的建国初期，乃至1965年的时段止）的版本而言，估计在10多万种，而如今披露与介绍的还仅仅是它的一个零头。对清末民初平装版本的研究，还只在初级阶段，对建国之初乃至“文革”之前的版本更是少有人涉足。如再按照我在拙著《书之五叶——民国版本知见录》所提供的研究方向言，一种版本，除书影和版权页外，还有其中的插图、广告以及出版标记（标识）等，而如今所涉及的范围还仅在一个非常狭窄范围之内，而且挖得还相当浮浅。就以我的两种拙著《民国出版标记大观》和《民国出版标记大观续集》为例，看似已经相当完备，然而据我所知，所涉及的也还只是“冰山一角”，除了出版标记（标识），还有出版机构和作者的版权印，都还是研究的空白。比较完备的出版标记尚且如此，就更不必说其他了。因此可以下个定论：只要从纵横两方面延伸扩展，再做它10年、20年都不为过。而且还可以用一句通俗的话说：好戏还在后头！不过，别乐观得过早，所有的好戏都靠作者，而且是掌握准确而丰富的版本信息、出手奇快的作者！这正是“远东”具有十足后劲的一笔宝贵财富，要千万珍惜啊！

版本二题

——《新文学(创作)初版本图典》、《董桥七十》琐谈

最近,从孔夫子旧书网购得《新文学(创作)初版本图典》和《董桥七十》两书,前者由文化艺术出版社2011年11月初版,陈建功、吴义勤主编,精装两厚册,原价1 280元,网购价700元;后者由海豚出版社2012年3月初版,胡洪侠编选,真皮封面特藏毛边本,一百本附董桥签名钤印编号,以及作者所藏Mark severin藏书票一枚。我参与了编号本的网拍,得46号,原价500元,成交价1 740元。

两书很快到手,过眼便生感慨。

之后见到新文学版本研究专家朱金顺先生和北京藏书家谢其章先生分别在《藏书报》上写的文章,多有感慨之语。朱先生指出了图典最大"不足"是缺少版权页;谢先生则对"几乎每本书都贴了标签"大抒"愤怒"之情:"世间若有不可挽回之事,不可饶恕之事,我认为这就是。"两先生所抒感慨,与我产生共鸣,可见"英雄所见略同"!

之后在网上读到一些议论《董桥七十》的文字,大多对价格发出惊叹,并声言:此类制作和炒作不是读书人所冀盼的。而我的感受不同,下面再说。

一

我不得不承认,《新文学(创作)初版本图典》(以下简称图典)是到目前为止所见的最为完备的介绍新文学版本的图书,全书收2 400多幅初版本(创作)书影,数量之大,前所未有。虽然我在研究的过程中所见新文学版本已不少,但有些却从未见到过,有些虽知其名却无缘一见,有些则连书名也未听说过,仅以多年研究新文学版本的人而言实在是大开眼界,更不用说是初识新文学版本者,因此可用四字概括:弥足珍贵!

这类事情,决非私人能为,我虽多年在做现代文学版本的介绍,但过眼者毕竟有限,已感捉襟见肘。而公藏者,特别是被巴金称之为"有了唐弢的藏书,文学馆就有了一半"的中国现代文学馆,能够出版这样一种介绍新文学(创作)初版本

《新文学(创作)初版本图典》封面及贴标签与未贴标签书影的比较

的图书,既有此能力,所介绍的版本也相对齐整,有着一定的权威性。

然而,有权威并不就等于完美,之所以说“完美”,那是相对于可以做得“更加完美”的权威机构而言的。以此分析,确实存有些许“不完美”,甚至是败笔。

先说“败笔”。用句不客气的话说,那是“最大败笔”,也就是会引起谢其章先生“愤怒”的标签。所谓“标签”,通俗的说就是管理图书的一种方法,便于读者借阅和工作人员查找。标签一般(或规定)贴在书脊处(右翻竖排图书贴右下方,左翻横排贴左下方),由于所贴五花八门,也便形成了图典标签的“蔚为壮观”。以我初步统计,全书 2 400 多幅书影,未贴标签者仅 238 幅,占总数的 17%,而 83%者均贴有标签,这难道不是壮观?如果把这两个百分比对调,偶尔出现几个标签,那还情有可原。更不可思议的是,在这 83%贴有标签者中,一书贴有两张者达 93 幅,贴有三张者 51 幅,而且是一张盖贴另一张,甚至还有一本贴有 5 张标签或标识的,真可称之为“异类”。图书馆或其他收藏图书的公共机构,在图书上贴标签无可厚非,就像屠宰场在猪牛身上盖蓝印一样,没有人会指责。但作为一种“国家社会科学基金重大项目、“十二五”国家重点图书出版规划项目、中国现代文学馆馆藏珍品大系”的彩印图典出版供人阅读欣赏,那无疑就是“最大败笔”:你是让人看图还是看“触目惊心”的标签?

这便使我想起这样一个问题:图典出版的对象定位。从现实分析,图典这样的高定价,除图书馆和专门研究机构收藏外,会自掏腰包的,除了像谢其章先生和我辈外,估计私人买的极少,而我辈经常经手和过眼旧版本书影,对其质量要求近乎于苛刻,可见图典的出版者对我辈的情况相当陌生;另一种会买图典者大概就是书贩,他们会以此作为“生意图鉴”,免得使自己走弯路。要知道:初版本与非初版本在买卖价格上是有着天壤之别的!因此这批人对书影质量并无苛求，只要印得清晰就不会有什么意见，在书脊处贴标签也不会过多影响情绪，但据一位熟悉的书贩说，看了贴标签的书影总不是滋味；另外还有一种是图案设计者，有位搞设计的朋友看到图典中的封面图案，居然会兴奋起来，并说一定要去买一套。除上述四类购买对象外，好像很难想出再有其他人了。因此，可得出这样的结论：图典出版者最大的遗憾就是无视“铁杆收藏者”对书影质量的要求。

在图典中，还有一些是未贴标签的书影，对此我很感兴趣：为何这些旧版本可以不贴标签？收藏机构对于贴与不贴的标准又在何处？说实话难以解答。其中良友图书印刷公司出版的一套“中篇创作新集”，全套新集总共10种，在图典中全部收全，却没有一本贴有标签，这种现象更让人摸不着头脑：在编辑图典的图文时，编辑者是否留意过贴标签者与未贴标签者的区别？是否想过要用技术处理的方法“抹除”狗皮膏药式的标签？如果从未发现过或想过，那么我可以断定，图典编辑者对于“版本美”缺乏最基本的感觉，对图书版本的基本概念也缺乏启蒙的觉悟。如果这是一般图书馆所为，情有可原，而对于专门从事现代文学版本收藏与研究的机构，无论如何也说不过去，旁人看了也会脸红……

再说说“不完美”。所谓“不完美”，是指那些经过调整是能变成完美的东西。

其一，图典的书影均为彩色，基本达到目的，然而几乎所有书影的色彩都失真，像是被一层薄薄的雾遮住，色度降低，视觉昏沉。图典中的书影，我大多见过，因此失真的感觉特别强烈，比如第296页穆时英著《公墓》，1933年6月初版，至今已近80年，然而我所收藏的这版本至今依然“鲜艳夺目”，两者一比照，似有真假之嫌。估计这是出版和印刷机构对色彩的把握不够，也有可能是纸张的因素，只能以自我感觉推断，不足为凭。

其二，如朱金顺先生所说：“讲新文学版本，版权页是它的商标，是可靠的实物，有了它也许文献价值更高。”有了新文学版本书影却无“相对应”的版权页，可谓一大“硬伤”。所谓“相对应”，是指初版本有初版本的版权页，再版本有再版本的版权页，决不能彼此混淆。因为有不少同书名的初版本与再版本书影是不同的，有不少研究者往往忽略了这点而张冠李戴。当然，图典的编辑架构已经说明此书并非供新文学版本研究者所用，因此少了版权页也顺理成章，一点也不奇怪。不过奇怪的是，在图典中居然有20多幅未用初版本书影，用的却是扉页，如第319页王统照著《号声》，扉页上只标明书名、作者名和出版机构名，在这样的情况下怎么能证明这就是初版本的扉页呢？既然没有初版本的书影，那就舍去，宁缺勿滥应该是图典选择的基本原则。除了用扉页替代初版本书影，还用了目录页、序页、首页等，都是些失去基本原则的滥竽充数，让人感觉中国现代文学馆的馆藏也不过如此。

其三，文字的表述存在一定的问题，朱金顺先生看到的问题我也发现了，第235页柔石处女作《疯人》，用“余不详”三字以敝之，其实对柔石及其版本有所了解的话，是可以说得更为完整与准确的。新文学版本本身就是一个极其复杂、一不留神就会犯错的“氛围”，犯点错也在所难免，从这点而言，图典中的其余问题估计也不在少数，因未细读各篇并作细究，在此不敢妄说。如果有时间的话，真想细细琢磨一番，在琢磨的过程中去学点东西。

其四，书影与封套的问题，在新文学版本中，有不少版本在书籍外罩以封套，俗称护封，护封与书籍是“脱离”的，时间一久，书归书，套归套，书还在，套无影，留存后世的版本往往仅存书影而无封套。比如较著名的有商务版的“文学研究会创作丛书”、良友版的“良友文学丛书”等，留存至今能见到的大多没有封套，有时甚至还会怀疑是否有过封套。对于这类有封套的旧版本，如何确定其封面书影，是封套？还是封面？在这点上，图典两者皆取，封面书影的概念模糊。以我之见，取封套为书影乃上策，依据是以留存至今的珍贵程度和图案设计别致为取舍标准……如图典能以此为统一原则，也不至于会出现不必要的“混乱”而引起初涉者的困惑。

其五，编排结构问题，图典采用的是以汉语拼音为序的编目法，这是一种条理清晰而又较为简便之法，我在撰写中国现代文学版本闻见录系列图书时，采用的也是此法。但仔细想想，作为一种阅读与欣赏的路径未尝不可，但缺点不少，如看不出现代文学版本在历史中的发展轨迹，也看不出作家在现代文学某段历史时期中的轻重地位，更看不出出版机构图书出版的取向和总体架构，等等。所有这一切均不可能在一种编目方法中得到所有的体现，因此对于类似“辞典”的图典而言，需要采用多种索引方式，如以版本（丛书可单列）的出版时间、作者的著作版本、出版机构出版的图书为索引，把各种索引置于书末，以便读者从多条途径查阅，从而形成新文学版本的总体概念。这种方法，作为个人出书很难做到，而作为权威机构出书虽非易掌，但也不难。建议现代文学馆在以后出版类似图典时可以参考。

上述叙述近于啰嗦，出发点只有一个：希望编辑者以版本自身规律为原则，以美学观念为指引，以读者对象为基点，在以后图书出版的过程中得以体现。

另有一个感慨附于其后：图书贴标签损害了版本美，这是不容置疑的。至于标签是否能另找一个地方贴，既达到查找方便，又能维护版本美呢？估计在高科技发展的今天绝对不会成问题，人类已能行走太空，难道就不能征服区区一个损害版本美的标签?！问题在于对待维护版本美是愿意还是反对，这就是目前的现状。一些大型图书馆在图书上贴标签已属正常，反常的是在封面上乱盖馆藏章，一个嫌少，两个三个也不为奇，进而问之，如果这些印章都盖在他的脸上，不知作何感想?!再把思路扩展,如今在世界范围内评选出的“最美的书”,一旦入藏图书馆或其他文化机构,是否也会被胡乱贴上标签或盖上大印呢?看来在所难免,因为贴标签与盖章者的素质早已决定一切。看来,真的要在全国涉及图书收藏的范围内开展一次“如何贴标签,如何盖章”的学习班。想到这些,再观被贴标签的图典,也就想通了,那无疑是现代版本史中的“黑色幽默”!

二

对于《董桥七十》,大多数爱书者会发出:此类制作和炒作不是读书人所冀盼的。对此,我不苟同。

董桥七十,古稀之年,凭他在书界的影响,出一本拿得出手的像样的著作版本,既不为过,也属情理之中,爱书者理应为之欢呼。在书业自叹悲鸣之时,海豚出版社的魄力,编选者胡洪侠的胆识,都让人肃然起敬。

从《董桥七十》版本的直观看,开本舒朗,色彩沉稳,烫金字体,十字架形色块,令人心旷神怡;拿在手上感觉沉甸,手感极佳,毛边合符“规范”,远离了那种不堪入目的“蓬头垢面”……脑中猛然蹦出这样一句话:书就该这样做!

尤其是现在,处于“书将消亡的恐慌”之中,更要有些书的样板摆在读书者和爱书者的面前,好让人兴奋起来,好让书的寿命长些,再长些!纸质图书的消亡是必然趋势,我至今仍持这样的观点,“纸质书”会最终消亡,但书是不会消亡的,只不过会以另外一种类似“纸形态”的图书出现。在消亡与新生的长期过程(估计在20年至50年间)中,如今的出版人要做的最为紧要的事情就是拿出点魄力

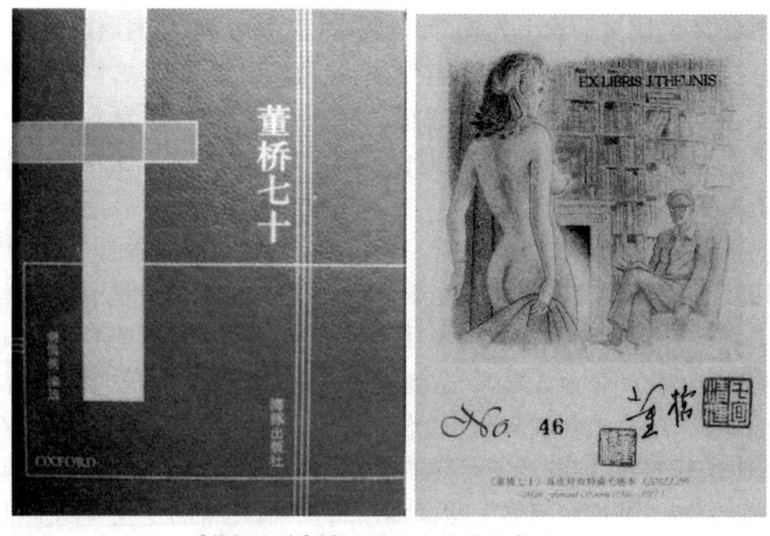

《董桥七十》封面及夹在书前的藏书票

与胆识，去做一些类似《董桥七十》这样能够留存于世的图书，使它们成为一种“过程书”，虽为“过程”，但必须精致典雅，经得起读书人的抚摸和时间的侵蚀。可以想见，当新的“书”出现之后，“过程书”也便成了经典收藏。

我的这些胡思乱想，海豚和胡洪侠不知是否会有同感？如果有，那更应肃然起敬！

图书制作出来后，如何营销是个大学问。中国的图书营销历来是不理想的，书虽出版，但不一定能够到达爱书者的手中，发行渠道的堵塞或乱折腾，导致了物质与人才资源的最大浪费，最终还在津津乐道于“码洋”，因此书并不一定要印得很多(除了非印或可印之外)，以低印数、高定价为原则，以内容的高质量，外观的高精致，去寻找爱书者，特别是爱书的版本收藏者，一本就有一本的归宿，而且会百般呵护，那才是最完美的境界。海豚对《董桥七十》的营销操作，可称得上完美，特别是充分利用网络优势，广告全世界，尤其是中国的爱书者，只要得到消息都会以身试拍，与他人一争高低，最终获取自己心仪编号的毛边珍藏本。从拍卖的结果看，从 1 号到 100 号，价格各异，悬殊也大，1 号 5 220 元，100 号 4 000 元，66 号 3 150 元，88 号 2 040 元，等等，无生命的“数字”在这里成了人们追求吉祥的代名词。1 号领头羊，价格最高；100 号关门价，仅次于 1 号；至于 66，“66 大顺”，88，“发了又发”，大顺价高于发发价，明眼人一看便知：要想发必先顺，反正一场起拍价并不低的拍卖，成了爱书人一种有趣的心理游戏。游戏过后，有人便发感慨：“这么值钱啊，回头练练董桥的签名！”“毛边，银子也毛啊！”……在感叹无钱缺钱的前提下，就想到练签名作伪——可怕！

当我读到网友的这些感慨后，自然而然关注起《董桥七十》的版本、印数以及由此而引发的其他一些疑惑的问题，想趁此机会求教于海豚和胡洪侠先生。

我在网上拍得的是海豚版，特制小牛皮精装毛边本，精选董桥先生所藏 Mark severin 藏书票，藏书票盖有编号及作者亲笔签名并加盖朱白文合印及白文印各一枚。封面材质是内蒙古小牛皮，经精细加工后制成，台湾烫金材料压烫，内页纸张是 100 克特种顶级书画纸。书为左翻横排简体字本，与牛津版压烫四色、竖排繁体、皮面插图精装本不同，主要区别在于繁体与竖排以及内文略有不同，封面图案虽一致，但横竖排本的关系，图案方向正相反。

至于海豚版简体横排本的情况，特别是印数，说实话还真的有点搞不太清楚。如今出版的图书，在版权页上大多隐去“印数”，似乎成了出版界的一个“潜规则”，至于其中潜藏着什么深意，读者是不清楚的。对于一般图书，不印印数也许无关大局，但对于装帧精美可资收藏的图书，人为掩其印数，其实是聪明反被聪明误。版本收藏者是很看重印数的，印 100 册与印 1 000 册的收藏价值绝对不可同日而语，道理就是这么简单！再来看看未印印数的《董桥七十》，俞晓群先生在网上有个概况介绍："海豚版《董桥七十》，牛皮装帧的有 200 本，其中 100 本是毛边本，毛边本出来后直接在孔夫子旧书网上进行拍卖。另外，我们还有牛津大学出版社提供给我们真皮材质的 500 本，其中 100 本有签名和藏书票。此外，一般精装，也就是仿皮本，首印 1 万册。为了区别各材质版本，我们也和牛津大学出版社一样，在封面上使用了不同的颜色。""因为我们使用的材质成本较高，所以真皮版的书定价每本 500 元人民币，适合'董迷'买来收藏。而我们的仿皮版则定价为 68 元。"从这些信息看，海豚版共有三种包含不同元素的版本，总印数 10 700 本，其中 10 000 本属首印(说明以后可能再印)，每本价格 68 元，700 本每本价格 500 元，其中 100 本为网拍本，价格相当悬殊。

从上述情况看，印有(或者更准确的表述应是"夹在书中")藏书票的《董桥七十》总共 300 本，毛边本的藏书票与牛津版的藏书票图案不同，一为情色裸女，一为枝叶茂盛的大树，至于牛皮装帧的 200 本，除去 100 本毛边本外的另 100 本是否也夹有藏书票，不得而知……因此有藏书票的是 200 本还是 300 本，起码读者是搞不明白的。

请原谅我如此喋喋不休地叙述版本、印数以及版本相对应的藏书票，那是因为从网上拍得此书并经仔细琢磨后所产生的一个疑惑：藏书票是董桥先生所藏 Mark severin 藏书票，被陈子善先生直截了当地指认为"情色书票"，其实那位美丽的裸女，只是"书女神"的象征，如果以世俗的眼光看待，一见到美乳翘臀，就想到卖淫通奸，那就有点亵渎了，也有愧于董桥先生的深意与好意。其实这不是我要说的问题，我要说的是这张与版本"剥离"的藏书票会引起的"后果"。所谓"剥离"，即与书籍版本没有成为一个整体，而只是书归书，票归票，如藏书票一旦散失，书也便只是一本毛边本而已；即便把藏书票贴在封二后的空白页上，或签上自己的大名盖上"骑纹印"，估计仍不能保证不会被人为撕去，因为一旦失去藏书票，其价值就大大减弱，一本单纯的精装毛边本，绝对卖不到 5 220 元！价值与价格的体现就在这张盖有 1 至 100 号的编号、董桥的亲笔签名及钤印的藏书票上。再说，藏书票的五个基本元素：图案、编号、签名、钤印、纸张都并不复杂，要仿制或伪造并不是一件十分困难的事情，版本的总印数也相当大，把仿制伪造的藏书票夹在里面，岂不也能以假乱真，可以不用吹灰之力"打倒"50 年后的"董迷"。

这种签名编号本的做法，在民国时期并不少见，最为著名的就是良友图书印刷公司赵家璧主持出版的"良友文学丛书"，丛书每本印数不等，其中 100 本编号并由作家在预先准备好的书页规定的位置亲笔签名，由"良友"保存，一旦书印出，就把这页签过名的书页与全书一起装订成册，使书籍和编号签名成了一个不可分离的整体。这套丛书正因为有了合为一体的作者签名和编号，所以时至今日其价值与价格仍然居高不下。由此想及，如《董桥七十》也采取藏书票与编号、签名、钤印分开的方法，票归票，夹着或贴着都行，编号签名钤印采取“良友”的办法在另纸完成并装订，那就是一种最为理想的书籍版本与藏书票“合一”的形式，就能极大提高版本的“收藏度”，绝不会给人一种错觉：那是在卖票，而非卖书。唯此，《董桥七十》的真正价值才能得以充分体现，且是以爱书者和藏书者的最大利益为最佳体现。

（此文刊登于2012年7月20日《文汇读书周报》第五版）

自跋

我动笔写此书的一个主要动因，是上海远东出版社编辑黄政一先生的一席话。

他对我说：“我与您合作将近 10 年，相当愉快；您与上海远东出版社的缘分实在不浅，出版社虽然换了几届领导，但一个人能在同一家出版社连续 10 年出版将近 20 多本谈民国版本的图书，这在全国实属罕见。您的低调处世，我很佩服，但如今时机已到，尽可以把您与书的故事公之于世，告之于人了！”

政一兄讲的这番话，最为触动我的是“时机”两字。虽然政一兄讲的“时机”是指出书时机，但我想到的却是更宽泛的“时机”。当我在上海远东出版社出版了谈民国版本的第一本书之前，我已经断断续续与书结缘了将近 30 多年，期间一直与文字打交道，编报、编书是“正业”，而淘书、读书、研书只是“副业”，在“正业”之余总算想尽办法出版了一本属于自己的随笔集《南浔随笔》，然而淘书、读书、研书所孕育出的一个美好“理想”却始终还隐藏在心灵深处……这“理想”，与我对“书缘”的认识有着直接关系。我认为：书缘的最高境界是出书，那是“缘果”，也就是佛教中所说“终成正果”的意思。人的书缘如果最终不成正果，那么这辈子与书看上去有缘，而实质是无“缘”，就如浮云，瞬息即无，最终消逝的是人与书的生命，给后世未留下一丝一毫的痕迹……

我与书的第一个“缘果”是《民国书影过眼录》，此书的出版孕育虽然极其艰难，但总算还是“生”了出来，虽还幼稚，但“手脚齐全”，相当健康；接着是《书之五叶——民国版本知见录》，那是一种宣示，读者是可以从中听出我向民国版本研究开步走的声响；随后则如江潮澎湃，接连出版了一二十种介绍与研究民国版本的图书，仅 2008 年和 2009 年两年，平均每年出版图书多达六种，达到了修成“正果”的顶点……所有这些“修成”，靠什么？靠的就是“时机”！

首先是“大环境”，国家处在盛世之年，原先的所谓“禁区”逐渐被开明政治所打破，对“中华民国”的研究，对“中华民国”版本的研究都成了未开垦的“处女地”，民国版本的“解禁”，又为淘书者与研究者打开了一扇大门，谁先闯入处女地和大门者，谁就优先拥有了“话语权”；同理，谁最后离开人世，谁就最终拥有“裁判权”。

其次是“中环境”，用我的话说就是有明智、远见与魄力者所领导的出版社以及手下有头脑与能力的编辑，只有这样的当家人才会从刚刚冒出的萌芽中看到希望，看到所展现出的一大片美好天空。如果没有当年上海远东出版社社长兼总编辑张跃进先生的全力推进和鼎力相助，也许就没有远东社所开辟的一条大道，也许就没有我的“一片美好天空”。他向政一兄发出的“快马加鞭”指令，令政一兄废寝忘食、脚踏实地地苦干；又令我这个已退休的老者昂首扬蹄，奋勇向前。三者的默契配合，居然都成“正果”，其核心理念就是“要抓住历史机遇，为传统文化续脉”，大好时机，不能虚度！

再次是“小环境”，那就是我个人的环境：1997 年在香港回归祖国的时候，我也从江苏南通调回上海浦东新区工作，在有了一定经济实力后，也便有了每周日不管刮风下雨都到文庙“高开高打”的淘书经历，总算抓住的“淘书黄金尾期”，所获旧版本为我的研究打下了一个较为坚实的基础；由于我是记者、编辑出身，文字功底和电脑文字处理能力相对领先于其他研究者，电脑文字处理的速度基本能与思维同步，这在同龄者中是极为少见的，出书的速度如此之快，这也是一个相当重要的原因。试想，怀有一个美好理想，再加上诸多有利条件，“正果”的修成也便成了一种必然。

当然，修成的“正果”并非十全十美，瑕疵纰漏，在所难免，受到批评甚至指责、讽刺、挖苦，也在情理之中，但是只要没有错过机遇，浪费生命，经过一番努力而成“正果”，那么任何委屈都是能忍受的，任何怨怼都是能化解的，因为我清晰地明白一个道理：任何机遇都是一晃而过的，过去了也便再也不会出现！

大的机遇没有浪费，那么小的机遇：写一本我与书的自传，当然更不能放过。

不能放过的主要理由是，我已经“有资格”来写这样一本书：涉足民国旧版本四五十年，在最近 10 年间出版超过 20 本介绍和研究民国版本，特别是中国现代文学版本的著作，为自己赢得了一定的话语权，也拥有了一批欲求与之交流的书友，这可从与他们的电话与通信中知晓，他们确实很想知道我这样一个普通爱书者，真正涉足民国版本研究时间并不算太长的人，是如何淘书、读书，并用自己的著作作为铺垫而走过来的，其中的原因、方式和感悟到底是什么，这些感兴趣的想法，正是这本我与书的自传要告诉书友的。

全书不分章节，因为较难截然分开，为了稍有清晰眉目，在目录中只用空格分隔，并无什么严格的意义。全书收文 65 篇，是从原先写作计划中选出的五分之三，大致分为五部分，每部分的文章有多有少，有“书缘”源头的故事，有淘书的途径，有识书的感悟，还有写书著文的“秘闻”，以及与版本有关的人物等等。附录收有两文，《远东收藏系列年会断想》是新作，从未发表过；《版本二题》2012 年 7 月 20 日发表在《文汇读书周报》，很想推荐给书友一读。

最后，我要在此以真诚的情感感谢上海远东出版社的三届领导：为出版《民国书影过眼录》费神出力的陈达凯先生；为我大开绿灯、加大马力出版图书的张跃进先生；为继续出版版本类图书并有更高要求的高克勤先生。当然也忘不了始终相陪左右的朋友黄政一先生，以及其他出面或不出面的帮助者和关心者。如果说，我的这些已经出版或将要出版的图书会给百年之后的爱书者和研究者留下民国版本珍贵史料的话，一切功劳都将归功于你们——历史会有定论，并以此为“定格”。

我与书的自传，至此告一段落，因为人尚在，书尚存，自传还会继续下去，如可能的话，应该还会有《我与书的自传》续集……

因为我奉行的是：生命不息，写书不止！

张泽贤

2012 年 8 月 18 日于上海浦东犬圈斋